Die Nacht der Acht

© privat

Mit seinem Titel »Pour Adultes Seulement«, hat sich Philip Le Roy 1997 in die Literaturszene gestürzt. 2005 erhielt sein Buch »Le Dernier Testament« den »Grand Prix de Littérature Policière« und wurde in zahlreiche Sprachen übersetzt. In seinen Büchern schafft er stets herausragende Persönlichkeiten. Philip Le Roy lebt in Vence, zwischen dem Meer und den Bergen, wo er sich dem Schreiben und dem Kampfsport widmet. »Die Nacht der Acht« ist Le Roys erstes Jugendbuch.

© Julia Windhoff

Maja von Vogel, geboren 1973, studierte Deutsch und Französisch. Sie verbrachte ein Jahr in Paris und arbeitete mehrere Jahre als Lektorin in einem Kinderbuchverlag, bevor sie sich als Autorin und Übersetzerin selbstständig machte. Heute lebt Maja von Vogel mit ihrer Familie in Norddeutschland.

DIE NACHT DER ACHT

PHILIP
LE ROY

Aus dem Französischen von Maja von Vogel

CARLSEN

Die Arbeit der Übersetzerin am vorliegenden Text wurde vom Deutschen Übersetzerfonds gefördert.

Veröffentlicht in der Carlsen Verlag GmbH
Völckersstraße 14–20, 22765 Hamburg
September 2023

Umschlaggestaltung und -typografie: formlabor
Umschlagfotografien: shutterstock.com /
© amonphan comphanyo © Paradise studio
ISBN 978-3-551-32121-3

Für meine Töchter,
die mit Horrorfilmen groß geworden sind

Andersartigkeit als Chance?

PROLOG

Wie können acht Jugendliche an einem einzigen Abend verschwinden? Diese Frage ging den Polizisten, die das leere Haus durchsuchten, nicht aus dem Kopf.

Kommandant Sevrant betrachtete das beeindruckende Gebäude, eine alte Schäferei, die abseits des Col de Vence lag und kürzlich zu einem Architektenhaus umgebaut worden war. Nur der Garten, eine umlaufende Steinmauer und der Pool waren noch nicht fertig. Für das Becken war bereits eine Grube von sechs mal zwölf Metern ausgehoben worden. Sevrants Männer hatten die Planen zurückgeschlagen, Werkzeuge und Baumaterialien durchwühlt und in den Schlammpfützen gestochert, dic sich nach dem starken Regen der letzten Nacht gebildet hatten. Ohne Erfolg. Nun waren sie in den Wald ausgeschwärmt.

Die acht Gymnasiasten hatten sich gestern zum ersten Mal in dieser luxuriösen Villa getroffen, die der Familie von einem der Freunde gehörte.

Am Samstag gegen achtzehn Uhr waren sie von ihren Eltern hergebracht worden und am nächsten Morgen sollten sie wieder abgeholt werden. Doch gegen elf Uhr am Sonntag hatte die Mutter eines der Mädchen das Haus verlassen vorgefunden und sofort die Polizei alarmiert.

Die Spürhunde zogen an ihren Leinen und bellten in Richtung Wald. Es hatte wieder zu regnen begonnen, was die Suche erschweren würde.

Die ersten Hinweise, die sie in der Villa gefunden hatten, waren seltsam und beunruhigend zugleich: Einschüsse von Schrotkugeln, Steine und Bauschutt auf den Fußböden, Blutspuren, Glasscherben, umgeworfene Möbel, verschüttetes Salz … Die Türen zur Garage und zum Keller waren mit Holzbrettern vernagelt. Die Jugendlichen schienen sich gegen eine von außen kommende Bedrohung verteidigt zu haben.

Ein Mörder? Wo waren dann die Leichen?

Entführer? Aber wie schaffte man es, acht Personen gleichzeitig zu kidnappen?

In der Ferne ertönten Hundegebell und mehrere Pfiffe, kurz darauf begann das Funkgerät des Kommandanten zu rauschen.

»Die Hunde haben eine Spur, Kommandant!«, rief Brigadier Dolfi in den Apparat.

»Wo sind Sie?«

Keine Antwort.

»Wo sind Sie, Brigadier?«

»… Teufelsplateau! … Krrrchhh …«

Eine Funkstörung unterbrach das Gespräch.

»Brigadier, hören Sie mich?«

»Krrrchhh … dammt! Was ist das? … Krrrchhh …«

»Brigadier, sprechen Sie deutlicher!«

»Krrrchhh … sollten sich das besser selbst ansehen … Krrrchhh … Ich hole Sie ab.«

Jean-Paul Sevrant ging dem Brigadier durch den Regen entgegen.

Um zu verstehen, was die Polizisten erwartete, muss man die Vorgeschichte kennen. Und diese kann nur eine einzige Person erzählen, nämlich diejenige, die die folgenden Seiten geschrieben hat.

ERSTER TEIL

DIE ACHT

1.

»Die Acht« wurde eine Gruppe von Zwölftklässlern genannt, die den künstlerischen Zweig am Lycée Matisse in Vence besuchten. Die Schule galt in diesem Bereich als die beste der Gegend. Es war keine typische Clique. »Die Acht« waren exzentrisch und gehörten zu den begabtesten Schülern ihres Jahrgangs. Die Coolen, sagten diejenigen, die sie beneideten. Idiotische Wichtigtuer, sagten die, denen sie auf die Nerven gingen. Selbst die Lehrer waren manchmal überfordert von den ungewöhnlichen Ideen der acht Schüler. Die Gruppe hatte keinen Anführer. Jeder Einzelne war auf seinem Gebiet brillant und alle lehnten jegliche Hierarchie untereinander ab. Die Mädchen hießen Camille, Marie, Léa und Mathilde. Die Namen der Jungen waren Quentin, Maxime, Mehdi und Julien.

Camille war schön, blond und reich. Sie verdrehte allen Jungs der Schule und selbst manchen Lehrern den Kopf. Ihr Taschengeld gab sie für Klamotten, Schuhe, Taschen, Schmuck und Tanzstunden aus. Tanzen war ihre Leidenschaft, auch wenn sie wusste, dass sie wegen ihres großen Busens keine Karriere als Ballerina machen würde. Dank ihrer Eltern, mit denen sie sämtliche Museen der Welt besucht hatte, war sie sehr gebildet. Da sie nicht die neue Sylvie Guillem* werden konnte, wollte sie in die Fußstapfen von Coco Chanel treten.

Marie, Brille, lange Locken, war überdurchschnittlich intelligent. Am liebsten las sie Fantasy-Klassiker oder schaute sich alte Filme an. Sie trug nur schwarz-weiße Klamotten, als wäre sie dem Universum von Orson Welles oder Charlie Chaplin entsprungen. Ihre dritte Leidenschaft war die Fotografie, weshalb sie immer ihre Kamera dabeihatte. Ihr Traum war es, später mal die Spezialeffekte für Kinofilme zu machen.

Léa, rothaarig, blass und mit großen, hellen Augen, war extrem sensibel, voller Zweifel, aber auch sehr mutig, so wie Shakespeares Figur Hamlet, ihr Idol. Als Bildhauerin hatte sie einen ausgeprägten Tastsinn. Sie war mit Quentin zusammen, einem Jungen aus der Clique, was das Gleichgewicht der Gruppe aber nicht weiter störte.

Mathilde war die Durchgeknallteste der Acht. Silberfarbene Haare, verrückte Tattoos, Vintage-Klamotten mit Gothic-Touch, große Klappe, extrovertiert. Sie kannte weder Tabus noch Grenzen und sammelte, wie sie es ausdrückte, Eroberungen wie andere Leute Briefmarken. Sie trank und rauchte – und zwar nicht nur Tabak.

Quentin hatte Geld ohne Ende. Seine Eltern waren bekannte Architekten und hatten die Schäferei der Familie in eine Villa verwandelt, die es ohne Probleme auf die Titelseite von *Schöner Wohnen* schaffen würde. Ihr Sohn sollte später ihr Nachfolger werden. Er trug gerne löchrige Jeans und verwaschene Sweatshirts, ein Bobo-Look mit Grunge-Tendenzen, der Léa und vor allem Camille zur Verzweiflung trieb. Camille bezeichnete Quentin deshalb sogar als »Mode-Terroristen«. Er hatte einen eigenen Youtube-Kanal, auf dem er sich in der »zeitgenössischen Kunst der Komik« versuchte. Für seine mündliche Prüfung am Ende des Schuljahres arbeitete er an einem Kunstwerk, das die Leute zum Lachen bringen sollte.

Maxime nahm nichts ernst. Abgesehen von der Kunst, seiner Gitarre und dem Essen. Er war der Dicke in der Clique. Außerdem spielte er gerne Poker. Sein Ziel war es, vom Poker leben zu können, damit er seine Kunst ohne finanziellen Druck ausüben konnte.

Mehdi war der Gutaussehende, ein Aufreißer und Spötter, der schon mit einigen Mädchen geschlafen hatte, aber mit keiner der Acht. Er war ein echtes Verkaufstalent und konnte einem die Zeichnung seiner vierjährigen Nichte als Kunstwerk unterjubeln. Abgesehen vom weiblichen Geschlecht begeisterte er sich für Videospiele. Später wollte er Auktionator oder Kurator werden – es sei denn, Hideo Kojima* holte ihn eines Tages in sein Produktionsstudio.

Julien, das achte Mitglied der Clique, war ein talentierter Zeichner. Seine Lieblingsmotive waren schöne Jünglinge und muskelbepackte Helden. Julien stand auf Jungs. Er versteckte es nicht, um die Schwulenhasser zu ärgern, aber er bekannte sich auch nicht offen dazu. Als Abschlussarbeit wollte er einen Comic mit einem schwulen Superhelden präsentieren.

2.

»Hey Leute, in drei Wochen schmeiß ich ’ne Party am Col de Vence!«, rief Quentin.

Er verkündete die Einladung, als würde es sich um das Event des Jahres handeln. Seine Freunde standen in der von Palmen gesäumten Allee, die zum Eingang des Lycée Matisse führte, und unterhielten sich.

»Ist euer Haus fertig?«, fragte Camille.

»Der Garten muss noch angelegt werden und der Pool auch. Aber drinnen ist alles tipptopp. Wir haben schon die ersten Sachen rübergebracht. Meine Eltern fahren demnächst nach Italien. Sie haben nichts dagegen, dass wir bei uns feiern, wenn sie weg sind.«

»Yes!«, rief Maxime. »Ich bring was zu essen mit, meine Gitarre und ein Kartenspiel.«

»Bloß kein Poker«, wandte Camille ein. »Du weißt doch, dass ich das nicht mag.«

»Also spielen wir wieder Beerpong?«

»Wenn das heißt, dass wir trinken, rauchen und Spaß haben, bin ich dabei«, sagte Mathilde.

»Sind wir auch eingeladen?«, fragte Margot, angelockt von den lauten Stimmen.

Quentin schüttelte den Kopf. »Geschlossene Gesellschaft, wie immer.«

»Du könntest den Kreis doch erweitern«, schlug Margot vor. »Wie wärs mit 'ner Einweihungsparty?«

»Lad doch gleich die ganze Klasse ein, wenn du schon dabei bist!«

»Und die Lehrer«, witzelte Maxime.

»Wir könnten doch wirklich mal was anderes machen«, sagte Léa.

»Willst du ernsthaft die Lehrer einladen?«

»Nein, aber wir müssen uns auch nicht zwangsläufig jedes Mal besaufen und albern rumgackern.«

»Klingt so, als hättest du schon eine wahnsinnig originelle Idee«, sagte Quentin.

»Aber du musst sie uns gut verkaufen«, forderte Mehdi.

»Also, was ist jetzt, lädst du uns ein oder nicht?«, wollte Margot wissen.

»Vergiss es!« Quentin schüttelte den Kopf.

»Weißt du, warum wir dich nicht in den Kreis der Acht aufnehmen können?«, mischte sich Julien ein.

Er lag auf der niedrigen Mauer und blickte in die Palmenblätter, zwischen denen die Strahlen der Frühlingssonne hindurchschienen. Auf seine Frage folgte ein kurzes Schweigen, weil sie die Antwort bereits enthielt.

»Fick dich!«, schnauzte Margot.

»Solche Worte aus dem Mund einer jungen Dame, wie schockierend!«, bemerkte Julien völlig unbeeindruckt.

Margot zuckte mit den Schultern und ging mit ihren Freundinnen weiter. Dabei rempelte sie Clément an, einen Einzelgänger, dessen Schüchternheit in krassem Gegensatz zu seiner Körpergröße und seinen breiten Schultern stand. Sein Spitzname war Big Loser.

»Habt ihr nicht auch genug von unseren Spaßabenden?«, fragte Léa.

»Was ist los?«, erkundigte sich Quentin. »Machst du dir immer noch Gedanken wegen Manons Selbstmord?«

»Ich kann einfach nicht vergessen, dass sie noch vor Kurzem im Unterricht neben mir saß. Und ich hab nichts gemerkt.«

»Wir können ja Big Loser einladen«, schlug Maxime vor. »Mit dem haben wir garantiert keinen Spaß.«

Clément ignorierte die spitze Bemerkung und setzte sich unauffällig neben Julien auf die Mauer. Insgeheim hoffte er, eines Tages in die Gruppe aufgenommen zu werden. Clément gehörte zu denen, die die Acht beneideten. Weil sie zur Elite gehörten – und weil er in Camille verliebt war. Was alle wussten, außer Camille vielleicht.

»Ein Abend, an dem wir keinen Spaß haben«, fasste Mehdi zusammen. »Spitzenidee, Léa!«

»Wie wärs mit einer Horrornacht?«, schlug Quentin vor, um seiner Freundin den Rücken zu stärken. »Dann lautet die Spielregel nicht ›Wer lacht, trinkt‹, sondern ›Wer Angst hat, trinkt‹.«

»Für solche Sätze kriegst du in der Prüfung aber keine Punkte«, bemerkte Mathilde, während sie sich eine Zigarette drehte.

»Wo wir gerade von Prüfungen reden, da kommt unsere Intelligenzbestie.«

Marie rannte auf sie zu, mit umgehängter Tasche und einem Buch in der Hand. Ihr vom Laufen rotes Gesicht hob sich von ihren schwarz-weißen Klamotten ab.

»Hey, heute mal in Farbe, Charlie Chaplin?«, spottete Kevin.

Sein Kumpel Alex prustete los. Die beiden Idioten hingen jeden Morgen vor der Schule rum, bis es klingelte. Marie warf ihnen im Vorbeigehen einen verächtlichen Blick zu.

»Hey, Rima, mal wieder spät dran?«, begrüßte sie Maxime.

»Ich bin fix und fertig!«, keuchte Marie. »Zwischen meinem Bett und der Schule musste ich mich mit pöbelnden Verkehrsrowdys, zu spät kommenden Bussen und übel riechenden Menschen der Arbeiterklasse herumärgern ...« Sie atmete einmal tief durch, bevor sie extra laut hinzufügte: »Und um dem Ganzen die Krone aufzusetzen, treffe ich auch noch auf diese beiden zukünftigen Arbeitslosen, deren einziger Nutzen darin besteht, uns daran zu erinnern, wie erbärmlich das Leben ist.«

»Hast du uns gerade zukünftige Arbeitslose genannt?«, wollte Kevin wissen.

»Wäre durchaus möglich, so dämlich, wie ihr aus der Wäsche guckt.«

Drohend kamen Kevin und Alex näher.

Mehdi ging auf sie zu und übernahm die Verhandlung.

»Immer mit der Ruhe, Jungs, okay?«

»Dann soll sie sich entschuldigen.«

»Wofür?«, fragte Marie.

»Für das, was du gesagt hast.«

»Was hab ich denn gesagt?«

»Ich hab nicht alles verstanden, aber es war nicht cool.«

»Marie war spät dran und etwas gestresst, vergesst es einfach«, sagte Mehdi.

Leider schien das nicht ihre Absicht zu sein.

»Ich hab keinen Bock mehr auf eure ewigen Klugscheißereien!« Anklagend zeigte Kevin auf Marie. »Du und die anderen Kunst-Fuzzis, ihr kommt euch wohl besonders toll vor!«

»Und was gedenkst du, dagegen zu unternehmen?« Mehdi klang wie ein Verkäufer, der versucht, sich in seine Kunden hineinzuversetzen.

»Euch einen Denkzettel zu verpassen!«

»Genau!«, bestätigte Alex, der aussah, als würde er mehr Zeit im Fitnessstudio als in der Schule verbringen.

Mehdi zuckte mit den Schultern. »Tu dir keinen Zwang an.«

Camille, Léa, Mathilde, Quentin und Maxime bauten sich hinter Mehdi und Marie auf. Clément, der alle um einen Kopf überragte, trat dazwischen.

»Verpisst euch!«, befahl er Kevin und Alex.

Kevin starrte auf die geballten Fäuste von Big Loser und wich zurück.

Im selben Moment ertönte die Klingel am Ende der Allee.

»Gerettet durch den Gong!«, verkündete Mehdi.

»Freut euch nicht zu früh, irgendwann kriegen wir euch!«

»Genau, und dann kannst du weiter Phrasen dreschen.« Marie schnaubte verächtlich.

Kevin und Alex warfen ihr finstere Blicke zu, bevor sie sich unter die anderen Schüler mischten, die langsam ins Gebäude strömten. Kevin drehte sich noch einmal um und fuhr sich mit dem Daumen über die Kehle.

»Idioten!«, schimpfte Marie.

»Pass trotzdem auf, was du sagst«, meinte Mehdi.

»Du warst wirklich eine große Hilfe!« Kopfschüttelnd sah Léa zu Julien, der immer noch auf der Mauer lag. »Vielen Dank auch.«

»Wobei hätte ich euch denn helfen sollen? Ihr habt doch schon alle eure Muskeln spielen lassen. Außerdem ist ja nichts Schlimmes passiert. Sie hatten Schiss vor Big Loser. Also reg dich nicht auf.«

»Danke für deine Hilfe«, sagte Marie zu Clément.

»Keine Ursache.«

»Wir müssen los«, drängte Camille.

»Was haben wir in der ersten Stunde?«, fragte Marie.

»Design«, antwortete Clément.

Als sie zum Tor gingen, trottete Big Loser neben ihnen her.

»Der Typ tut mir irgendwie leid«, flüsterte Léa.

»Wer? Kevin?« Quentin grinste.

»Nein, Clément, Blödmann!«

»Clément Blödmann?«

»Ha, ha«, machte Léa.

Big Loser wich ihnen nicht von der Seite.

»Er steht auf Camille«, stellte Mathilde fest.

»Die halbe Schule steht auf Camille«, sagte Mehdi.

Clément lief knallrot an, als sein Blick Camilles begegnete.

»Der Penner wird doch glatt rot!« Mehdi prustete los.

»Lass ihn in Ruhe«, sagte Camille.

»Er ist es doch, der uns nicht in Ruhe lässt.«

»Warum nehmen wir ihn nicht in unsere Gruppe auf?«, schlug Mathilde vor.

»Echt jetzt?« Clément war sofort Feuer und Flamme.

»Und was wird aus den Acht?«, fragte Quentin.

»Wir könnten den Namen ändern«, meinte Marie.

»Heißen wir dann die Neun?« Julien zog die Augenbrauen hoch.

»Das geht nicht«, erwiderte Léa. »Aus Respekt gegenüber Manon.«

»Was hat die damit zu tun?«

»Manon hätte auch gern zu uns gehört.«

»Wie kommst du denn darauf?« Quentin machte ein überraschtes Gesicht. »Sie hat uns doch immer komplett ignoriert.«

»Weil sie sich nicht getraut hat, uns anzusprechen. Manchmal frage ich mich sogar, ob ihre Einsamkeit nicht der Auslöser für ihre Depressionen war.«

»Jetzt sag nur noch, sie hat sich unseretwegen umgebracht!«

»Nein, aber unsere Gleichgültigkeit war sicher einer der Gründe.«

Julien drehte sich um und sah Clément direkt ins Gesicht. »Hör mal, du willst dich nicht zufällig unseretwegen umbringen, oder?«

»Was?«

»Idiot!« Léa sah Julien kopfschüttelnd an.

»Was soll die Frage?« Clément runzelte verwirrt die Stirn.

»Er ist ganz blass geworden«, bemerkte Mathilde.

»Von Blutrot zu Schneeweiß«, bestätigte Quentin.

»Tut mir leid, Alter«, entschuldigte sich Julien. »Wie's aussieht, sind wir heute alle mit dem falschen Fuß aufgestanden.«

»Was ist denn jetzt mit der Party am Col de Vence?«, kam Quentin wieder zum eigentlichen Thema zurück.

»Ich hab euch vorhin zugehört«, sagte Clément. »Coole Idee, sich gegenseitig Angst einzujagen. Wenn ihr wollt, kann ich euch ein paar Tipps geben.«

»Wieso? Bist du Grusel-Experte?«

»Ich liebe Horrorfilme.«

»Welcher ist dein Lieblingsfilm?«

»Äh ... *Der Exorzist.*«

»Wie originell!«

»*Der Exorzist* ist doch voll öde.« Maxime schnaubte verächtlich.

Marie verdrehte die Augen. »Du tust immer so, als hätte es vor deiner Geburt keinen einzigen guten Film gegeben.«

»*Die Kraft Jesu bezwingt dich! Die Kraft Jesu bezwingt dich!*« Maxime ahmte Pater Merrin nach, der im Film das Mädchen Regan exorzieren soll.

»Hört auf, ihn zu verarschen«, schimpfte Camille.

»Seht euch das an! Kaum übernimmt Camille seine Verteidigung, wird Big Loser schon wieder rot.« Quentin grinste.

»Cam hat recht«, sagte Léa. »Das ist nicht witzig.«

»Ich hab noch mehr Lieblingsfilme«, fuhr Clément eifrig fort. »*The Nameless, Ring, REC, Das Omen, Shutter, The Thing, Das Waisenhaus, Orphan, Freaks, Hügel der blutigen Augen* und *Rosso – Farbe des Todes* ...«

Sie starrten ihn an, als hätte er soeben eine Stepptanz-Nummer aufgeführt.

»Welche Fassung von *Hügel der blutigen Augen*?«, fragte Mathilde.

»Die von Alexandre Aja. Sie ist viel besser als das Original von Wes Craven.«

Mathilde nickte. »Seh ich genauso.«

»Ich weiß nicht, ob ihr es mitbekommen habt, aber wir haben jetzt Unterricht und das Tor ist zu«, bemerkte Marie.

Quentin sah zu Léa, die ihm aufmunternd zunickte.

»Also gut.« Quentin seufzte resigniert. »Du bist eingeladen, Big Loser. Aber das heißt noch lange nicht, dass du zu unserer Clique gehörst, klar?«

3.

Die nächsten drei Wochen schienen langsamer zu vergehen als sonst. Mit jedem Tag stieg die Vorfreude auf ein sensationelles, noch nie da gewesenes Wochenende am Col de Vence. Clément und die acht Freunde waren fieberhaft damit beschäftigt, in aller Heimlichkeit etwas Gruseliges vorzubereiten. Das wiederum lenkte sie von ihrem Abschlussprojekt ab, das für die zwölfte Klasse des Kunstzweigs am Ende des Schuljahres anstand.

Es war April und der Tag der mündlichen Prüfung, an dem jeder ein eigenes Werk präsentieren sollte, rückte näher. Der verantwortliche Lehrer war ein glühender Verehrer von Abraham Poincheval, einem zeitgenössischen französischen Performance-Künstler, der mit Erfahrungen auf engstem Raum experimentiert. Poincheval hatte acht Tage im Inneren eines riesigen Felsblocks verbracht, um auszuprobieren, wie es sich anfühlte zu versteinern. Außerdem hatte er sich dreizehn Tage in den Bauch eines ausgestopften Bären gelegt, weil er im völligen Einklang mit dem Tier sein wollte.

Die intensive Auseinandersetzung mit zeitgenössischer Kunst hatte großen Einfluss auf die Werke der Schülerinnen und Schüler, die sich dieses Jahr mit dem Thema »Andersartigkeit als Chance?« befassen sollten. Einige hielten ihre Projekte lieber geheim. Aber es war bekannt, dass Camille ein Hochzeitskleid aus Toilettenpapier anfertigte.

Quentins Kunstwerk sollte die Leute zum Lachen bringen, obwohl seine Eltern versucht hatten, ihn zu einem Architekturprojekt zu überreden.

Maxime äußerte sich nur sehr vage zu seiner Präsentation. Wenn er gefragt wurde, verriet er lediglich den Titel seines Werks: »Fressen, Flush und Funk.«

Auch Mehdi wusste, wie man die Leute neugierig machte: »Ich bereite etwas vor, womit niemand rechnet, nicht mal ich selbst. Aber eins kann ich versprechen: Es wird der absolute Hammer!« Daraufhin wollten alle mehr wissen.

Julien widmete sich seinem Comic, in dem es um einen Superhelden ging, der in Superman verliebt war. Wer schon einen Blick auf seine Arbeit hatte werfen dürfen, war beeindruckt von der Feinheit der Zeichnungen.

Clément wollte sich direkt von Abraham Poincheval inspirieren lassen, um Pluspunkte bei ihrem Lehrer zu sammeln. Ihm fehlte nur noch eine originelle Idee, worin er sich einschließen lassen könnte.

Als die neunundzwanzig Schüler der Kunstklasse am Freitag vor der Horrornacht ihre Sachen packten, waren sie in Gedanken schon beim bevorstehenden Wochenende. Und neun von ihnen noch etwas mehr als die anderen.

4.

Der große Audi hielt um kurz nach sechs vor der Schäferei, über der gerade ein heftiger Wolkenbruch niederging. Vorne und hinten öffneten sich die Türen und ein Regenschirm wurde aufgespannt. Camille, ihre Mutter und Julien, den sie mitgenommen hatten, suchten Schutz unter dem Schirm und rannten die Stufen zur Haustür hinauf. Der Regen trommelte so laut auf das Vordach, als wollte er Tote wecken. Quentin öffnete die Tür.

»Rein mit euch, schnell!«

Die Besucher betraten die Eingangshalle und tropften auf die weißen Fliesen.

»Hallo, Madame Souliol«, begrüßte Quentin Camilles Mutter, die ebenfalls mit hereingekommen war.

»Du hast deine Mutter eingeladen?« Maxime grinste Camille zu. Er war der erste Gast gewesen und hielt bereits ein Glas in der Hand.

»Mir ist nicht wohl dabei, euch in diesem Haus allein zu lassen«, gestand Estelle Souliol.

»Fang nicht wieder damit an, Mama«, stöhnte Camille, während sie im Spiegel ihr Make-up überprüfte.

»Es besteht kein Grund zur Sorge«, versicherte Quentin.

»Ihr seid hier völlig isoliert. Auf den letzten zwanzig Kilometern haben wir kein einziges Gebäude gesehen und die Straße war wie ausgestorben.«

»Was soll schon passieren? Im Haus sind wir in Sicherheit.«

»Seid ihr wenigstens telefonisch erreichbar? Hier draußen gibt es bestimmt kein Netz.«

»Mama, bitte!«

»Mein Vater hat einen Repeater installieren lassen.« Quentin zeigte auf eine weiße Dose neben der Tür. »Außerdem gibt es fast überall im Haus Überwachungskameras, die mit einer Alarmanlage verbunden sind.«

»Deine Eltern haben ein wunderschönes Zuhause aus dem alten Gemäuer gemacht.«

»Sie sind Architekten. Nachdem sie die Schäferei von meinen Großeltern geerbt hatten, haben sie viel verändert. Soll ich Sie rumführen?«

»Sehr gern!«

Camille seufzte, während Quentin mit der Hausführung begann.

Die ehemals 120 Quadratmeter große Schäferei war komplett renoviert, modernisiert und auf die doppelte Wohnfläche vergrößert worden. Sie hatte sich in eine Architektenvilla verwandelt, in der eine große Familie leben oder eine Gruppe feierfreudiger Jugendlicher am Samstagabend Party machen konnte. Der neue Grundriss und die vielen Glasflächen, die die Steinmauern auflockerten, sorgten für mehr Platz und Helligkeit. Die beiden ursprünglich voneinander getrennten Ebenen waren geöffnet, völlig neu gestaltet und durch eine zentrale Treppe miteinander verbunden worden. Das Erdgeschoss hatte sich in eine Art Loft verwandelt, in dem Küche, Esszimmer und Wohnzimmer ineinander übergingen. Es wirkte wie eine Kunstgalerie mit all den seltsamen Bildern, deren Bedeutung sich einem nicht sofort erschloss. Einige waren komplett schwarz oder weiß, auf anderen standen Fragen in weißer Schrift auf schwarzem Grund, zum Beispiel »Alles ist Kunst?« oder »Was soll das sein?«. Es gab merkwürdig geformte Skulpturen in leuchtenden, mal sanft und mal aggressiv wirkenden Farben. Zum Beispiel einen großen Apfel in Rosa, der angebissen auf einer orangefarbenen, kaktusförmigen Säule lag. Oberhalb des riesigen Raumes befand sich eine Galerie mit einem schmiedeeisernen Geländer, von der mehrere Zimmer abgingen. Der Wohnraum schien sich jenseits der großen Fenster in den Garten auszudehnen. Draußen war es vorzeitig dunkel geworden und das Unwetter sorgte für Weltuntergangsstimmung.

»Sind die Scheiben stabil?«, fragte Camilles Mutter beunruhigt.

Quentin nickte. »Sie sind sogar kugelsicher.«

Das Prasseln des Regens war so laut, als würde jemand Kies gegen die Fenster werfen. Die Planen, mit denen das Baumaterial neben der großen Grube abgedeckt war, flatterten im Wind, wie eine Horde Geister, die im Garten ihr Unwesen treiben.

»Der Pool ist noch nicht fertig«, erklärte Quentin. »Wir sind gerade bei den Erdarbeiten.«

Unter der Steintreppe, die in den ersten Stock führte, befand sich eine Holztür.

»Ein Schrank?«, fragte Camilles Mutter.

»Nein, dort geht es in den Keller. Wollen Sie einen Blick hineinwerfen?«

»Nicht nötig. Ich hatte schon immer Angst vor engen Räumen, ganz besonders vor Kellern. Leider habe ich diese Phobie an meine Tochter vererbt.«

»Gut zu wissen ...«

»Warum?«

»Äh ... weil wir Camille dann besser nicht zum Weinholen in den Keller schicken.«

»Ihr trinkt doch hoffentlich keinen Alkohol, oder?«

»Keine Sorge, wir sind ganz brav. Und wir setzen uns auch bestimmt nicht hinters Steuer. Möchten Sie das obere Stockwerk sehen?«

»Na gut, wenns nicht zu lange dauert.«

Im ersten Stock befanden sich mehrere Zimmer mit geschlossenen Türen und ein riesiges Bücherregal aus Teakholz, das die komplette Wand der Galerie einnahm.

»Die Schlafzimmer, das Arbeitszimmer, ein Fitnessraum und zwei Bäder.« Quentin klang wie ein Immobilienmakler, der allmählich die Lust verliert.

Camilles Mutter ließ den Blick über den großzügigen Wohnraum schweifen, mit all seinen Winkeln und Nischen, in denen ungewöhnliche Kunstwerke standen, ein gemütlicher und luxuriöser Rückzugsort mitten in dem draußen tobenden Sturm.

»Es gibt gar keine Fotos«, wunderte sie sich.

»Fotos?«

»Von dir und deiner Familie …«

»Die haben wir verloren.«

»Wie konnte das passieren?«

»Meine Eltern wollten den Umzug nutzen, um ordentlich auszumisten. Leider sind ein paar Kartons durcheinandergeraten und die Fotos sind auf der Mülldeponie gelandet.«

»Tatsächlich?«

»Ja. Im heutigen Digitalzeitalter kann einem das zum Glück nicht mehr passieren.«

»Reicht es endlich, Mama?« Camille, die zwischen Maxime und Julien stand, klang genervt. »Du willst das Haus schließlich nicht kaufen, oder?«

»Ich will nur wissen, wo ich meine Tochter hingebracht habe.«

»Bist du jetzt beruhigt?«

»Ihr bleibt hier, versprochen?«

»Wo sollen wir denn sonst hin?«

»Bei dem Wetter treiben wir uns bestimmt nicht draußen herum«, versicherte Julien.

Camilles Mutter gab ihrer Tochter einen Kuss und musterte die

Haustür, die Quentin geöffnet hatte. Sie wurde ihm vom Wind fast aus der Hand gerissen.

»Panzertür«, erklärte er mit einem komplizenhaften Lächeln.

Madame Souliol lächelte zurück, trat auf die Außentreppe und öffnete ihren Regenschirm. Zwei Scheinwerfer erfassten sie. Ein großer Geländewagen mit Allradantrieb kam auf sie zu und sie wich im gleißenden Licht zurück. Der Wagen hielt und Marie, Mathilde und Léa stiegen aus, beladen mit Taschen. Sie liefen an Camilles Mutter vorbei, die den Mädchen zuwinkte, bevor sie sich in ihrem Audi vor dem Regen in Sicherheit brachte. Léas Vater, der die Scheibe heruntergelassen hatte, um zu grüßen, fuhr das Fenster schnell wieder hoch, damit sich sein Wagen nicht in ein Aquarium verwandelte.

Die Reifen des Audis drehten durch. Camille schickte ein Stoßgebet zum Himmel, damit ihre Mutter nicht im Matsch stecken blieb. Sie seufzte erleichtert, als der Audi mit gedrosselter Geschwindigkeit davonfuhr, gefolgt von dem Geländewagen, der eine Wolke Dieselgeruch zurückließ.

Léa umarmte ihre Freunde, als hätte sie sie monatelang nicht gesehen. Das war ihre sehr taktile Art der Begrüßung.

»Sind alle da?« Mathilde öffnete ihre Jacke, unter der ein T-Shirt der Hardrock-Band *Crucified Barbara* zum Vorschein kam.

»Ich will dein T-Shirt«, sagte Maxime.

»Ich hab nichts drunter.«

»Ich will dein T-Shirt!«

»Es fehlen nur noch Mehdi und Clément«, antwortete Quentin.

»Mehdi ist immer spät dran«, sagte Mathilde. »Aber Clément? Der träumt doch schon ewig davon, mit uns abzuhängen. Das ist, als würde ich zu spät zu einem Skunk-Anansie-Konzert kommen.«

»Ich will dein T-Shirt«, wiederholte Maxime.

»Du nervst!«

»Wie wollte Clément denn herkommen?«, fragte Léa. »Hat ihm jemand eine Mitfahrgelegenheit angeboten?«

»Ich hab ihm unsere Adresse gegeben«, sagte Quentin. »Das reicht doch, oder?«

»Wir hätten ihn mitnehmen können«, sagte Marie bedauernd.

»Ich weiß nicht mal, wo er wohnt«, gab Camille zu.

»Ist doch egal.« Quentin zuckte mit den Schultern. »Wenn er eine Mitfahrgelegenheit gebraucht hätte, hätte er sich schon gemeldet.«

»Der ist doch viel zu schüchtern.«

»Er kommt bestimmt mit Mehdi«, sagte Maxime.

»Wie wärs, wenn wir schon mal einen Schluck trinken, während wir auf die beiden warten?«, schlug Julien vor.

»Bin dabei«, sagte Quentin. »Aber lass es ruhig angehen. Heute Abend musst du jedes Mal trinken, wenn du Angst hast.«

»Funktionieren die Kameras wirklich?« Camille zupfte ihr Kleid zurecht.

»Ja, meine Eltern haben sie hauptsächlich wegen der Kunstwerke installieren lassen.«

»Heißt das, wir werden die ganze Zeit gefilmt?«

»Genial, oder?«

»Das geht gar nicht!«

»War nur ein Witz. Sie sind ausgeschaltet.«

Julien sah nach draußen, wo der Sturm tobte. Ein Blitz erhellte den noch nicht fertig angelegten Garten.

»Wow!«

Einige Sekunden später grollte der Donner direkt über ihnen. Das Haus bebte.

»Erwischt!« Julien zeigte auf Camille. »Du hast Angst gehabt, also musst du trinken.«

Quentin brachte ihr ein Glas Wodka.

Camille prostete den anderen zu. »Hiermit erkläre ich die Horrornacht für eröffnet!«

Faustschläge hämmerten gegen die Tür.

Marie schrie auf.
Julien zuckte zusammen.
Camille ließ ihr Glas fallen, das zu ihren Füßen zerschellte.

5.

Mit der Flasche in der Hand öffnete Quentin die Tür. Mehdi stürmte herein wie ein Polizist vom SEK. Er rempelte Quentin an, der das Gleichgewicht verlor und sich an Léa festhielt, ohne den Wodka loszulassen.

»Mensch, Leute, habt ihr euch hier verbarrikadiert, oder was?«, meckerte Mehdi. Er war klitschnass. »Ich klopfe schon seit einer halben Ewigkeit!«

»Sorry, ich hatte den Riegel vorgelegt.« Quentin schloss die Tür. »Camilles Mutter hat uns mit ihrer Paranoia total Angst gemacht.«

»Jetzt übertreib mal nicht«, brummte Camille, während sie die Scherben aufsammelte.

»Habt ihr schon was getrunken?«, fragte Mehdi.

»Nein, warum?«

»Weil das die Regel ist: Wer Angst hat, trinkt!«

»Wir warten trotzdem, bis alle da sind.«

Mehdi zog seine Jacke aus und hängte sie an einen freien Haken.

»Wer fehlt denn noch?«

»Clément«, antwortete Quentin.

»Wolltet ihr nicht zusammen kommen?«, wunderte sich Maxime.

»Ich und Big Loser? Soll das ein Witz sein?«

»Vielleicht hat er den Weg nicht gefunden«, sagte Marie.

Quentin zuckte mit den Schultern. »Wenn er sich verfahren hat, kann er ja anrufen.«

»Oder er hat es sich im letzten Moment anders überlegt«, mutmaßte Marie weiter.

»Bestimmt nicht«, versicherte Léa. »Er träumt seit Anfang des Schuljahres von so einer Gelegenheit.«

»Ist der DJ auch noch nicht da?«, witzelte Mehdi.

»Stimmt, hier ist es viel zu still.«

Quentin ging zu seinem PC, der an eine Soundbar angeschlossen war, und entschied sich für *Wake Me Up*.

»In Gedenken an Avicii«, verkündete er.

Der schwedische DJ war mit achtundzwanzig Jahren gestorben.

Feeling my way through the darkness
Guided by a beating heart
I can't tell when the journey will end

»Gute Wahl!« Maxime grinste. »Die Musik eines Toten zum Auftakt einer Horrornacht.«

»Ich hab massenweise Essen dabei«, verkündete Mehdi. »Der Pizzabote fährt bestimmt nicht so weit raus.«

»Und ich hab ein paar Horrorfilme mitgebracht«, sagte Marie. »Die machen zwar nicht satt, aber sie passen zum Thema des Abends.«

»Ich hab eine Playlist mit gruseligen Songs zusammengestellt«, sagte Quentin.

»Zum Beispiel?«

»Sachen von Fantômas oder Carpenter Brut …«

»Wenn das alles ist, womit ihr uns erschrecken wollt, gehen wir heute garantiert früh schlafen.« Mathilde grinste spöttisch.

»Wieso, hast du was Besseres?«

»Wenn ich es vorher verrate, klappt es nicht mit dem Jump-Scare.«

Unauffällig suchte Quentin auf seinem Computer *Rosemary's Baby* von Fantômas heraus. Die Stimme eines kleinen Mädchens drang aus den Boxen. Es klang wie die Tonspur eines Horrorfilms:

La la la la la la la la la la ...

Quentin grinste, als sich auf den Gesichtern seiner Freunde ein leichter Schrecken abzeichnete.

»Zum Totlachen!« Er prustete los. »Schade, dass ihr euch nicht sehen könnt. Auf zur Bar, ihr müsst alle was trinken!«

»Wir wollten doch auf Clément warten«, protestierte Camille.

»Tut mir leid für deinen Verehrer, aber es ist schon weit nach sechs.«

Mehdi ging in die Küche und begann, seine Tasche auszupacken.

»Schicke Küche«, stellte er fest. »Alles aus Edelstahl, fast wie in einem Restaurant.«

Er reihte die Frischhaltedosen auf, die seine Mutter gefüllt hatte. Taboulé, Fleischbällchen und orientalisches Gebäck.

»Arabische Mandelhörnchen!« Maxime fischte ein Hörnchen aus der Dose. »Du bist mein Held!«

»Warte gefälligst, bis es Nachtisch gibt, Fettkloß!«

»Die sind einfach zu gut. Vielleicht sollte ich deine Mutter heiraten.«

»Sprich nicht so respektlos über meine Mutter!« Mehdi war plötzlich ernst geworden.

»War nur ein Witz.«

Mehdi griff nach einem Küchenmesser und hielt Maxime die Klinge an die Gurgel.

»Mach deine Witze, über wen du willst, aber nicht über meine Mutter, klar?«

»Entspann dich, Mehdi«, sagte Camille. »Kein Grund, durchzudrehen.«

»Alles klar, Kumpel! Wenn es dich beruhigt, erwähne ich den Namen deiner Mutter nie wieder.«

Eine unbehagliche Stimmung breitete sich aus. Léa war noch blasser als sonst und Julien hielt sich beide Hände vor den Mund, als würde er angesichts von Mehdis Drohgebärde einen Schrei unterdrücken.

»Du verarschst uns doch, oder?« Quentin grinste, um die Situation zu entspannen.

Vorsichtig nahm Mathilde Mehdi das Messer ab.

»Ich hab eine bessere Verwendung dafür.«

Sie griff nach einem Baguette und begann, es in Scheiben zu schneiden.

»Ich bereite den Salat vor«, sagte Léa, die ebenfalls von dem Zwischenfall ablenken wollte.

»Ich helf dir«, bot Marie an.

»Und ich kümmere mich um die Soße«, fügte Camille hinzu.

Zum ersten Mal in seinem Leben fiel Maxime kein flotter Spruch ein. Er verzog sich ins Wohnzimmer, gefolgt von Julien, der ihm auf den Schreck einen Schluck Wodka anbot.

Maxime nickte zu Mehdi, der die restlichen Dosen aus seiner Tasche holte. »Der müsste einen Schluck trinken, nicht ich.«

»Reg dich nicht auf, Alter.« Julien tätschelte Maximes Hand. »Jeder hat seine wunden Punkte. Bei dir ist es das Essen, bei Mehdi seine Mutter. Als beides zusammengekommen ist, hats geknallt. Ist doch kein schlechter Auftakt für eine Horrornacht, oder?«

Plötzlich ertönte ein Schrei. Julien und Maxime stürzten in die Küche. Die anderen standen mit entsetzten Gesichtern um Mathilde herum.

Dann fiel das blutige Messer auf die Fliesen.

Und Mathilde brach zusammen.

6.

Zwischen den Brotscheiben auf der Arbeitsfläche lagen drei Finger. Mathilde hatte sich die halbe Hand abgeschnitten! Sie lag zusammengekrümmt auf dem Küchenboden. Léa griff nach einem Handtuch und wickelte es ungeschickt um das Handgelenk ihrer Freundin, während Quentin den Notruf wählte.

»Vergiss es«, knurrte Mathilde. »Der Krankenwagen kommt sowieso zu spät.«

Das seltsame Lächeln auf ihrem Gesicht jagte Quentin einen größeren Schrecken ein als die Bemerkung selbst.

»Wieso?«, fragte er alarmiert. »Was ist los?«

Mühsam setzte Mathilde sich auf und nahm den von Léa hastig angelegten Verband ab. Ihre Freunde wichen zurück, als würde sie gleich eine Handgranate zünden. Mathilde hob den Arm und öffnete ihre Hand mit allen fünf Fingern. Als sie die verblüfften Gesichter ihrer Freunde sah, brach sie in Gelächter aus.

»Yesssss!« Triumphierend boxte sie mit der Faust in die Luft. »Wenn ihr euch sehen könntet! Ihr seid mir so was von auf den Leim gegangen. Hopp, hopp, eine Runde für alle!«

»Tickst du noch richtig?«, schimpfte Léa. »Wir sind fast gestorben vor Angst!«

»Genau darum gehts doch, oder?«

Zögernd näherte sich Marie der Arbeitsfläche, um die Finger zu begutachten. Sie waren aus Latex.

»Wo hast du die her?«

»Thibaut hat sie mir besorgt.«

Thibaut war ein Mitschüler, dessen Vater beim Theater arbeitete. Mathilde hatte einmal mit ihm geschlafen, was Thibaut offensichtlich in guter Erinnerung geblieben war. Mathilde war stolz auf ihre Einlage. Damit hatte sie nicht nur von der unangenehmen Stimmung abgelenkt, die Mehdi mit seinem Ausraster erzeugt hatte, sondern außerdem allen einen riesigen Schrecken eingejagt. Sie goss Wodka in sieben Gläser.

»Für mich nicht«, lehnte Mehdi ab.

»Wieso? Du hast genauso viel Angst gehabt wie alle anderen.«

»Keineswegs. Ich fand es sogar lustig.«

»Heuchler!«, rief Camille.

»Musst du gerade sagen.«

»Was soll das denn heißen?«

»Du tust doch alles, um die Typen heißzumachen.«

»Seit wann stört dich das? Keine Ahnung, was heute mit dir los ist, Mehdi, aber ich mag dich eindeutig lieber, wenn wir Beerpong spielen.«

»Ich sag nur, dass ich keine Angst hatte.«

»Komm, ich zeig dir was.« Quentin ging zur Treppe.

Mehdi und die anderen folgten ihm in den ersten Stock, wo sie ein großes Zimmer betraten, das mit einem Zeichentisch, einem Sofa, zwei Sesseln, einem Wandschrank und einem modernen Schreibtisch mit zwei nagelneuen Computern ausgestattet war. Quentin schaltete einen der Computer an und tippte auf der Tastatur herum. Auf dem Bildschirm erschienen mehrere Fenster, die verschiedene Teile der Villa zeigten. Camille verstand sofort.

»Ich glaubs nicht! Die Überwachungskameras sind also doch eingeschaltet.«

Quentin nickte. »Ich habs euch nicht gesagt, damit ihr euch ganz normal benehmt, aber jetzt brauchen wir die Aufzeichnungen als Videobeweis.«

»Ich will aber nicht ohne mein Wissen gefilmt werden.«

»Das wirst du sowieso, sobald du einen Fuß vor die Haustür setzt. In Nizza gibt es zweitausend Kameras, die alles aufzeichnen. Das sind siebenundzwanzig pro Quadratkilometer! Also hör auf mit dem Gejammer.«

»Ja, aber diese Videos landen wenigstens nicht im Internet!«

»Reg dich ab, Süße. Wenn es dich beruhigt, unterschreib ich gern eine Datenschutzerklärung.«

»Unsinn!«

»Ich habs!«

Quentin hatte die Aufnahme aus der Küche gefunden. Er klickte auf den Vollbildmodus. Mathilde schnitt Baguette. Dann sah man, wie sie unauffällig eine Kapsel Kunstblut hervorzog und in ihrer Hand platzen ließ, bevor sie drei falsche Finger auf die Arbeitsplatte warf und anfing zu schreien.

»Schau dir dein Gesicht an, Mehdi, und sag mir, dass du das lustig fandest.«

Quentin drückte auf Pause und Mehdis entsetzte Miene fror auf dem Bildschirm ein.

»Also gut, dann trinke ich eben mit. Wenigstens wissen wir jetzt von deiner heimlichen Filmerei.«

»Nur dass sie jetzt nicht mehr heimlich ist«, präzisierte Quentin.

»Wie wärs, wenn wir endlich was futtern?«, schlug Maxime vor.

»Gute Idee«, sagte Mathilde.

Sie gingen wieder in die Küche hinunter, um das Abendessen vorzubereiten. Quentin legte OrelSan auf. *Basique.*

Si tu dis souvent qu'tas pas d'problème avec l'alcool,
c'est qu'ten as un

Simple
Faut pas faire un enfant avec les personnes
que tu connais pas bien
Basique

»Du hast uns echt reingelegt, Arschloch!«, gab Julien widerwillig zu.

Quentin antwortete mit einem Sprechgesang im Stil von *Basique*: »Wenn du nicht reingelegt werden willst, geh nicht zu einer Horrornacht, simpel. Freunde müssen sich anlügen, sonst wär'n sie keine Freunde, logisch.«

»Und der Abend hat gerade erst angefangen!«, stöhnte Maxime.

»Übrigens haben wir immer noch nichts von Clément gehört«, bemerkte Léa.

»Sein Pech.«

»Hat jemand seine Nummer?«

»Hast du seine Nummer nicht, kannst du ihn auch nicht anrufen, simpel«, rappte Quentin weiter.

»Wenn er sich nicht meldet, wird er seine Gründe haben«, stellte Julien fest.

»Soll ich ihn anrufen?«, fragte Léa.

»Woher hast du seine Nummer?«

»Ich hab ihn danach gefragt.«

»Wenn du seine Nummer willst, frag ihn einfach danach, logisch.«

Marie verdrehte die Augen. »Deine Singerei nervt!«

»Wäre dir ein Sänger in Schwarz-Weiß lieber, so wie Maurice Cavalier?«

»Maurice Chevalier*«, korrigierte Marie.

Léa rief bei Clément an, erreichte aber nur seine Mailbox und hinterließ eine Nachricht.

»Hallo, Clément, hier spricht Léa … Wo steckst du? … Wir warten nicht länger auf dich, aber falls du schon unterwegs bist, lassen wir dir was vom Nachtisch über.«

»Man beachte den Humor am Ende der Nachricht«, bemerkte Quentin spöttisch.

Léa ging nicht darauf ein. »Vielleicht hatte er einen Unfall.«

»Bestimmt ist er von der Straße abgekommen, als er an sein Handy gehen wollte.« Quentin grinste.

»Er darf doch noch gar nicht fahren«, wandte Marie ein.

»Wer weiß? Vielleicht kommt er mit dem Motorroller.«

»Bei dem Wetter wohl eher mit dem Jetski«, witzelte Maxime. »Darum ist er auch zu spät.«

»Quatsch!« Léa schüttelte den Kopf.

»Hört auf rumzuspinnen«, sagte Julien. »Wobei das mit dem Unfall wirklich sein könnte. Vielleicht hat ihn jemand hergefahren und das Auto ist bei dem Regen aus der Kurve geflogen.«

Die anderen schwiegen betroffen. Mehdi zeigte auf Léas ängstliches Gesicht.

»Wer Angst hat, trinkt!«, rief er.

»Wer-Angst-hat-trinkt!«, skandierten die anderen im Chor.

»Ich hab keine Angst, ich mach mir nur Sorgen.«

»Das zählt auch«, stellte Mehdi klar. »Sorge, Angst, Furcht, alles dasselbe.«

»Nicht wirklich«, erklärte Marie. »Angst ist ein Gefühl der Bedrohung durch etwas, das noch nicht eingetreten ist. Zum Beispiel, wenn du in einen dunklen Keller gehst. Furcht ist, wenn du unten bist und plötzlich die Tür zugeht. Jetzt müssen wir nur noch entscheiden, ob man bei Angst oder Furcht trinken muss.«

»Das ist mir echt zu kompliziert«, sagte Quentin. »Wer sich erschreckt, muss trinken, fertig.«

»Ich hab Hunger«, verkündete Maxime.

»Ich auch«, sagte Mathilde.

»Vielleicht bereitet Clément ja irgendwas total Krasses vor«, überlegte Maxime. »Damit uns so richtig die Haare zu Berge stehen.«

»Das tun deine doch sowieso schon«, stellte Camille fest.

»Nur tagsüber, nachts benutze ich kein Gel.«

»Was dann, Vaseline?«, fragte Mathilde spöttisch.

»Achtung, Leute, wir entfernen uns vom Thema des Abends«, warnte Quentin. »Reißt euch zusammen!«

Ein Blitz erleuchtete den Rasen wie am helllichten Tag, gefolgt von einem himmlischen Trommelwirbel. Das Wetter passte perfekt zu einer Horrornacht.

»Da ist jemand im Garten!«, rief Marie.

Alle starrten zu den großen Fenstern, die sie von der schwarzen Nacht trennten.

7.

Marie war sicher, draußen eine Gestalt gesehen zu haben, als es geblitzt hatte.

»Das war Clément, garantiert«, sagte Quentin.

»Es war eine Frau.«

»Eine Frau?«

»Mit langen Haaren. Und einem weißen Kleid.«

»Clément als Mädchen verkleidet?« Quentin grinste.

»Das ist kein Scherz!«, beteuerte Marie, die tatsächlich beunruhigt zu sein schien.

»Du willst uns doch nur auf den Arm nehmen. Aber nach der Sache mit Mathildes abgeschnittenen Fingern nehmen wir dir die Geschichte nicht ab.«

»Außerdem hast du es nicht geschafft, uns Angst einzujagen«, sagte Mehdi.

»Ernsthaft, ich hab wirklich jemanden gesehen.«

»Gibt es draußen Licht?«, fragte Camille.

»Ja, auf der Terrasse. Aber nicht im Garten.«

»Mach es trotzdem an.«

»Fällst du etwa auf ihre Show rein?«

»Was kostet es dich, das Licht anzumachen?«

»60 Watt.«

Marie hörte nicht mehr zu. Langsam näherte sie sich der Scheibe. Die anderen folgten ihr.

»Wir müssen nur auf den nächsten Blitz warten«, murmelte sie.

»Ich hab Hunger«, wiederholte Maxime.

»Was ist jetzt mit dem Licht, Quentin?«, drängte Camille.

»Mach schon!« Maxime seufzte. »Sonst stehen wir noch stundenlang wie die Idioten vor dieser Scheibe und starren in die Nacht.«

Plötzlich ertönte ein Knurren hinter ihnen, gefolgt von einer heiseren Stimme:

»Ihr werdet alle sterben!«

Julien spielte das Monster.

»Sehr lustig«, sagte Marie.

Quentin fand den Schalter hinter einer Vase, die wie eine in Erdöl getauchte Eierschale aussah. Licht erhellte die Terrasse. Im selben Moment zuckte der nächste Blitz über den Himmel.

Marie schrie.

Die Frau war nicht mehr im Garten.

Sie stand direkt vor ihnen.

Auf der anderen Seite der Scheibe.

Das Gesicht hinter langen, nassen Haarsträhnen verborgen.

8.

Das kollektive Unterbewusstsein speichert Bilder aus Märchen, Legenden, Filmen, dem Fernsehen und dem Internet. Einer der unheimlichsten Mythen ist der der Weißen Frau. Man verbindet sie mit übernatürlichen Erscheinungen, den Geistern verstorbener Frauen, Todesbotinnen oder Anhalterinnen, die anfangen zu schreien, sobald sie in ein Auto gestiegen sind.

Wer einen Film wie *Ring* gesehen hat, bekommt automatisch eine Gänsehaut, sobald nachts eine Erscheinung in einem hellen Kleid auftaucht. Vor allem, wenn lange schwarze Haare das Gesicht verdecken. Seit der Film in den Kinos lief, ist der Geist von Sadako in vielen Köpfen fest verankert. *Ring* ist eine Quelle der Inspiration, zum Beispiel für das mit versteckter Kamera gedrehte Video auf Youtube, in dem ein Mädchen im Nachthemd Leute erschreckt, die in einen präparierten Fahrstuhl steigen. Während einer simulierten Störung geht das Licht aus und das Mädchen kriecht mit einer Puppe im Arm aus seinem Versteck. Wenn das Licht wieder angeht, ist der Horroreffekt garantiert.

Genau diesen Effekt hatte Léa bei ihren Freunden erreicht, die wie erstarrt auf der anderen Seite der Glasscheibe standen. Allerdings hatte sie die Aktion auch sorgfältig vorbereitet. Als Marie den anderen einen Vortrag über den Unterschied zwischen Angst und Furcht gehalten hatte, konnte Léa sich unauffällig verdrücken, ein Nachthemd überstreifen und eine Perücke ihrer Mutter aufsetzen. Dann war sie trotz des Unwetters in den Garten geschlichen, wo Regen und Dunkelheit sie in einen triefenden Geist verwandelten. Erst hatte sie sich mitten in den Garten gestellt. Dann war sie zwischen zwei Blitzen dicht vor die Scheibe getreten.

Als sie den Kopf hob und die Lippen zu einem dämonischen Lächeln verzog, brauchten ihre Freunde einige Sekunden, um den Schwindel zu bemerken. Maxime reagierte als Erster.

»Entspannt euch, Leute, es ist Léa!«, rief er.

Der Geist prustete los und kehrte schnell ins Haus zurück.

»Wahnsinn!«, rief Quentin. »Von mir kriegst du die volle Punktzahl.«

»Darf ich euer Bad benutzen? Ich muss mich abtrocknen und umziehen.«

»Fühl dich wie zu Hause. Wir trinken solange auf deine Gesundheit.«

»Diesmal kann Mehdi nicht so tun, als hätte er keine Angst gehabt«, sagte Camille.

»Klappe!«, fuhr Mehdi sie an, während er sich ein Glas Wodka einschenkte. »Keine Sorge, ich trinke wie alle anderen.«

»Jetzt kommen wir zu den wirklich wichtigen Dingen!« Maxime kehrte mit den Armen voller Chips und Knabberzeug aus der Küche zurück und ließ die Tüten auf den Wohnzimmertisch fallen.

Die anderen brauchten etwas länger, um sich von Léas Erscheinung als Weiße Frau zu erholen.

»Ich setz das Wasser für die Nudeln auf«, sagte Quentin.

»Aus dir spricht ein wahrer Sternekoch.« Marie grinste.

»Wieso? Kannst du etwa kochen?«

»Nur Gerichte mit schwarzen und weißen Lebensmitteln.«

»Hab ich dir schon gesagt, dass du total durchgeknallt bist?«

»Hab ich dir schon gesagt, dass schwarze Lebensmittel sehr gesund sind und schön machen? Sie senken den Cholesterinspiegel und wirken vorbeugend gegen Krebs. Außerdem verlangsamen sie den Alterungsprozess und aktivieren die Kollagenproduktion.«

»Und das ist gut für die Haut, ich weiß.«

»Siehst du!«

»Leider haben wir nur schwarze Oliven da.«

»Keine Sorge, ich hab Tapenade, Pflaumen, Schokolade und Guinness mitgebracht. Und als weißes Lebensmittel Naturjoghurt.«

Quentin nahm sein Glas und prostete Marie zu.

»Glückwunsch! Du hast es geschafft, mir mit deiner schwarz-weißen Diät echt Angst einzujagen.«

»Mach dich nur lustig. Bei meiner Gruselvorstellung wird dir das Lachen schon vergehen.«

»Du hast auch was vorbereitet?«

»Du nicht?«

»Nein.«

»Ja, klar.«

»Ich hab mir nur ein Trinkspiel runtergeladen. Eine super App, ein bisschen wie *Picolo*, aber passend zum Horrorthema.«

»Wie heißt das Spiel?«

»Es hat noch keinen Namen. Mein Cousin entwickelt es gerade. Er hat gefragt, ob ich es testen will.«

»Cool. Sollen wir es ausprobieren?«

Marie sagte den anderen Bescheid. Sie stellten Cola, Orangensaft, Whisky und Wodka zwischen die Knabbersachen. Quentin verteilte Gläser. Maxime stopfte sich eine Handvoll Chips in den Mund und griff nach seiner Gitarre. Julien füllte die Gläser mit Whisky-Cola und Wodka-Orange, Mathilde drehte sich einen Joint und Mehdi starrte auf sein Handy. Léa kam in trockenen Kleidern die Treppe herunter.

»Keine Bewegung!«, rief Marie.

Mathilde zuckte zusammen und warf Marie, die gerade ein Foto machte, einen vorwurfsvollen Blick zu.

»Deinetwegen hätte ich fast mein Gras fallen lassen.«

Marie kicherte, während sie auf das Display ihrer Kamera sah.

»Auf dem Foto erkennt man genau, dass du Angst hattest«, stellte sie fest. »Los, trink was!«

Maxime stimmte die magischen ersten Töne von *Californication* von den Red Hot Chili Peppers an und die anderen schwiegen andächtig. In seinem nicht gerade akzentfreien Englisch sang er den Anfang des Songs:

»Psychic spies from China try to steal your mind's elation
And little girls from Sweden dream of silver screen quotation
And if you want these kind of dreams it's Californication …«

Den Rest des Songs spielte er ohne Gesang.

Als er fertig war, applaudierten alle.

»Deinetwegen haben wir jetzt eine Gänsehaut.« Mathilde rieb sich die Arme. »Zählt das, auch wenn man keine Angst hatte?«

»Und ob!«, rief Maxime.

»Wir starten mit dem Trinkspiel«, verkündete Quentin.

»Okay.« Maxime legte die Gitarre zur Seite. »Dann kümmere ich mich danach um die Nudelsoße.«

»Mist, jetzt hab ich das Wasser zu früh aufgesetzt.«

Quentin schaltete den Herd aus und meldete die Spieler auf seinem Smartphone an. Die Regeln waren einfach. Die App stellte den Spielern nach dem Zufallsprinzip Fragen, sie mussten sich Herausforderungen stellen oder Aufgaben in einer vorgegebenen Zeit erfüllen. Die Spieler kamen nacheinander an die Reihe. Wenn man eine falsche Antwort gab oder die Herausforderung nicht annahm, musste man eine bestimmte Menge Alkohol trinken. Die App erfasste, wie viel jeder Spieler getrunken hatte, und brummte den Verlierern sogar Strafpunkte auf.

»Auf gehts, Freunde!«, rief Quentin.

Er reichte Camille, die links von ihm saß, sein Smartphone.

»Warum ich?«

»Irgendjemand muss schließlich anfangen. Wir geben das Handy im Uhrzeigersinn weiter.«

»Fang du lieber an. Ich hab das Spiel noch nie gespielt.«

»Wie auch? Es ist ja noch nicht auf dem Markt.«

Quentin startete die erste Runde, indem er auf seinen Namen tippte:

Quentin muss von einem Ereignis erzählen,
das ihn als Kind in Angst und Schrecken versetzt hat,
oder ein Glas trinken,
um die Erinnerung zu vergessen.

Er legte das Handy auf den Tisch und dachte kurz nach.

»Die gruseligste Erinnerung, die mir einfällt, hat sich in dieser Küche abgespielt. Früher sah es hier ganz anders aus. Als meine Großeltern noch in der alten Schäferei lebten, war das Haus eine ziemliche Bruchbude. Ich verbrachte mit meinem Cousin die Ferien hier. Eines Nachts bin ich aufgestanden, weil ich Bonbons aus der Süßigkeitendose meiner Oma mopsen wollte. Ich bin auf den Küchenschrank geklettert, um an das oberste Fach zu kommen, und hab suchend die Hand ausgestreckt.«

Quentin schwieg und genoss die Aufmerksamkeit seiner Freunde. Er steigerte die Spannung noch einige Augenblicke, bevor er weitererzählte. Marie machte Fotos.

»Während ich mit beiden Füßen auf dem Unterschrank stand und mit den Fingern im Staub tastete, warf ich einen Blick über die Schulter, um sicherzugehen, dass mich niemand überraschte. Plötzlich erstarrte ich. Es war jemand im Raum, versteckt hinter dem Kühlschrank. Zwei Füße schauten hervor und ich sah einen Schatten an der Wand. Fast hätte ich geschrien. Aber etwas, wahrscheinlich mein

Überlebensinstinkt, ließ mich anders reagieren. Ich tat, als hätte ich nichts bemerkt. Der Appetit auf Bonbons mitten in der Nacht war mir vergangen. Leise kletterte ich vom Schrank und kehrte so schnell wie möglich in mein Bett zurück.«

»Wer war das?«, fragte Camille.

»Keine Ahnung. Ich weiß noch, dass ich Schritte auf der Treppe gehört habe. Ich schloss die Augen und wartete. Irgendwann bin ich eingeschlafen und erst am nächsten Morgen wieder aufgewacht.«

»Du hast geträumt«, kombinierte Julien.

»Nein. Am nächsten Tag war die Bonbondose verschwunden. Meine Großmutter wollte wissen, ob ich sie genommen habe. Mein Großvater hat mich sofort verteidigt. Er hat mir erzählt, dass das Haus manchmal von Besuchern heimgesucht wird.«

»Was für Besucher?«

»Weiß ich nicht.«

»Du nimmst uns auf den Arm, oder?«

»Was glaubst du, warum meine Eltern all die Kameras installiert haben?«

»Weil die Kunstwerke eine Menge wert sind, das hast du Camilles Mutter doch selbst erklärt.«

»Quatsch, die Bilder sind meinen Eltern egal. Das Zeug ist versichert.«

»Willst du uns etwa erzählen, dass es hier spukt?«

»Vergiss es, ich hab schon genug gesagt. Du bist dran, Camille.«

Camille tippte auf ihren Namen. Ein Text erschien.

Camille muss in den Keller gehen,
ohne das Licht einzuschalten,
und fünf Minuten im Dunkeln ausharren.
Wenn sie Angst hat, soll sie etwas trinken,
um sich Mut zu machen.

»Zum Glück haben wir einen Keller«, sagte Quentin.

Alle Blicke wanderten zur Holztür unter der Treppe.

Camille seufzte. »Ich hätte die erste Aufgabe nehmen sollen.«

»Willst du dir Mut antrinken?«, fragte Mathilde.

»Sehr witzig.«

Camille stand auf und ging zur Kellertür.

»Was ist dort unten?«, fragte sie Quentin nervös.

»Geheimnisvolle Besucher.« Mathilde war in eine Marihuana-Wolke gehüllt.

»Ha, ha.«

»Mist!«, schimpfte Marie.

»Was?«

»Meine Kamera funktioniert nicht mehr. Dabei war der Akku voll aufgeladen.«

Camille öffnete die Kellertür, die lautlos aufschwang. Die Treppe verlor sich in der Dunkelheit. Sie versuchte, sich davon zu überzeugen, dass es keine Monster gab, und ging die Stufen hinab. Mit der Hand tastete sie sich an der feuchten Mauer entlang.

»Pass auf die Ratten auf, Schätzchen!«, rief Julien.

»Halt die Klappe!«

Camille verschwand in der Finsternis.

»Ich bin unten«, informierte sie die anderen. »Ist stockdunkel hier.«

»Die Zeit läuft!«

Quentin schloss die Tür und sah auf die Uhr.

Nach dreißig Sekunden ertönte ein spitzer Schrei. Quentin riss die Tür auf und machte Licht. Camille schloss geblendet die Augen. Einen Moment stand sie wie erstarrt mitten im Keller, dessen Wände im Halbdunkel lagen. Dann stürmte sie die Treppe hinauf und griff nach ihrem Glas. Sie trank, ohne abzusetzen, mehr um ihre Angst hinunterzuspülen, als um ihre Strafe zu erfüllen.

»Alles okay?«, fragte Léa besorgt.

»Da unten hat mich was berührt.«

»Das hast du dir nur eingebildet«, sagte Mehdi. »Manchmal glaubt man …«

Aber Camille ließ ihn nicht ausreden. Sie hatte nicht die geringste Lust, sich zu rechtfertigen.

»Vergiss es. Ich kam, ich sah, ich trank. Jetzt ist der Nächste dran.«

»Meine Runde!« Julien griff nach dem Smartphone.

Julien muss einen Spieler seiner Wahl dazu bringen,
vor Angst zu schreien.

Grinsend kratzte er sich am Kopf.

»Ich nehme ein Mädchen, das ist leichter.«

»Macho!«, sagte Mathilde.

»Ein schwuler Macho, wie passend«, fügte Marie hinzu.

»Wollt ihr Streit, Mädels?«

Juliens Blick wanderte weiter und blieb an Camille hängen.

»Nicht schon wieder, mir reichts erst mal.«

Julien sprang vom Sofa und zeigte auf Camilles Füße.

»Verdammt, du hast ’ne Ratte aus dem Keller mitgebracht!«

Camille sah zu Boden und kreischte, als sie eine fette Ratte entdeckte. Sie riss die Beine hoch und schwang sich mit einer eleganten Pirouette auf die Sofalehne.

Julien fing die Ratte ein, die Camille mit ihrem Geschrei in die Flucht geschlagen hatte. Er nahm sie auf den Arm und kraulte sie.

»Willst du ihr Hallo sagen?«, fragte er Camille, die kurz davor war, ohnmächtig zu werden.

Die anderen hatten Juliens Haustier erkannt und bogen sich vor Lachen.

»Hast du sie extra deswegen mitgebracht?«, wollte Maxime wissen.

»Als wir die Horrornacht geplant haben, ist mir sofort meine Ratte eingefallen. Sie macht immer großen Eindruck, vor allem auf Mädchen.«

Quentin reichte Camille ihr Glas.

»Arschloch!«, beschimpfte sie Julien, immer noch auf der Sofalehne sitzend.

Mathilde grinste. »Wenn du in dem Tempo weitermachst, liegst du im Koma, bevor der Abend zu Ende ist.«

»Stimmt. Wie wärs, wenn ihr mich jetzt mal ein bisschen schont?«

»Du bist dran, Mathilde«, sagte Quentin.

Mathilde las ihre Aufgabe.

Mathilde muss einen Zombie nachmachen
und einen Spieler ihrer Wahl
in fünf verschiedene Körperteile beißen.

»Nimm bloß nicht mich«, bat Camille.

»Wieso, hast du Schiss?«

»Äh … nein«, behauptete Camille, um nicht schon wieder trinken zu müssen.

»Keine Sorge, ich nehme Maxime.«

»Warum mich?«

»Weil an dir am meisten dran ist.«

Mathilde stand auf, schlurfte mit zuckenden Gliedern um den niedrigen Tisch und biss Maxime in den Hals.

»Du bist kein Vampir, sondern ein Zombie«, erinnerte sie Quentin.

»Zombies sind Allesfresser«, behauptete Mathilde.

Sie musterte ihre Beute.

»Los, ausziehen.«

»Was?«

»Glaubst du, ich will deine Klamotten fressen?«

Maxime warf den anderen einen unsicheren Blick zu.

»Sie hat dich ausgewählt.« Quentin zuckte mit den Schultern. »Da musst du jetzt durch.«

Maxime hob sein T-Shirt.

»Jammi!« Mathilde ging voll in ihrer Rolle auf.

Sie biss ihn in den Bauch.

»Hose aus!«

»Was? Du willst doch nicht etwa …«

»Träum weiter!«

Maxime ließ seine Jeans herunter. Mathilde biss ihn in den Oberschenkel und ins Schienbein.

»Einmal noch«, sagte Quentin.

»Hintern! Hintern! Hintern!«, riefen die anderen im Chor.

»Entweder die Brustwarzen oder der Hintern«, sagte Mathilde.

»Nicht die Brustwarzen, das tut höllisch weh.«

Maxime zog seine Boxershorts nach unten. Mathilde biss ihm in den Po und knurrte dabei wie eine lebende Tote. Ihre Darbietung wurde mit Applaus und Pfiffen gewürdigt. Nur Mehdi machte ein angeekeltes Gesicht. Maxime zog sich wieder an, während Mathilde triumphierend eine Runde um den Tisch drehte, mit ausgestreckten Armen und herabhängenden Händen, wie ein Zombie aus einem Film von George Romero*.

Jetzt war Mehdi an der Reihe. Als er las, was er tun sollte, runzelte er die Stirn.

Nennt der Reihe nach den Titel eines Horrorfilms,
in dem junge Leute umgebracht werden.
Es gibt fünf Runden.
Wem kein Titel einfällt, muss zwei Schluck trinken.
Außer Mehdi, der vier Schluck trinken muss.
Denn dies ist seine Runde!

»Wie jung ist jung?«, fragte Mehdi.

»So wie wir«, antwortete Quentin.

»Das sind diese Filme mit dem unvermeidlichen Sportler, der vor nichts Angst hat«, erklärte Mathilde. »Außerdem spielt immer eine

Blondine mit großen Titten mit, eine Schlaue mit Brille, ein Quoten-Asiate oder -Schwarzer und ein Idiot, der jedes Mal als Erster dran glauben muss …«

»Danke für die Anspielung auf die Blondine mit den großen Titten.« Camille machte ein beleidigtes Gesicht.

»Ich liebe Mädchen mit Goldhaar und üppiger Oberweite«, verteidigte sie Maxime.

»Es gelten nur Filme, in denen die Opfer Schüler oder Studenten sind«, entschied Marie.

Mehdi starrte auf das Handy, als würde auf dem Display die Antwort stehen.

»*Halloween.*«

»*Blutgericht in Texas*«, konterte Marie wie aus der Pistole geschossen.

»*Piranha 3D!*«, rief Maxime. »Ein echter Kultfilm.«

»*Halloween 2*«, sagte Léa.

»Fortsetzungen gelten nicht, sonst kommt zwölfmal *Halloween* oder *Freitag der 13.* … ups!«

»*Freitag der 13.*«, wiederholte Léa. »Danke!«

»*Final Destination*«, sagte Quentin.

»*Scream*«, kam es von Camille.

»*House of Wax*«, machte Julien weiter.

»Was ist das für ein Film?«, fragte Quentin misstrauisch.

»Den kenne ich«, sagte Maxime. »Das ist der, in dem Paris Hilton der Schädel eingeschlagen wird.«

»Muss ich sehen«, sagte Mathilde. »Die Zusammenfassung gefällt mir. Also, was gibt es noch … *All The Boys Love Mandy Lane.* Mit Amber Heard. Ein echtes Gemetzel.«

»*Hostel*«, sagte Mehdi.

»*Carrie*«, sagte Marie.

»*The Cabin in the Woods*«, sagte Maxime.

Quentin grinste. »Wetten, den Titel hast du dir gerade ausgedacht?«

»Quatsch! Ich kann dir sogar den Regisseur sagen: Drew Goddard!«

»Stimmt«, bestätigte Julien, der auf seinem Smartphone nachgeschaut hatte. »Ein amerikanischer Horrorfilm von Drew Goddard aus dem Jahr 2012. Fünf Studenten werden Opfer einer Zombie-Familie.«

»Genau. Und obwohl es nicht den Anschein hat, ist das Drehbuch hervorragend«, betonte Maxime.

»*Evil Dead*«, fiel Léa ein.

»*Cabin Fever*«, sagte Quentin. »Eli Roth hat Regie geführt und eine kleine Nebenrolle übernommen. Es geht um fünf College-Absolventen, die ihren Abschluss in einer Hütte im Wald feiern wollen. Sie treffen einen Kerl, der mit fleischfressenden Bakterien infiziert ist, und stecken sich bei ihm an …«

»Du brauchst uns nicht den ganzen Film zu erzählen«, unterbrach ihn Mehdi.

»Ich wollte euch nur beweisen, dass ich nichts erfunden habe.«

»Darauf hab ich dich mit *Cabin in the Woods* gebracht, oder?«, ärgerte sich Maxime.

»Bingo!« Quentin grinste.

»*Ich weiß, was du letzten Sommer getan hast*«, sagte Camille.

»*Blair Witch Project*«, sagte Julien.

»*Sucker Punch*«, sagte Mathilde.

»*The Descent – Abgrund des Grauens*«, sagte Mehdi.

»Das gilt nicht«, wandte Marie ein. »In dem Film geht es weder um Jugendliche noch um Studenten, sondern um ein paar Frauen, die eine Höhlenexpedition machen.«

»Ihr nervt!«, maulte Mehdi.

Widerwillig trank er vier Schlucke.

»Wenn du keinen Bock mehr hast, kannst du ja nach oben gehen und Xbox spielen«, schnauzte ihn Quentin an.

»Reg dich ab, ich hab doch getrunken, oder?«

»*Battle Royale*«, machte Marie weiter, bevor der Wortwechsel in einen Streit ausarten konnte.

»*The Faculty*«, sagte Maxime.

Am Ende der dritten Runde musste immer häufiger jemand passen und im Anschluss trinken. Sie brachten das Alter der Opfer durcheinander und überprüften mehrmals Titel im Internet. Nur Marie machte keinen einzigen Fehler. Quentin kam sich besonders schlau vor, als er einen Film namens *Fear Crime* vorschlug, in dem es angeblich um acht Jugendliche ging, die sich eines Abends treffen, um sich gegenseitig Angst zu machen, bevor ihnen klar wird, dass sie tatsächlich von einer bösartigen Macht bedroht werden. Die anderen bemerkten den Schwindel erst, als Quentin behauptete, der Film würde am Col de Vence spielen.

Marie prustete los, als sie ihre Aufgabe las.

Marie muss sich bis zum Ende des Spiels
wie Gollum benehmen.

Sie kauerte sich zusammen wie die Kreatur aus dem Film *Herr der Ringe* von Peter Jackson und versuchte, Gollums raue, tiefe Stimme nachzuahmen.

»Wo ist mein Schatz? Sie haben ihn uns gestohlen! Böse Hobbits, garstige Hobbits!«

Als Nächster war Maxime an der Reihe.

Maxime ist so freundlich, sein Glas zu leeren,
bevor er in weniger als einer Sekunde
die folgende Frage beantwortet.

Maxime trank und tippte auf den Bildschirm, um die Frage zu lesen:

Wie heißt der Film mit Hannibal Lecter
und FBI-Anwärterin Clarice Starling?

»*Der Herr der Lämmer!*«, antwortete Maxime wie aus der Pistole geschossen.

»Reingefallen!« Marie lachte. »Der Film heißt *Das Schweigen der Lämmer.*«

»Du bist auch in die Falle getappt«, bemerkte Quentin. »Du hast nicht wie Gollum gesprochen.«

»Verräääääter!«, zischte Marie und knurrte wie der ausgemergelte Hobbit.

Trotzdem musste sie wie Maxime vier Schluck Wodka-Orange trinken.

Léa zog die Augenbrauen hoch, als sie ihre Aufgabe vorlas:

Léa verlässt ihre Freunde und dreht eine Runde ums Haus.
Es sei denn, sie leert lieber ihr Glas.

Ein Blick durch die regennasse Scheibe entschied die Sache.

»Meinen Abendspaziergang hab ich heute hinter mir.«

Sie prostete den anderen zu und führte ihr Glas zum Mund.

Im selben Moment hörten sie das Geräusch schneller, ungleichmäßiger Schritte. Es klang, als würde jemand mit Krücken laufen. Quentin legte einen Finger an die Lippen. Schweigend spitzten sie die Ohren. Der Sturm ließ die Planen auf der Baustelle knattern, das Laub in den Bäumen rauschte, die Balken knackten und die Fensterrahmen knarrten. Trotz des Konzerts, das das Unwetter veranstaltete, waren die seltsamen Schritte nicht zu überhören.

Teketeketeketeketeketeketeketeketeke!

Und das Unheimlichste war: Das Geräusch kam aus dem Inneren des Hauses.

9.

»Hast du die Haustür richtig zugemacht?«, fragte Léa.

Quentin nickte. »Ich hab abgeschlossen.«

»Könnte ein Tier sein«, meinte Julien.

»Ein Tier mit Krückstock«, witzelte Maxime.

»Von wo kam das Geräusch?« Léa klang beunruhigt.

»Aus dem Keller«, sagte Camille, der ihr kurzer Ausflug ins Untergeschoss immer noch in den Knochen steckte.

»Quatsch«, sagte Julien. »Es kam von oben.«

»Stimmt.« Quentin erhob sich.

Auf Zehenspitzen schlich er in den ersten Stock und ging an dem großen Bücherregal vorbei. Vor einer geschlossenen Zimmertür blieb er stehen, drückte die Klinke so vorsichtig herunter wie ein Einbrecher und öffnete die Tür.

Plötzlich wurde er durch den Spalt gezogen.

Er tauchte wieder auf, klammerte sich an den Rahmen, schlug um sich und versuchte, sich aus dem Griff zweier Hände zu befreien, die ihn würgten. Seine Freunde stürmten die Treppe hinauf, um ihm zu helfen.

Quentin keuchte. Nicht weil er an Atemnot litt, sondern weil ihm vor Lachen die Luft wegblieb. Er stand allein auf der Türschwelle, hatte sich die Hände um den Hals gelegt und amüsierte sich köstlich. Er zeigte auf seine verdutzten Freunde und rief:

»Eine Runde für alle!«

»Spinnst du?«, schimpfte Léa. »Wir dachten wirklich, dir gehts an den Kragen!«

»Kleine Pantomime-Einlage. Nicht schlecht, oder?«

Mehdi runzelte die Stirn. »Seit wir hier sind, lassen wir uns ständig wie die Idioten hinters Licht führen.«

»Genau darum gehts doch auch«, bemerkte Mathilde.

»Trotzdem wissen wir immer noch nicht, woher die Schritte kamen«, stellte Camille fest.

Quentin wurde wieder ernst. Er zog zwei Bücher aus dem Regal.

»Lasst uns was trinken, das habt ihr euch verdient. Und dann muss ich euch was erzählen.«

10.

»Habt ihr schon mal von paranormalen Phänomenen am Col de Vence gehört?«, fragte Quentin.

»Andeutungsweise«, antwortete Marie.

»Unsichtbare Wesen?«

»Unsinn!«, murmelte Mehdi.

»Und das? Ist das auch Unsinn?« Quentin warf die beiden Bücher auf den Couchtisch, wobei er einen Becher umstieß.

Das erste Buch hieß *Die Unsichtbaren vom Col de Vence*. Auf dem Cover war ein Sonnenuntergang abgebildet, der an einen Waldbrand erinnerte. Der Untertitel lautete: *Untersuchungen und Enthüllungen über ein Gebiet ständiger ungewöhnlicher Phänomene*. Das zweite Buch hieß *Die Geheimnisse des Col de Vence*. Es berichtete von den Ermittlungen, die Pierre Beake und die Gesellschaft des Col de Vence über dreißig Jahre lang durchgeführt hatten.

»Zwei Standardwerke über die rätselhafteste Gegend Frankreichs«, verkündete Quentin theatralisch.

»Inwiefern rätselhaft?«, fragte Mathilde interessiert.

»In den Büchern steht, dieser Ort sei eine Gegend *immer wiederkehrender paranormaler Phänomene*. Nicht ohne Grund wurde die Region früher Teufelsplateau genannt.«

»Was bedeutet das konkret?«

»Konkret wurde am 5. März 1994 gegen elf Uhr abends das Auftauchen eines dreieckigen Ufos beobachtet. Es flog langsam und lautlos, bevor es nach zwei Minuten wie durch Zauberei wieder verschwand.«

»Woher weißt du das?«

»Steht alles hier drin.« Er zeigte auf die Bücher.

»Unsinn!«, wiederholte Mehdi.

»Mehrere Zeugen haben bestätigt, das Ufo gesehen zu haben.«

»Wenn so was passiert, gibt es immer Leute, die glauben, irgendwas gesehen zu haben.« Zweifelnd runzelte Marie die Stirn.

»Es sind auch ein paar Journalisten gekommen, die beobachtet haben, wie drei leuchtende Objekte in Formation geflogen sind. Davon gibt es Fotos und Filmaufnahmen. Die Polizei hat vor Ort ermittelt und von unerklärlichen Erscheinungen berichtet. Und das zwei Monate lang!«

»Worauf willst du hinaus?«, fragte Camille.

»Auf die Besucher, von denen mein Großvater erzählt hat.«

»Er will uns nur Angst einjagen, damit wir trinken müssen«, vermutete Maxime.

»Die Erscheinungen haben nie aufgehört«, fuhr Quentin fort.

»Zum Beispiel?«

»Da war dieser Restaurantbesitzer, dem nachts alle Gartenmöbel weggeflogen sind.«

»Könnte uns auch passieren.« Maxime warf einen Blick aus dem Fenster.

»Aber damals war absolut ruhiges Wetter. Nicht das kleinste bisschen Wind. Trotzdem waren die verbogenen Sonnenschirme, Tische und Stühle überall auf dem Grundstück verteilt …«

»Das waren bestimmt irgendwelche Idioten aus Nizza, die einen draufmachen wollten.« Mathilde zündete sich einen Joint an.

»Genau, und diese Idioten sind auch dafür verantwortlich, dass

Autos ohne Grund liegen bleiben, die Akkus von Videokameras plötzlich leer sind, Fotoapparate nicht mehr funktionieren und runde Kreise auf dem Boden auftauchen?«

Marie horchte auf. »Fotoapparate, die nicht mehr funktionieren, sagst du?«

»Unter anderem, ja.«

»Meine Kamera hat vorhin auch rumgezickt.«

Sie holte den Apparat und wollte ihn anschalten.

»Funktioniert immer noch nicht.«

»Genau das ist das Problem, es gibt keine Erklärung. Zumindest keine rationale.«

»Und was steht in deinen Büchern über diese Ufo-Sache?«, wollte Camille wissen.

Quentin schlug eins der Bücher auf.

»Nach dem, was die Beobachter berichtet haben, ist das leuchtende Dreieck noch mehrere Male aufgetaucht. Warte …«

Hektisch blätterte er hin und her, bis er die richtige Stelle gefunden hatte.

»Das Ufo wurde nachts vier Minuten lang gefilmt … Am 5. September 1996 um Viertel nach zwölf und am 13. September um zehn nach elf.«

»Sind auch Marsmenschen auf den Filmaufnahmen?«, witzelte Mehdi.

Wäre dies ein Abend wie alle anderen gewesen, hätte Mehdis Bemerkung die anderen zum Lachen gebracht. Doch das war nicht der Fall. Selbst Maxime, der sonst für jeden Spaß zu haben war, verzog keine Miene.

»Nein, keine Marsmenschen«, antwortete Quentin. »Die gibts nur in Tim Burtons *Mars Attacks!*. Die Beobachter vom Col de Vence haben etwas anderes gesehen.«

»Was?«, fragte Julien ungeduldig.

Quentin fand die Antwort im Kapitel *Überraschende Fotos*.

»1995 haben sich Pierre Beake und einige andere hier in der Gegend mit verschiedenen Kameras fotografiert. Neben den Personen auf den Fotos erschien ein weißer Kreis. Die Form war wirklich da. Schaut, man kann es auf den Bildern deutlich erkennen.«

Er reichte seinen Freunden das Buch.

»In den Büchern werden verschiedene paranormale Erscheinungen beschrieben, zum Beispiel Geräusche von Elektromotoren am Himmel, aus dem Nichts fallende Steine oder Brände mit ungeklärter Ursache. Manchmal finden Autofahrer, die durch dieses Gebiet fahren, Steine auf den Sitzen ihrer Autos. Touristen haben berichtet, dass auf einigen ihrer Fotos die Gesichter nicht zu erkennen sind.«

»Das ist doch kompletter Schwachsinn.« Mehdi verdrehte die Augen.

»Spaßbremse«, sagte Camille.

»Welcher Spaß?«

»Als ich euch vorhin die Geschichte von den gestohlenen Bonbons erzählt habe, hab ich ein Detail weggelassen, weil ihr es nicht verstanden hättet. In jener Nacht lag ein Stein auf dem Küchentisch.«

»Wetten, wir finden auch bald einen Stein irgendwo im Haus?« Mit einem wissenden Grinsen schob sich Maxime eine Handvoll Chips in den Mund.

»Ich erspare euch die Geschichten meines Großvaters«, sagte Quentin. »Ihr würdet mir sowieso nicht glauben.«

»Davon hast du mir nie erzählt.« Léa klang vorwurfsvoll.

»Hatte dein Großvater eine Erklärung?«, fragte Julien.

»Er nannte sie *die Besucher*. In den vielen Jahren hatte er sich an ihr Kommen und Gehen gewöhnt.«

»Ist er mit ihnen in Kontakt getreten?«

»Ein einziges Mal. Aber darüber möchte ich lieber nicht sprechen.«

»Hast du Angst, uns Angst zu machen?«, fragte Marie.

»Kann sein.«

Er kippte sein Glas Whisky-Cola hinunter.

»Komm schon, spucks aus!«, drängte Julien.

Quentin war ein guter Geschichtenerzähler. Er wusste, wie man mit Pausen und überraschenden Wendungen Spannung erzeugt. Seine Freunde hingen an seinen Lippen.

»Warum starrt ihr mich so an?«

»Du hast schon zu viel erzählt. Jetzt wollen wir wissen, wie dein Großvater Kontakt zu diesen *Besuchern* aufgenommen hat.«

»Trink einen Schluck, das entspannt«, riet Maxime.

»Wovor genau hast du Angst?«, fragte Léa.

»Er hat sich selbst Angst eingejagt«, stellte Mathilde fest. »Wer anderen eine Grube gräbt, fällt selbst hinein – und muss trinken!«

Sie reichte ihm ein Glas.

»Ich hole eine neue Flasche aus der Küche.« Camille stand auf.

Quentin schien wirklich ein bisschen durcheinander zu sein. Er trank mehrere Schlucke und der Alkohol löste seine Zunge.

»Vor ein paar Monaten hat mein Großvater angerufen. Er fragte, ob ich mich noch an die Nacht erinnere, in der ich aufgestanden bin, um die Bonbons zu klauen. Natürlich hab ich mich erinnert. So was vergisst man nicht. Dann hat er gesagt, *er* sei zurückgekehrt.«

»Wer?«

»Das wollte ich auch wissen. Er meinte den Besucher, den ich damals in der Küche entdeckt hatte. Er war dort, an derselben Stelle, hinter dem Kühlschrank. Mein Großvater hatte ihn gesehen.«

»Wie sah er aus?«

»Mein Großvater sagte, darüber könne er am Telefon nicht sprechen. Ich dachte, das sei nur ein Vorwand, damit ich ihn besuchen komme.«

»Und?«

»Ich hab ihn nie wiedergesehen. Am nächsten Tag ist er an akutem Herzversagen gestorben.«

»Ist nicht wahr!«, rief Mathilde.

»Doch. Ich hab meinen Eltern erzählt, was er mir anvertraut hatte.

Sie haben nur mit den Schultern gezuckt und gemeint, er sei nicht mehr ganz bei sich gewesen.«

»Trotzdem haben deine Alten überall im Haus Kameras installieren lassen.«

»Was das betrifft, hab ich euch angelogen. Die Kameras sind tatsächlich wegen der Einbrecher da, nicht wegen irgendwelcher seltsamen Besucher, die der Fantasie eines Kindes und eines alten Mannes entsprungen sind.«

»Gerade war sie noch zu!«, rief Camille plötzlich.

Sie stand mit einer Flasche Wodka in der Hand neben dem Kellereingang.

»Wovon redest du?«, fragte Maxime.

»Von der Kellertür! Sie steht einen Spalt offen.«

»Na und?«

»Ich hab sie vorhin zugemacht. Ganz sicher!«

»Du hast nicht richtig aufgepasst, das ist alles«, beruhigte sie Quentin.

»Nein, ich hab extra noch mal nachgeschaut.«

»Glaubst du etwa, es ist noch jemand im Haus?«, fragte Julien.

»Du warst das, Quentin, oder?«, vermutete Marie. »Du willst uns weismachen, dass es deine Besucher wirklich gibt. Sie sind unten im Keller und einer von ihnen hat Camille vorhin erschreckt, richtig?«

»Stimmt, ich wollte euch mit meinen Geschichten Angst machen. Ich hab mir die Bücher angeschaut, um stichhaltige Argumente zu haben. Aber eins ist sicher, ich hab diese Tür nicht angefasst, beim Grab meines Großvaters!«

An diesem Punkt des Abends begannen die Acht die Wirkung des Alkohols zu spüren, den sie im Lauf des Spiels getrunken hatten. Die Grenzen zwischen Inszenierung und Realität verschwammen. Die wahren und die falschen Geschichten vermischten sich, bis sie glaubten, die Anwesenheit fremder Besucher im Haus zu spüren. Dabei entging ihnen völlig die reale Gefahr, in der sie schwebten …

11.

Ça fout la frousse, mon truc t'étouffe comme le couscous
C'est la grosse secousse dans la brousse

Sie saßen im Wohnzimmer, hörten *Apocalypse 894* von Stupeflip und aßen Maximes Teufelsspaghetti. Er hatte eine sehr eigenwillige Soße gekocht, die aus frischen Tomaten, Zwiebeln, Speckwürfeln, Knoblauch und allen scharfen Gewürzen bestand, die ihm in die Hände gefallen waren. Während des Essens wurde viel gelacht. Sie hakten Cléments Besuch endgültig ab, ohne sich länger zu fragen, warum er nicht gekommen war. Léa hatte zwei Nachrichten auf seiner Mailbox hinterlassen. Damit hatte Big Loser sich als unwürdig erwiesen, in ihren Kreis aufgenommen zu werden. Dann stellte Marie freudig überrascht fest, dass ihre Kamera wieder funktionierte, und begann sofort zu knipsen.

»Ich kann nicht mehr!« Léa lehnte sich zurück.

»Heißt das etwa, du willst die Makrouds meiner Mutter nicht probieren?« Mehdi runzelte die Stirn.

Eigentlich war in Léas Magen kein Platz mehr für Gebäck aus Grieß-Dattel-Teig, das in heißem Öl frittiert und anschließend in Honig getaucht worden war. Doch dann fiel ihr ein, wie empfindlich

Mehdi reagierte, wenn es um seine Mutter ging, und sie änderte ihre Meinung.

»Na gut, ich nehm eins, zur Feier des Tages.«

»Sie hat sie extra für euch gemacht«, betonte Mehdi.

Draußen hatte der Regen aufgehört und der Sturm war weitergezogen. Auch die angespannte Stimmung war verflogen. Die Rhythmen, die aus den Lautsprechern drangen, irgendwas zwischen Eminem und Chinese Man, lockten Camille vom Sofa. Sie stand auf und begann zu tanzen. Sie konnte sich zu jeder Musik bewegen, es wirkte immer anmutig und sinnlich.

Maxime betrachtete sie mit den Augen eines Kindes, dem eine gute Fee gerade all seine Wünsche erfüllt. Er war seit dem ersten Tag in Camille verliebt. Seit sie ihn mit einem ›Hallo, ich bin Camille, und wer bist du?‹ begrüßt hatte, ein Satz, der ihm nicht mehr aus dem Kopf ging. Camille war beliebt, ohne eingebildet zu sein. Sie wollte nicht von einem Hofstaat Bewunderer umgeben sein. Sie ging schnell auf andere zu und entschuldigte sich fast dafür, schön und klug zu sein.

Der Tag, an dem sie beschlossen hatten, eine Clique zu bilden, zu der auch Camille gehörte, war der schönste Tag in Maximes Leben gewesen. So hatte er einen Vorsprung gegenüber der Konkurrenz, auch wenn die Regel lautete, mit keinem der Acht etwas anzufangen, damit die Gruppe nicht auseinanderbrach. Léa und Quentin hatten sich über diese Regel hinweggesetzt und Julien war schwul. Also war Mehdi der einzige ernstzunehmende Rivale. Trotz seines Charmes und seiner lockeren Sprüche war bisher nichts zwischen ihm und Camille passiert. Zumindest soweit Maxime wusste. Maxime selbst hatte noch keinen Annäherungsversuch gestartet, aus Angst, seine Hoffnungen könnten auf einen Schlag zerstört werden. Aber an diesem Abend hatte er sich genug Mut angetrunken, um alles auf eine Karte zu setzen. Als ein Song von Camila Cabello begann, sah er das als seine Chance, seiner Angebeteten beim Tanzen näherzukommen.

Havana, ooh nah nah
Half of my heart is in Havana, ooh nah nah

Camille wirbelte umher, stampfte mit den Füßen und setzte kurzzeitig die Gesetze der Schwerkraft in einem Strudel blonder Haare außer Kraft. Maxime trat linkisch von einem Bein aufs andere, eingehüllt in eine Wolke aus Pheromonen und dem Duft von Dior. Er sah aus wie ein tollpatschiger Cowboy, der erfolglos versucht, ein Wildpferd zu bändigen, dessen Mähne jedes Mal, wenn es ausschlägt, sein Gesicht streift. Da er es nicht schaffte, sich an Camilles Tanzstil anzupassen, beschloss er, ein ruhigeres Stück auszusuchen, um endlich mit ihr auf Tuchfühlung zu gehen. Er entschied sich für *The Solution* von Stupeflip und breitete wie selbstverständlich die Arme aus. Camille schmiegte sich an ihn, schweißnass und mit heftig klopfendem Herzen nach der anstrengenden Tanzeinlage.

»Tut mir leid, ich schwitze ein bisschen.«

Krampfhaft suchte er nach einer Bemerkung, die gleichzeitig witzig war und auf seine Gefühle anspielte.

»Du schwitzt und ich schmelze dahin.«

Etwas anderes war ihm nicht eingefallen.

»Du bist nett.«

»Ich kann auch mehr als nett sein, weißt du das eigentlich?«

»Wie meinst du das?«

»Für dich würde ich eine Diät machen.«

»Für mich?«

»Ich würde sogar aufhören, Poker zu spielen.«

»Du würdest gleichzeitig auf zwei deiner Suchtmittel verzichten? Wieso? Ich mag dich, wie du bist.«

»Damit du mich noch lieber magst. Und irgendwann vielleicht sogar mehr als das.«

Camille kniff die Augen zusammen. Der Boden und die Decke begannen gleichzeitig sich zu drehen. Ihr Magen zog sich zusammen.

Vom Tanzen und dem vielen Alkohol war ihr übel geworden. Schweigend hielt sie sich an Maxime fest und legte den Kopf an seine Schulter, um nicht das Gleichgewicht zu verlieren.

T'es flippant, t'as craqué, sur des trucs crades
t'as cliqué
T'es planqué, un de ces quatre tu seras démasqué
T'es visqueux, t'es pisté, ces violences
que t'as postées
T'es flippé, t'es piqué, faudra te faire dépister

Marie war aufgestanden und hatte Julien aufgefordert.

»Ich stell mir einfach vor, du wärst ein Mann«, flüsterte er ihr ins Ohr.

»Wie nett ... Dann binde ich mir lieber die Haare zurück.«

Sie warf ihre Mähne nach hinten und bändigte sie geschickt mit einem Gummiband, das sie aus ihrer Hosentasche zauberte.

Neben ihnen drehte Mathilde in Zeitlupe Pirouetten, die Arme ausgestreckt, als würde sie fliegen. Das, was sie geraucht hatte, wirkte eindeutig stärker als die Musik.

Léa und Quentin küssten sich beim Tanzen. Die beiden machten keine große Sache aus ihrer Beziehung und vermieden öffentliche Gefühlsbekundungen. Nur an diesem Abend nicht, an dem die Musik, die heftigen Emotionen und natürlich der Alkohol die Schamgrenzen aufhoben.

Der Engtanz des angetrunkenen Pärchens verwandelte sich immer mehr in eine Art Ringkampf, den Mehdi mit düsteren Blicken beobachtete. Mehdi war an diesem Abend nicht er selbst. Normalerweise hätte er sich als Erster auf Camille gestürzt, um sie zum Tanzen aufzufordern. Wenn sie abgelehnt hätte, hätte er sich mit Mathilde zufriedengegeben. Stattdessen war er sitzen geblieben und musterte seine Freunde, als würde er sie verurteilen.

Plötzlich presste Camille die Hände vor den Mund und stürzte an Mehdi vorbei zur Toilette, um sich zu übergeben.

Auf das langsame Stück folgten elektronische Hiphop-Rhythmen. Einer nach dem anderen kehrte zu seinem Platz am Couchtisch zurück. Sie hatten sich vorübergehend aus der Horrornacht ausgeklinkt. Die seltsamen Schritte, die sich von selbst öffnenden Türen, die Fotoapparate, die plötzlich ihren Geist aufgaben, und die Geschichten von rätselhaften Besuchern waren vergessen. Es folgte ein Moment der Unschlüssigkeit, in dem die unheimliche Stimmung zerfaserte, während alle mit ihren Handys beschäftigt waren.

Dann ging die Musik mitten in einem Song der Gorillaz aus.

Das Licht erlosch.

Ein seltsames Knacken ertönte. Es klang, als würde jemand mit der Zunge schnalzen, gefolgt von einem langen Atemzug.

Die Freunde suchten hinter dem Sofa Schutz, aktivierten ihre Handy-Taschenlampen und richteten sie auf die Galerie, von der das Geräusch kam. Ein heftiger Schlag gegen eine der Türen im ersten Stock ließ sie zusammenzucken. Dann ein zweiter Schlag. Und ein dritter. Von Mal zu Mal heftiger.

»Das kommt aus dem Gästezimmer«, flüsterte Quentin.

»Von welcher Art von Gästen?«, fragte Maxime.

Beim vierten Schlag bebten die Mauern und Quentin schrie auf.

»Aua!«

Léa hatte ihre Fingernägel in seinen Arm gebohrt.

»Ist das Zimmer abgeschlossen?«, fragte Julien.

Quentin schüttelte den Kopf. »Man muss nur die Klinke runterdrücken. Von innen gegen die Tür zu hämmern, bringt überhaupt nichts.«

»Das heißt, es ist etwas im Zimmer, das rauswill und nicht weiß, wie man eine Türklinke benutzt«, fasste Mehdi zusammen.

»Camille?«, rief Maxime, als er ihr Fehlen bemerkte.

»Camille weiß, wie man Türen öffnet«, sagte Julien.

»Sie ist auf dem Klo und kotzt«, ergänzte Mehdi.

»Sicher?«, fragte Léa.

»Sie ist an mir vorbeigerannt, als ihr euch betatscht habt.«

»Camille!«, rief Quentin.

Statt einer Antwort krachte der nächste Schlag gegen die Tür im ersten Stock, noch kräftiger als zuvor. Die Tür öffnete sich, als hätte der Eindringling im Zimmer endlich begriffen, dass man ziehen und nicht drücken musste. Ein Schatten huschte auf die Galerie.

»Da! Ich hab was gesehen!« Marie richtete das Licht ihres Handys auf den oberen Treppenabsatz.

»Was?«

»Keine Ahnung, es war zu schnell.«

»Es sah aus wie … ein Tier«, flüsterte Julien.

Oben an der Treppe ertönte ein Fauchen.

»Ein Wildschwein?«, überlegte Julien.

»Ein Wildschwein klingt anders«, sagte Léa.

»Woher willst du das wissen? Hast du schon mal eins gehört?«

»Ist doch völlig egal, wie ein Wildschwein klingt!« Genervt verdrehte Mehdi die Augen. »Wie soll ein verdammtes Wildschwein in das verdammte Zimmer kommen?«

Alle Handylichter waren auf die Treppe gerichtet, die zunächst leer blieb. Doch plötzlich krabbelte eine schwarze Gestalt auf allen vieren die Stufen herunter und versteckte sich hinter einem Sessel.

»Habt ihr das gesehen?«, keuchte Quentin.

»Ich mach mir gleich in die Hose«, quiekte Léa.

Mehdi bewegte sich als Erster. Er stand auf.

»Was hast du vor?«

»Ich seh nach, ob Camille immer noch auf dem Klo ist.«

Vorsichtig ging er in Richtung Toilette, blieb jedoch wie erstarrt stehen, als wieder das Fauchen ertönte. Zwei Gliedmaßen und ein gesichtsloser Kopf erschienen hinter der Sessellehne. Mit einem unglaublichen Sprung gelangte das seltsame Wesen auf die andere Seite des Sessels. Der Kopf hing nach unten. Die Kreatur bog ihren Körper so, dass sie auf die Hinterbeine katapultiert wurde. Nun wirkte sie etwas menschlicher, auch wenn ihr Gesicht nicht zu erkennen war. Mit ruckartigen Bewegungen, die völlig unnatürlich aussahen und nichts Menschliches hatten, näherte sie sich den Freunden, langsam und doch auf dem Sprung. Schritt für Schritt ging Mehdi rückwärts zur Toilette, ohne den Eindringling aus den Augen zu lassen.

»Camille?«, rief Marie. Ihre Stimme war kurz vorm Kippen. »Bist du das?«

In diesem Moment hechtete Mehdi zur Toilette. Sie war leer, bis auf ein Kleid auf dem Boden. Im Wohnzimmer machte die Kreatur einen Sprung zur Seite, der allen physikalischen Gesetzen widersprach, und floh in den Keller.

»Tür zu, schnell!«, rief Léa.

Doch schon wurde es wieder hell, die Musik lief weiter … und die seltsame Kreatur kehrte aus dem Keller zurück.

»Tadaaaaa!« Camille zog sich die Kapuze vom Kopf und verbeugte sich vor ihrem verblüfften Publikum.

»Verdammt, du hast uns voll reingelegt!«, rief Maxime.

»Jetzt seid ihr dran mit Trinken!« Camille grinste triumphierend.

»Das war der Wahnsinn.« Quentin nickte ihr anerkennend zu. »Wie hast du das gemacht?«

Camille trug einen schwarzen Gymnastikanzug, der mit der Dunkelheit verschmolz. Die anderen bestürmten sie mit Fragen und Camille begann zu erzählen. Die Idee zu ihrem Auftritt war ihr gekommen, als Clément *Der Exorzist* als einen seiner Lieblingshorrorfilme genannt hatte.

Die berühmte Spiderwalk-Szene, in der die kleine Regan auf allen vieren rückwärts die Treppe herunterkrabbelt, Blut spuckend und mit völlig verrenkten Gliedern, war tatsächlich eine der beeindruckendsten Szenen der Kinogeschichte.

Camille hatte eine plötzliche Übelkeit vorgetäuscht und dafür gesorgt, dass Mehdi mitbekam, wie sie auf die Toilette stürzte. Dort hatte sie vorher eine Tasche mit ihrem Kostüm versteckt. Während die anderen tanzten, war sie unauffällig in den Keller gehuscht und hatte den Strom abgestellt. Den Sicherungskasten hatte sie entdeckt, als sie während des Trinkspiels nach unten gehen musste. Im Schutz der Dunkelheit, in der sie so gut wie unsichtbar war, schlich Camille in den ersten Stock und schlüpfte in eins der Zimmer. Nun machte sie sich Quentins Geschichte über die seltsamen Besucher zunutze und hämmerte gegen die Tür, um den Auftritt der ›Kreatur‹ anzukündigen.

»Ich hab mich von der Schlangenfrau Linda Hager inspirieren lassen, die die Schauspielerin in *Der Exorzist* gedoubelt hat«, erklärte Camille, die sich für Akrobatik und Turnkunst begeisterte. »In den letzten drei Wochen hab ich den Spiderwalk wie verrückt trainiert und ihn mit einer Technik aus dem Kabuki kombiniert …«

»Kabu was?«, unterbrach sie Maxime.

»Kabuki. Das ist ein japanischer Tanz, bei dem die Bewegungen extra übertrieben werden, um verschiedene Gefühle auszudrücken. Hast du *Ring* gesehen?«

»Ja.«

»Da wird Sadako von Rie Inou gespielt, deren Bewegungen auch vom Kabuki inspiriert sind. Sie wurde zunächst gefilmt, wie sie rückwärtsgeht. Dann ließ man die Szene andersherum laufen. Deswegen sehen ihre Bewegungen auf der Leinwand so unnatürlich aus. Und total gruselig.«

»Hast du den hierhingelegt?« Quentin ging zum Fuß der Treppe und hob etwas auf.

»Ein Stein? Warum hätte ich das tun sollen?«

»Vielleicht ist der Stein ja einfach vom Himmel gefallen«, witzelte Mathilde.

»Ich hab mir das nicht ausgedacht«, verteidigte sich Quentin.

»Was war das für ein seltsames Schnalzen?«, fragte Léa an Camille gewandt.

»Weißt du nicht mehr? In *The Grudge*!«

Sie öffnete den Mund und atmete tief ein, wobei ein unheimliches Knacken in ihrer Kehle ertönte.

»Ich glaubs nicht!« Maxime schüttelte den Kopf. »Im Vergleich dazu, wie gründlich du dich auf unsere Horrornacht vorbereitet hast, wird das Abi ja der reinste Spaziergang!«

»Immerhin sind mir dabei ein paar Ideen für mein Abschlussprojekt gekommen.«

»Für dein Hochzeitskleid aus Klopapier?«, wunderte sich Julien.

»Vergiss es! Ich mach jetzt lieber eine Performance. Zumal unser Prof ja voll auf so was abfährt. Ich erfinde eine völlig neue Tanzform, die ich Sadabuki nenne, eine Mischung aus Sadako und Kabuki. Eine Art Horrortanz!«

»Du hast recht, ich werde auch eine Performance präsentieren«, sagte Mathilde.

»Was hast du vor?«

»Etwas, das alle umhaut.«

»Im Klartext?«, fragte Julien.

»Die Details sind noch nicht ganz ausgereift.«

»Was soll die Geheimniskrämerei? Wir sind doch unter uns!«

»Du hast gut reden, deine Idee mit dem Comic über einen schwulen Superhelden klaut dir garantiert keiner.«

»Und deine Idee kopiert bestimmt auch niemand.«

»Woher willst du das wissen?«

»Weil du einzigartig bist.«

»Wenn du nicht schwul wärst, würd ich das glatt für 'ne Liebeserklärung halten.«

»Los, spucks aus, Mathilde«, drängte Marie.

»Du zuerst.«

»Kannst du dir das nicht denken?«

»Irgendwas in Schwarz-Weiß, stimmts?«

»Ich bearbeite einen Ausschnitt aus dem Film *Lichter der Großstadt*. Kennt ihr die Szene, in der sich Chaplin und Virginia Cherrill zum ersten Mal begegnen?«

»Nein, aber erzähl weiter.«

»Ich filme mich in der Rolle der Blinden, vor einem grünen Hintergrund, und ersetze die Schauspielerin in der Szene durch meine Wenigkeit. Das ist meine Begegnung mit Chaplin.«

»Was hat das mit dem Thema zu tun?«

»Es geht um Andersartigkeit, oder?«

»Ja, und? Was ist an deinem Projekt andersartig?«

»Was könnte andersartiger sein, als in die Rolle einer Blinden im Jahr 1931 zu schlüpfen, die Chaplin trifft und von ihm eine Blume geschenkt bekommt? Jetzt du, Mathilde.«

»Na gut. Ich rasier mir die Haare ab und lass mir ein Gesicht auf den Hinterkopf tätowieren. Wie zwei Seiten einer Medaille.«

Es vergingen einige Sekunden, in denen die anderen sich vorzustellen versuchten, wie Mathilde aussehen würde, wenn sie ihre Idee wirklich in die Tat umsetzte.

»Was glotzt ihr so, Leute? Ihr seht aus, als wäre jemand gestorben.«

»Ist das dein Ernst?«, fragte Camille.

»Wieso? Ich mach eine Performance, wie du! Nur dass meine etwas länger dauert. Ich überleg noch, wie das Gesicht aussehen soll. Oder soll ich mir lieber einen neuen Tentakel für meine Krake auf den Körper tätowieren lassen?«

»Du bist total durchgeknallt«, stellte Léa fest.

»Nein, das ist es, was die anderen über uns sagen. Weil wir uns von denen unterscheiden, die sich innerhalb der Norm bewegen. So gesehen ist das Thema Andersartigkeit wie für uns gemacht. Darum sollten wir so richtig auf die Kacke hauen.«

»Sie hat recht«, sagte Quentin. »Deine Idee ist auch ziemlich krass, Léa.«

Léa warf ihm einen ärgerlichen Blick zu.

»Wärt ihr so nett, uns einzuweihen?«, fragte Maxime.

»Sags ihnen ruhig.« Quentin nickte Léa zu. »Ist doch nichts dabei.«

»Na toll! Was bleibt mir anderes übrig, nachdem du alle neugierig gemacht hast?«

»Léa! Léa! Léa!«, riefen die anderen im Chor.

»Kennt ihr Pascale Lafay?«

»Wen?«

»Eine bildende Künstlerin, die ich sehr mag. Sie hat *Ouvre les Yeux* gedreht, ein geniales Video, in dem man nacheinander mehrere Personen mit geschlossenen Augen sieht. Pascale Lafay drückt jedem von ihnen einen Gegenstand in die Hand, dann sollen sie die Augen öffnen. Sie hat gefilmt, wie die Leute reagieren.«

»Was für ein Gegenstand?«, fragte Marie.

»Eine Knarre.«

»Wow!«

»Es ist witzig, wie unterschiedlich die Menschen auf den Anblick der Waffe reagieren. Einer will sie möglichst schnell loswerden, der Nächste zielt auf die Zuschauer. Wieder ein anderer hält sich die Mündung der Pistole an die Schläfe, als ob er sich umbringen will.«

»Und du willst dieses Video kopieren?«

»Ich hab mich davon inspirieren lassen. Mir geht es darum, dass sich in der zeitgenössischen Kunst oft alles nur um Pipi-Kacka-Schwanz-Arsch-Themen dreht. Statt einer Waffe gebe ich meinen Testpersonen einen Dildo.«

»Was?« Marie schnappte nach Luft.

»Cool!« Mathilde nickte anerkennend.

»Ziemlich gewagt, dein Projekt, das musst du zugeben«, sagte Quentin.

»Ja, aber es funktioniert. Mein Bruder studiert an der Kunsthochschule, und wenn du siehst, was er so macht, merkst du schnell, dass

Kunst heutzutage mehr mit Paul McCarthy* als mit Michelangelo zu tun hat.«

»Hat dein Bruder dir zu dem Projekt geraten?«

»Er hat mir geraten, etwas zu machen, das die Leute provoziert. Das bringt mehr als hehre Schönheit. Meinem Vater geht allerdings der Arsch auf Grundeis.«

»Kein Wunder, wenn ein Dildo im Spiel ist«, sagte Maxime.

»Sehr witzig.«

»Ihr seid doch nur Abschaum!«, brüllte Mehdi plötzlich. »Alle miteinander!«

Es waren weniger seine Worte, die die anderen überraschten, sondern das, was er in der Hand hielt.

Mehdi richtete eine Automatikpistole auf seine Freunde.

Und er sah aus, als würde er es verdammt ernst meinen.

12.

»Spinnst du?«, rief Quentin.

»Klappe!«

Während Mehdi sie mit der Waffe bedrohte, befahl er seinen Freunden, sich mit dem Gesicht nach unten auf den Boden zu legen und die Hände in den Nacken zu nehmen. Doch statt zu gehorchen, ging Quentin auf Mehdi zu. Mehdi hob den Arm und schoss in Richtung Dachstuhl. Der Knall zerriss ihnen fast das Trommelfell. Das ist einer der großen Unterschiede zum Film. In der Realität durchbohrt der Lärm des Schusses das Opfer vor der Kugel, wie ein rasend schneller Vorgeschmack auf den Tod.

Drei Sekunden später lagen alle auf dem Boden, auch Quentin.

»Bist du krank, oder was?«, fuhr Maxime Mehdi an.

»Nicht so krank wie ihr degenerierten Idioten. Auf diesen Moment hab ich lange gewartet.«

»Was soll das heißen?« Mathilde runzelte die Stirn.

»Glotz nicht so! Nase zum Boden, Miststück!« Mehdi drückte ihren Kopf mit dem Fuß nach unten. »Ihr habt sämtliche Freiheiten und was kommt dabei heraus? Eine dreckige, degenerierte Nutte, die sich den Schädel tätowieren lassen will, eine reiche Schlampe, die sich vom Teufel leiten lässt, und eine Perverse, die Dildos filmt.«

»Sprichst du etwa von uns?«, fragte Mathilde ärgerlich.

»Schnauze! Einer von euch ist schlimmer als der andere. Ihr seid nichts als eine Horde Ungläubiger, die sich der westlichen Wollust hingeben.«

»Du bist doch komplett durchgeknallt!«, erwiderte Maxime. »Machst du jetzt einen auf bin Laden, oder was?«

Ein zweiter Schuss ließ eine Wodkaflasche explodieren. Glassplitter und Alkohol verteilten sich auf dem Boden.

»Ich hab gesagt, ihr sollt eure verdammte Schnauze halten!«, brüllte Mehdi.

Der Schuss hallte von den Wänden wider und leichter Pulvergeruch breitete sich im Raum aus.

»Ihr kapiert überhaupt nichts. Ich hasse eure oberflächlichen Sorgen, eure exzessiven Partys, eure Trinkgelage, euer subversives Gequatsche, eure schändliche Musik, eure Sittenlosigkeit ...«

»Moment mal, du bist doch der größte Aufreißer von allen«, erinnerte ihn Marie.

»Genug! Ihr Mädchen seid wie Hündinnen, die uns Männern ständig nachlaufen. Nur wenn ihr den Schleier tragt, vergesst ihr nicht, wo euer Platz ist.«

»Klingt fast so, als hätte er sich radikalisiert«, murmelte Léa.

»Nein! Nicht ich, sondern ihr habt euch radikalisiert. Ihr seid Sklaven einer maßlosen Konsumgesellschaft, eines materiellen Überangebots und stumpfsinniger Vergnügungen. Aber was am schlimmsten ist: Ihr findet eure Knechtschaft auch noch toll und wollt sie allen anderen Völkern aufzwingen. Ihr seid Repräsentanten einer neuen kranken Generation, die den Verfall der menschlichen Seele immer schneller vorantreibt. Schaut euch doch an, ihr armen Idioten! All diese Partys, auf denen ihr euch besauft, den letzten Schrott esst, kotzt und euch zu eurer sogenannten Musik verrenkt. All die Abende, an denen ihr euch kranklacht oder euch gegenseitig Angst einjagt, als wärt ihr zehn Jahre alt! All die Stunden vor dem Bildschirm, in denen ihr euren Göttern Gafam und Natu* huldigt. Eure Projekte für die Abschlussprüfung sind ein Abbild eures Niedergangs. Kein bisschen Spiritualität, keine Visionen, keine Ideale. Ihr denkt nur an euch und euren Vorteil. Ihr wollt aus einem kapitalistischen System Profit schlagen, das jedes Jahr allein durch seine Luftverschmutzung sieben Millionen Menschen tötet. Und heute Abend werden die Überwachungskameras mein Urteil filmen.«

Ein leises Klacken ertönte, als Mehdi die Waffe nachlud. Die nächste Kugel war bereit, abgefeuert zu werden. Mehdi brüllte zwei Worte, die den anderen das Blut in den Adern gefrieren ließen.

»Allahu Akbar!«

Ihr letztes Stündlein hatte geschlagen.

Als Mehdi zum dritten Mal schoss, wurde geschrien und geweint. Die nächsten Schüsse brachten die am Boden liegenden Jugendlichen zum Schweigen. Endlich zeigte ein trockenes Klicken an, dass die Waffe leer war. Die Strafe war vollstreckt, das Attentat verübt, unter dem stummen Blick der Kameras, die auf die zwischen Glasscherben ausgestreckten Körper gerichtet waren. Die Kameras hatten zwar das Blutbad aufgenommen, nicht jedoch das darauffolgende etwas gezwungene Lachen.

13.

»Ich habs echt voll drauf, Leute!«, rief Mehdi.

Die Körper zu seinen Füßen begannen sich zu bewegen und verdutzte Gesichter sahen zu ihm auf.

»Was ist passiert?«, fragte Quentin verwirrt.

Mehdi schwenkte die Pistole.

»Eine Schreckschusspistole mit Platzpatronen, die so laut knallen wie echte. Der Effekt ist der Hammer, oder?«

Sie rappelten sich hoch, alle außer Léa, die noch unter Schock stand. Mehdi reichte ihr die Hand, um ihr aufzuhelfen.

»Komm schon, Léa, du bist nicht tot. Dein letztes Stündlein hat noch nicht geschlagen.«

»Verdammt, was sollte das? Warum hast du das gemacht?«

»Um euch zu erschrecken. Ist das nicht das Thema des Abends?«

»Wegen deiner kranken Show hab ich mich verletzt«, sagte Julien vorwurfsvoll.

Er hatte sich an den Scherben geschnitten und seine Hand blutete.

»Wie können Platzpatronen eine Flasche explodieren lassen?«

»Ich hab die Flasche runtergeschmissen, als ihr auf dem Boden gelegen habt. Damit ihr glaubt, ich würde mit echten Kugeln schießen.«

»Echt krass«, bestätigte Quentin.

»Na ja, war irgendwie naheliegend, den Terroristen zu spielen, oder? Mit meiner arabischen Visage und bei allem, was man sich so über Muslime erzählt.«

»Am Anfang dachte ich, du spinnst nur rum«, sagte Marie. »Aber deine Rede über die Frauen und darüber, was wir sind, klang so echt, dass ich wirklich geglaubt habe, du hättest dich radikalisiert, ohne dass wir es mitbekommen haben.«

»Danke für die *dreckige degenerierte Nutte*«, knurrte Mathilde.

»Das war natürlich nicht ernst gemeint. Ehrlich, deine Bling-Bling-Haare turnen mich total an und ich würde liebend gern all deine Tattoos erforschen, sobald du mir grünes Licht gibst.«

»Nicht innerhalb der Clique, das ist die Regel.«

»Léa und Quentin haben sich auch nicht dran gehalten!«

»Sie sind die Ausnahme von der Regel.«

»Wir könnten auch eine Ausnahme sein.«

»Nein, denn dann wäre es keine Ausnahme mehr.«

»Schaut ihn euch an, unseren großen Aufreißer!« Camille schüttelte grinsend den Kopf. »Gerade hat er noch den Terroristen auf der Suche nach den siebzig Jungfrauen gegeben und jetzt versucht er schon wieder, jemanden anzubaggern.«

»Als du gesagt hast, wir würden nur Schrott essen«, begann Maxime, »hast du damit auch meine Teufelsspaghetti gemeint?«

»Nein, auch wenn sie nicht halal waren. Ich fahr viel zu sehr auf deine Nudeln ab. Ehrlich, Leute, es war echt hart, den ganzen Abend schlechte Stimmung zu verbreiten und meine Klappe zu halten. Am schlimmsten war es, euch als Hündinnen zu beschimpfen. Dabei liebe ich Mädchen doch über alles … abgesehen von meinem iPhone und meiner Playstation.«

»Du bist echt sexbesessen!« Maxime grinste.

»Ja, aber trotzdem, woher hast du diese krassen Ansichten?«, hakte Marie nach.

»Tja, ihr wisst eben nicht alles über meine Vergangenheit.«

»Was soll das heißen?«

»Jetzt kann ich es euch ja gestehen, aber vorher müsst ihr noch was erledigen.«

»Was denn?«

»Eure Gläser leer trinken!«

14.

In der neunten Klasse wäre Mehdi fast in die Fänge eines Imam geraten. Zu der Zeit lebte er in einem Vorort von Marseille. Seine Eltern kümmerten sich nicht wirklich um ihn und seine Erziehung. Weder bei seiner Familie noch in der Schule fand Mehdi Halt. Stattdessen ließ er sich von seinen Freunden beeinflussen, die vor den Hochhäusern rumhingen und krumme Dinger planten, und vom örtlichen Imam, dessen Predigten sich so eng am Koran orientierten wie das Plädoyer eines Staatsanwalts am Strafgesetzbuch.

Als Mehdi das leere Geschwätz seiner sogenannten Freunde nicht mehr hören konnte, wurde er immer empfänglicher für die radikalen Äußerungen des durchtriebenen Geistlichen. Dieser präsentierte ihm eine beruhigende Schwarz-Weiß-Version der Welt, in der es Kämpfer und Ungläubige gab. Beruhigend deshalb, weil Mehdi glücklicherweise auf der Seite der Kämpfer geboren worden war. Nun musste er sich dessen nur noch würdig erweisen, wenn er nicht ins andere Lager überlaufen und ein Verräter werden wollte.

Mit fünfzehn schwänzte Mehdi die Schule, um die Moschee zu besuchen, die sich in einer ehemaligen Autowerkstatt befand. Der Imam erzählte ihm von einer Gesellschaft ohne Werte, die Leute wie ihn zu Verlierern macht. Er hob Mehdi auf ein Podest, von dem aus er eines Tages die Macht hätte, seine Brüder zu rächen und ins Paradies zu gelangen. Verglichen mit den kriminellen Machenschaften seiner Freunde und der unausweichlichen Perspektive, im Gefängnis zu enden, arbeitslos zu werden oder im besten Fall auf einer Baustelle zu schuften, erschien Mehdi die Mission Gottes wesentlich attraktiver. Für Gott zu arbeiten war offenbar lohnender, als sich sein Verhalten von einem Lehrer, Dealer oder Chef vorschreiben zu lassen.

Es war eine Berufsberaterin, die ihn davon abbrachte, ein Märtyrer zu werden. Madame Brossard erkannte in Mehdi eine Begabung fürs Zeichnen und eine Kreativität, die von seinem Umfeld, in dem Kunst nur als Graffiti auf den Mauern des Viertels existierte, erstickt worden waren. Außerdem hatte sie bei ihm Anzeichen eines Radikalisierungsprozesses bemerkt, die ein weniger aufmerksamer Berufsberater als jugendliche Rebellion abgetan hätte. Mehdi lehnte Autoritäten und ein Leben in der Gesellschaft ab, verbreitete Verschwörungstheorien sowie apokalyptische Visionen und interessierte sich plötzlich dafür, wie man gemäß den Regeln seiner Religion sprechen, sich anziehen und essen sollte …

Madame Brossard nahm sich des Jungen an und überzeugte seine Eltern davon, ihn nach der neunten Klasse zu seiner Großmutter nach Nizza zu schicken, in der Hoffnung auf einen Platz im Kunstzweig des Lycée in Vence. Mehdi präsentierte seine Zeichnungen und bestand die Aufnahmeprüfung. Er war der achtzehnte von neunundzwanzig Schülern, die in die elfte Klasse aufgenommen wurden. Schnell hatte er sich von den anderen abgehoben, mehr durch seine Wortgewandtheit und die Fähigkeit, seine Arbeiten anzupreisen, als durch sein Zeichentalent. Er konnte sich prima verkaufen und alles, was zwischen seinen Händen Gestalt annahm, ging leicht als Kunst durch.

Da er gut bei den Mädchen ankam, war er bald beliebt und hatte sich mit den zukünftigen Mitgliedern der Acht angefreundet. Mit seiner Vergangenheit in Marseille hatte er endgültig abgeschlossen und jeden Kontakt zu dem Imam, seinem alten Viertel und seiner Familie abgebrochen, mit Ausnahme seiner Mutter, die ihm jede Woche arabisches Gebäck schickte.

»Von alldem hast du uns nie erzählt«, stellte Léa vorwurfsvoll fest.

»Na ja, ich bin nicht gerade stolz darauf. Außerdem bin ich lieber Lover als Loser.«

»Weißt du«, begann Marie, »am schlimmsten fand ich, dass nicht alles, was du gesagt hast, Bullshit war. Die Welt geht wirklich den Bach runter.«

»Ja, aber glaub mir, sie wird sicher nicht vom Islamismus gerettet. Im Gegenteil. Das wäre, als würdest du einem Krebskranken Captagon verschreiben, um ihm vorzugaukeln, es würde ihm besser gehen.«

»Was?«

»Captagon ist ein Aufputschmittel, das die Islamisten ihren Selbstmordattentätern geben, damit sie sich gut fühlen, wenn sie sich in die Luft sprengen.«

»Auf jeden Fall hast du uns tierisch Angst eingejagt«, sagte Quentin.

»Der Terrorismus ist ja auch beängstigend.«

»Ich würde zu gern das Video sehen, das die Überwachungskameras von deinem Auftritt aufgenommen haben«, sagte Camille.

»An deiner Stelle würde ich damit nicht hausieren gehen«, riet Marie. »Sonst landest du noch auf der Liste der islamistischen Gefährder oder die Polizei hängt dir gleich ein Attentat an.«

»Warum zeigst du das Video nicht bei der Abschlussprüfung?« Maxime grinste. »Dir fällt bestimmt was ein, wie du den Film als Kunst verkaufen kannst.«

»Auch mein Verkaufstalent hat Grenzen.«

»Hast du schon ein Projekt?«

Mehdi schüttelte den Kopf. »Bis jetzt noch nicht.«

»Nimm das Video!«, beschwor ihn Quentin. »Ich geb dir eine Kopie. Das Wichtigste in der Kunst ist, einen bleibenden Eindruck zu hinterlassen.«

»Der IS ist anders – nutz die Chance!« Maxime klang wie die Stimme aus dem Off, die am Ende der Waschmittelwerbung den Slogan spricht. »Das passt perfekt zu unserem Thema.«

»Da irrst du dich gewaltig, Kumpel«, erwiderte Mehdi. »Der Islamische Staat ist nicht anders, sondern total traditionsbewusst, konservativ und konformistisch. Statt neue Ideen zu entwickeln, fordert er eine wortgetreue Interpretation eines Buchs, das vor eintausendvierhundert Jahren geschrieben wurde. Er bringt nur lauter Mitläufer hervor. Jeder Idiot, der sich oder seinen Nachbarn umbringen will, kopiert heutzutage die Methoden des islamistischen Terrors und nietet die Leute mit einer automatischen Waffe oder einem Auto als Rammbock um. Ganz egal, ob er Moslem ist oder nicht. Nein, wenn das Video zu unserem Thema passen soll, müsste man es verfremden.«

»Wie denn?«

»Zum Beispiel indem man die Aufnahme so synchronisiert, dass es die Zuschauer komplett umhaut. Anstatt die Ungläubigen zu beschimpfen, könnte ich ein sufistisches Gedicht zitieren und euch mit vorgehaltener Waffe zwingen, es auswendig zu lernen. Moment mal, das ist eine super Idee! Ein Attentat im Namen der Kunst! Entweder die Leute lernen ein Gedicht auswendig oder sie werden umgebracht. Verdammt, ich hab gerade mein Abschlussprojekt gefunden! Danke, Freunde!«

»Du wirst sie alle wegpusten«, versicherte Maxime.

»Apropos, Quentin, hast du nicht gesagt, du hast eine Xbox?«

»Ja, warum?«

»Wie wärs mit einem schönen Slasher-Spiel? Hast du irgendein gruseliges Survival-Horror-Game?«

»Wie wärs mit *Until Dawn*?«

»Super! Das ist das einzige Spiel, bei dem meine Cousine Angst hatte.«

»Worum gehts dabei?«, fragte Marie.

»Ein paar Freunde werden in einer Berghütte von einem geheimnisvollen Psychopathen massakriert.«

»Dafür sind wir genau in der richtigen Stimmung«, bestätigte Quentin.

»Hast du auch *Resident Evil 7*?«

»Äh … nein.«

»Mist! Das ist echt unheimlich. Außerdem kannst du es komplett im Virtual-Reality-Modus spielen. Plötzlich sitzt du mit einer völlig durchgeknallten Familie irgendwo in den USA am Arsch der Welt. Ich garantier dir, du erschreckst dich zu Tode, vor allem, wenn deine Freundin, die du gerade gerettet hast, dich mit einem Messer angreift.«

»Seltsam …« Marie, die sich inzwischen von Mehdis Auftritt erholt hatte, machte ein paar Fotos.

»Was ist los? Spinnt deine Kamera wieder?«

»Eure Gesichter sehen irgendwie komisch aus.«

»Das ist doch nichts Neues.« Maxime grinste.

»Ich mach keine Witze.«

Marie wollte sich die Bilder auf dem Display anschauen, aber sie waren verschwunden.

»Ich versteh das nicht. Es ist nur noch ein Foto da.«

Sie zeigte es den anderen.

Man sah Quentin und Léa beim Tanzen, doch man erkannte sie nur an der Kleidung, denn ihre Gesichter waren völlig entstellt.

»Du hast das Bild manipuliert, stimmts?« Léa warf Marie einen misstrauischen Blick zu.

»Wie soll ich das denn gemacht haben ohne Computer und Bildbearbeitungsprogramm?«

»Was ist das da hinter uns?«, fragte Léa.

»Sieht genauso aus wie auf den Fotos von Pierre Beake«, bemerkte Quentin.

Er griff nach dem Buch *Die Geheimnisse des Col de Vence* und suchte eine Seite mit mehreren Illustrationen heraus.

»Hier, der helle Kreis hinter diesem Typ. Das ist der gleiche wie auf Maries Foto!«

»Was willst du uns damit sagen?« Mehdi runzelte die Stirn. »Dass sich ein paar Außerirdische zu unserer Party eingeladen haben? Diesmal legst du mich nicht rein!«

»Aber ich hab das Foto doch gar nicht gemacht.«

»Du steckst mit Marie unter einer Decke«, vermutete Maxime.

»Quatsch! Viel zu viel Aufwand.«

»Wie wärs, wenn wir noch ein Foto machen?«, schlug Marie vor. »Stellt euch mal dort drüben hin.«

Sie bauten sich vor der Kamera auf. Marie drückte auf den Auslöser und überprüfte sofort das Ergebnis. Sie fluchte.

»Was?«

»Ich find es nicht mehr … Das Foto ist schon wieder verschwunden.«

Sie schimpfte leise vor sich hin. War ihr Ärger echt oder gespielt? Plötzlich hellte sich ihre Miene auf.

»Ah, da ist es ja! Ich habs gefunden. Trotzdem merkwürdig …«

»Dürfen wir mal sehen?«, fragte Quentin.

»Ihr habt normale Gesichter und da ist auch kein heller Kreis mehr«, stellte Marie fest.

»Was ist das?« Julien zeigte auf etwas im Hintergrund.

Marie vergrößerte die Stelle des Bildes, auf der die Galerie oberhalb der Gruppe zu sehen war. Der Ausschnitt war ziemlich unscharf.

»Könnte eine menschliche Gestalt sein.«

Alle sahen zur Treppe. Die Gestalt war nicht mehr da.

Entsetzt riss Léa die Augen auf. »Es ist noch jemand im Haus!«

15.

»Das war bestimmt Clément, der uns einen Schreck einjagen will«, behauptete Mathilde.

»Was habt ihr bloß immer mit dem?« Julien schüttelte den Kopf. »Der Idiot hat uns hängen lassen, basta!«

»Aber wenn er es nicht war, was war dann oben auf der Galerie?«

Quentin bewaffnete sich mit einem Schürhaken, der neben dem Kamin hing.

»Das werden wir gleich wissen.«

»Ich komme mit.« Mehdi griff nach seiner Schreckschusspistole.

»Du willst mit Platzpatronen einen Außerirdischen zur Strecke bringen?« Maxime prustete los.

»Deine lahmen Witze hauen den Eindringling bestimmt nicht um.«

Wie die Einbrecher schlichen alle acht hintereinander die Treppe hinauf. Quentin ging voran. Oben verteilten sie sich und überprüften jedes Zimmer, bevor sie sich unverrichteter Dinge auf der Galerie versammelten.

»Gibt es einen Dachboden?«, fragte Marie.

»Der Speicher!«, rief Quentin. »Das ist der einzige Ort, an dem wir noch nicht gesucht haben.«

Er führte seine Freunde zum Ende des Flurs, der sich an die Galerie anschloss, blieb vor einer Tür stehen und zögerte einige Sekunden, bevor er sie öffnete. Dann begann er, eine schmale Treppe hinaufzuklettern.

»Sei vorsichtig«, bat Léa.

Quentin antwortete nicht. Nur das Knarren der Holzstufen unter seinen Schuhsohlen war zu hören. Langsam tauchte er in die Dunkelheit ein und setzte erst die Hände, dann einen Fuß auf den staubigen Boden. Vorsichtig kletterte er auf den Speicher und versuchte, sich dabei nicht zu stoßen.

»Clément?«, rief er auf gut Glück.

»Siehst du was?«, fragte Léa von unten.

Die anderen standen immer noch am Fuß der Treppe.

Quentin schwieg. Er aktivierte die Taschenlampenfunktion seines Handys und ließ den Lichtstrahl durch den Raum wandern. In einer Ecke bewegte sich ein Schatten. Quentin erstarrte.

»Wer ist da?«

So leise wie möglich machte er einen Schritt nach vorn, um besser sehen zu können. Im selben Moment erhob sich der Schatten, flog mit einem spitzen Schrei auf ihn zu und verschwand am anderen Ende des Dachbodens in der Dunkelheit. Quentin schrie auf und ließ das Handy fallen. Die anderen kletterten die Treppe hinauf, um ihm zu helfen. Léa und Maxime waren die Ersten.

»Alles okay?«, rief Léa.

»Was hast du gesehen?«, fragte Maxime.

»Verdammt, ich hab mich fast zu Tode erschreckt!«

Quentin hob sein Smartphone auf und vergewisserte sich, dass es nicht kaputt war. Die Taschenlampe funktionierte noch. Quentin richtete das Licht auf die Ecke des Speichers, in die der Eindringling geflüchtet war. Seine Hand zitterte.

»Gehts dir wirklich gut?«, erkundigte sich Léa besorgt.

»Lasst uns abhauen.«

»Warum hast du geschrien?«, wollte Maxime wissen.

»Ich hab einen Schreck bekommen, das ist alles. Kommt schon, hier gibts nichts zu sehen.«

Verwirrt verließen sie den Speicher und kehrten zu den anderen in den Flur zurück. Ohne eine weitere Erklärung ging Quentin ins Wohnzimmer hinunter und schenkte sich einen Wodka-Orange ein.

»Was machst du da?« Léa runzelte die Stirn.

»Ich hatte Angst, also trinke ich.«

Nachdem er das Glas hinuntergekippt hatte, gestand Quentin schließlich, was ihm einen solchen Schreck eingejagt hatte. Eine Fledermaus!

»Ich hab vorher noch nie eine gesehen«, rechtfertigte er sich. »Im ersten Moment dachte ich wirklich, irgendein seltsames Wesen geht auf mich los.«

»Ein ziemlich kleines Wesen«, bemerkte Mathilde.

»Ich konnte nichts erkennen. Seine Flügel haben sich in meinen Haaren verfangen. Und dann dieser schreckliche Schrei!«

»Warum hast du das nicht gleich gesagt?«, wunderte sich Léa.

»Ich wollte nicht, dass ihr mich für bescheuert haltet.«

»Jetzt wissen wir immer noch nicht, was es mit der Gestalt auf dem Foto auf sich hat«, sagte Marie. »Eine Fledermaus war es jedenfalls nicht.«

»Wie wärs, wenn wir eine Pause einlegen und den Nachtisch essen?« Maxime griff in eine Packung Gummibärchen.

Sie stellten die Leckereien von Mehdis Mutter auf den Tisch und ließen es sich schmecken.

»Übrigens, als du vorhin so ausgerastet bist, weil ich über deine Mutter geredet habe, war das auch nur Theater?«, erkundigte sich Maxime.

»Nein, das war ernst gemeint. Und wenn du noch einmal sagst, dass du meine Mutter heiraten willst, ramme ich dir ein Messer in deine fette Wampe!«

Mehdi sprang auf, griff nach einem Messer und pikste es Maxime in den Bauch.

Als er Maximes entsetztes Gesicht sah, prustete er los.

»Du bist schon wieder drauf reingefallen, Dicker! Los, trink was! Tut mir leid, ich konnte nicht widerstehen.«

Maxime leerte sein Glas.

»Das war natürlich nicht ernst gemeint«, versicherte Mehdi. »Ich liebe meine Mutter, klar, aber ich bin nicht so empfindlich wie diese Idioten, die gleich durchdrehen, sobald man von ihrer Erzeugerin spricht. Hey, ihr kennt mich aber schlecht, ihr Penner!«

»Du warst heute Abend wirklich nicht du selbst«, gab Mathilde zu.

»Ist euch denn kein einziges Mal der Gedanke gekommen, ich könnte euch was vorspielen? Schließlich hab ich euch die ganze Zeit die Stimmung vermiest, um als glaubwürdiger Terrorist durchzugehen.«

»Du hast eben auf Anhieb den Oscar abgeräumt, Kumpel!« Julien grinste.

»Bis jetzt haben alle ihre Sache super gemacht«, stellte Quentin fest. »Es ist gerade mal neun und wir sind schon ziemlich blau.«

»Was ist denn jetzt mit deinen Geschichten über die geheimnisvollen Besucher?«, wollte Mehdi wissen. »Sind die wahr oder erfunden?«

»Ganz ehrlich, die Phänomene, von denen ich euch erzählt habe, hat es tatsächlich gegeben. Die Bücher sind echt, genauso wie die Polizeiberichte, die Zeitungsartikel und die Fotos. Außerdem habt ihr doch selbst gesehen, dass Maries Kamera nicht funktioniert hat.«

»Das stimmt nicht ganz«, gestand Marie. »Ich hab nur so getan. Deine Geschichten waren eine prima Vorlage, um euch Angst zu machen.«

»Heißt das, die Fotos …«

»Ich hab die Speicherkarte ausgetauscht, damit ihr glaubt, die Bilder wären verschwunden.«

»Und unsere unförmigen Köpfe? Die weißen Kreise?«

»Das ist ein Kinderspiel mit dem Bildbearbeitungsprogramm meiner Nikon. Ich kann die Fotos direkt auf der Kamera bearbeiten, Ausschnitte unscharf machen oder Farben hinzufügen.«

Sie zeigte ihnen, wie sie ein Gesicht verändern oder helle Formen hinter ihnen auftauchen lassen konnte.

»Und die Gestalt auf der Galerie, warst du das auch?«

»Nein, damit hab ich nichts zu tun.«

»Ehrlich?«

Marie lachte über die verunsicherten Gesichter ihrer Freunde.

»Hey, war nur ein Witz. Ich hab die Gestalt eingefügt, während ich so getan habe, als würde ich das Bild suchen. Ich konnte der Versuchung nicht widerstehen. Es macht einfach zu viel Spaß, euch dabei zuzusehen, wie ihr euch vor Angst fast in die Hosen macht. Und jetzt dürft ihr auf mein Wohl trinken!«

Sie stießen an und leerten ihre Gläser. Niemand dachte daran, dass sie immer angreifbarer wurden, je mehr sie sich betranken.

Dann ergriff Mehdi das Wort.

»Ich fasse zusammen: Quentin hat uns mit seinen außerirdischen Besuchern und der Würgeszene erschreckt, Camille mit ihrem Sadako-Tanz, Marie mit den manipulierten Fotos, Mathilde mit ihren abgeschnittenen Fingern, Julien mit seiner Ratte und Léa mit ihrer Darstellung der Weißen Frau hinter der Scheibe. Ich hab den islamistischen Selbstmordattentäter gegeben. Ganz ehrlich, Leute, ich kann uns zu unserer Kreativität nur beglückwünschen! Der Aufwand, den jeder Einzelne für diesen Abend betrieben hat, ist der Acht würdig. Darauf sollten wir trinken, wenn wir nicht alle schon total voll wären!«

»Mehdi und sein loses Mundwerk sind zurück«, stellte Julien fest.

»Ich hab nicht nur ein loses Mundwerk, Kumpel, ich kann auch zählen. Und es gibt einen unter uns, der seine Karten noch nicht auf den Tisch gelegt hat. Der Poker-Spieler!«

Alle Blicke richteten sich auf Maxime.

»Warum starrt ihr mich so an?«

»Hast du etwas Gruseliges vorbereitet?«

»Ja und nein.«

»Fang mit dem Ja an.«

»Ich hab ein Ouija-Brett mitgebracht.«

Beim Wort *Ouija* mussten alle an verschiedene unheimliche Szenen aus irgendwelchen Kinofilmen denken. Schweigen senkte sich über den Raum, das schließlich von Mehdi gebrochen wurde.

»Und warum *nein*?«

»Inzwischen halte ich das nicht mehr für eine gute Idee. Dieser Ort eignet sich nicht dafür.«

»Wieso?«

»Hier treiben sich zu viele Geister herum.«

»Was soll das denn heißen?«

»Du hast zwar gerade all die denkwürdigen Aktionen aufgezählt, mit denen wir uns heute Abend gegenseitig erschreckt haben. Aber was du vergessen hast, sind die Dinge, die sich bisher nicht erklären lassen.«

»Meinst du die Kellertür, die sich von allein geöffnet hat?«, fragte Camille.

»Nicht nur. Da waren auch die Schritte auf dem Dachboden und der Stein, den wir an der Treppe gefunden haben. Wenn keiner von uns dafür verantwortlich ist, muss noch jemand im Haus sein.«

»Wir haben überall gesucht und nur eine Fledermaus aufgescheucht«, erinnerte ihn Quentin.

»Was, wenn es sich um unsichtbare Wesen handelt?«, fragte Maxime. »Wie Geister.«

»Es gibt sicherlich Dinge zwischen Himmel und Erde, die man nicht erklären kann«, gab Quentin zu. »Zum Beispiel Kornkreise oder Mathildes Frisur.«

»Oder deinen Sinn für Humor«, konterte Mathilde.

»Solange die Geister nichts Schlimmeres anstellen, als Türen zu öffnen und Steine herumliegen zu lassen, hab ich kein Problem damit«, verkündete Marie. »Aber wir sollten sie nicht gegen uns aufbringen.«

16.

Maxime holte das Ouija-Brett aus seinem Rucksack. Seine Bedenken hatten die Neugier seiner Freunde angestachelt, und sie hatten nicht lockergelassen, bis er das Brett samt Zubehör auspackte. Begierig warteten sie darauf, neue Erfahrungen auf dem Gebiet der Angst zu machen.

»Woher hast du das?«, fragte Léa.

»Bei Amazon bestellt.«

»Weißt du, wie man es benutzt?«, erkundigte sich Julien.

»Ja, ich hab mich ein bisschen schlaugemacht.«

»Ich hab so ein Teil noch nie in echt gesehen.«

Auf einem Brett aus lackiertem Holz, ungefähr fünfzig mal fünfunddreißig Zentimeter groß, standen alle sechsundzwanzig Buchstaben des Alphabets, die Zahlen von null bis neun und die Wörter ›Ja‹, ›Nein‹ und ›Ende‹. Außerdem gehörte ein sogenannter Marker dazu, eine Art Zeiger, der von den Geistern, die kommunizieren wollten, über das Brett geführt werden sollte.

»Eigentlich braucht man dafür einen neutralen und unbewohnten Ort.«

»Das trifft sich gut«, sagte Quentin. »Wir sind ja noch nicht richtig eingezogen. Wo sollen wir uns hinsetzen?«

»Es darf nicht zu unordentlich sein. Wir könnten an den Esstisch ausweichen. Hast du Kerzen?«

»Ich schau mal nach. Was für Kerzen?«

»Schwarze, um negative Energie aufzunehmen, und weiße, um positive Energie anzuziehen.«

»Das wird Marie gefallen«, bemerkte Quentin.

»Meinst du, wir locken böse Geister an?«, erkundigte sich Léa.

»Wir kommunizieren mit dem Jenseits. Das heißt, es können sowohl böse als auch gute Geister auftauchen. Deshalb sollten wir lieber ein paar Vorkehrungen treffen.«

»Glaubst du etwa an den Quatsch?«, fragte Mehdi.

»Keine Ahnung, ich habs noch nicht ausprobiert. In den Filmen wirkt es immer total echt. Außerdem hab ich auf Youtube ein paar ziemlich unheimliche Videos gesehen. Wenn ihr die ultimative Grusel-Erfahrung wollt, ist das genau die richtige Methode.«

»Was müssen wir tun?« Mathilde war gerade dabei, sich den nächsten Joint zu drehen.

»Als Erstes solltest du die Finger von diesem Mist lassen.«

»Warum? Haben die Geister was dagegen?«

»Vor und nach einer Ouija-Séance darf man weder Drogen noch Alkohol konsumieren.«

»Zu spät«, stellte Marie fest.

»Was passiert denn sonst?«, fragte Mathilde.

»Es könnte gefährlich werden.«

»Inwiefern?«

»Woher soll ich das wissen? Vielleicht verlierst du die Kontrolle oder ein böser Geist ergreift Besitz von dir.«

»Schwachsinn!« Mehdi schüttelte den Kopf.

»Na gut, dann rauche ich den eben später.« Mathilde legte den Joint zur Seite.

Maxime baute das Ouija-Brett auf dem Esstisch auf und bat seine Freunde, sich hinzusetzen.

»Außerdem müssen wir die Musik und unsere Handys ausmachen. Es sollte ganz still im Raum sein. Ach ja, und ich brauche Meersalz.«

»Ich hol welches.« Léa stand auf.

Quentin kam mit den Kerzen zurück, die er in den Ecken des Raumes aufstellte und anzündete.

»Eure Knie müssen sich berühren«, erklärte Maxime.

Er schüttete einen Kreis aus Salz auf den Boden, rund um die am Tisch sitzenden Teilnehmer.

»Nur eine einzige Person darf mit den Geistern sprechen.« Maxime legte einen Notizblock und einen Stift auf den Tisch. »Und das bin ich. Wenn ihr eine Frage habt, werde ich sie stellen. Wir berühren den Zeiger mit unseren Fingern und beginnen mit einer Frage, die mit Ja oder Nein beantwortet werden kann. Bitte nehmt die Sache ernst, bleibt ruhig und höflich. Keine Witze und kein Gekicher, ganz egal, ob ihr daran glaubt oder nicht.«

»Man könnte meinen, du machst das schon dein ganzes Leben lang«, bemerkte Mathilde.

»Er hat es voll drauf«, stellte Quentin fest. »Ich wette, das ist sein Abschlussprojekt und wir sind die Testpersonen.«

Maxime schlug so heftig mit der Faust auf den Tisch, dass alle zusammenzuckten. Er begann zu lachen und forderte die anderen zum Trinken auf.

»Ich dachte, Alkohol ist tabu«, wandte Mathilde ein.

»Stimmt, aber eigentlich soll man vorher auch meditieren und ein Lavendelbad nehmen, um sich zu reinigen. Doch in Anbetracht der Situation überspringen wir einfach ein paar Verhaltensregeln.«

Maxime schenkte seinen Freunden Wodka ein und setzte sich wieder.

»Bereit?«, fragte er.

»Bereit!«, antworteten die anderen im Chor.

»Gut. Wir beginnen mit einem Gebet, um uns gegen Dämonen

und böse Geister zu schützen, während wir mit dem Jenseits verbunden sind.«

»Was für ein Unfug!« Mehdi grinste.

»Woher willst du das wissen?«, erwiderte Camille. »Hast du es ausprobiert?«

»Du musst nicht daran glauben, Kumpel. Ich mach dir ein Angebot: Tu, was ich sage, und wenn es nicht klappt, kannst du das Ganze immer noch als Quatsch abtun.«

»Na gut, sprich dein Gebet. Ich hoffe nur, du holst gleich nicht auch noch ein Messbuch hervor.«

»Hör auf, uns mit deinen sarkastischen Bemerkungen zu nerven!«, schimpfte Camille. »Wenn du nicht mitmachen willst, geh Gameboy spielen.«

»Mach ich sofort, wenn du einen dabeihast.«

»Können wir anfangen?« Maxime verlor allmählich die Geduld.

»Wenn Mehdi uns lässt«, brummte Camille.

»Eine letzte Frage: Ist jemand in dieser Runde heute besonders deprimiert, schlecht gelaunt oder wütend?«

»Nein, aber das werden wir gleich sein, wenn du weiter um den heißen Brei herumredest«, bemerkte Julien.

»Das ist kein Brei, sondern ein Brett«, sagte Mathilde.

»Der Witz ist echt flach.«

»Besser ein flacher Witz als flach wie ein Brett.«

»Ha, ha.« Maxime verdrehte die Augen.

»Ist schlechter Humor auch tabu?«, erkundigte sich Marie.

»Ja, davon kriegen die Geister schlechte Laune.«

»Na los, Max, fang endlich an.« Ungeduldig wedelte Julien mit der Hand.

Maxime begann, ein Gebet zu sprechen.

»Wir sind ganz ruhig und mit uns im Reinen. Wir kommen mit guten Absichten. Voller Respekt bitten wir dich, uns zu empfangen. Führe uns zum Licht und zur Wahrheit, schenke uns deinen Schutz und positive Energie. Unser Geist ist offen, unsere Körper sind entspannt. Erlaube uns, ohne Angst, Vorurteile und Hintergedanken mit dem Jenseits zu kommunizieren.«

»Mit wem sprichst du da eigentlich?«, fragte Mehdi.

»Pst!«, zischten Léa und Julien.

Maxime sah auf. »Wer in dieser Runde glaubt nicht daran?«

Mehdi, Marie und Mathilde hoben die Hand.

»Gut … Léa, Camille, Julien und Quentin, ihr legt eure Finger auf den Zeiger. Rima notiert die Antworten auf den Block. Lasst uns beginnen. Ihr anderen macht nichts. Ihr schaut einfach nur zu.«

»Geist, Geist, bist du da?«, fragte Maxime. »Wenn du da bist, gib uns ein Zeichen.«

Alle Blicke waren auf den reglosen Zeiger gerichtet.

»Geist, Geist, bist du da?«, wiederholte Maxime. »Wenn du da bist, gib uns ein Zeichen!«

Sehr langsam begann sich der Zeiger zu bewegen.

»Verdammt, das war einer von euch!« Léa zog die Hand zurück, als hätte sie einen Stromschlag bekommen.

»Quatsch!« Quentin nahm ebenfalls den Finger weg.

»Voll verrückt!« Julien starrte auf den Zeiger.

»Er hat sich von ganz allein bewegt«, stellte Maxime verblüfft fest.

»Voll krass!«, bemerkte Julien.

Mathilde verdrehte die Augen. »Kannst du auch mal was anderes sagen?«

»Ja, voll abgefahren!«

Maxime forderte sie auf, den Mund zu halten und weiterzumachen.

»Legt euren Finger wieder auf den Marker.«

»Welcher Marker?«, fragte Quentin.

»So nennt man den Zeiger«, antwortete Marie. »Hör doch mal zu!«

»So wird das nie was.« Maxime seufzte genervt.

»Okay, konzentriert euch, Leute!«, sagte Julien.

»Geist, möchtest du mit uns in Kontakt treten?«

Die Sekunden verstrichen in gespannter Erwartung. Mehdi grinste, Mathilde kicherte. Camille befahl ihnen, die Klappe zu halten. Dieses Mal bewegte sich der Zeiger etwas schneller, bis er bei dem Wort ›Ja‹ stehen blieb.

»Verdammt!«, rief Quentin.

»Er will mit uns kommunizieren«, folgerte Maxime. »Ich stelle ihm noch eine Frage.«

»Frag ihn, wer er ist«, schlug Quentin vor. »Ich weiß gern, mit wem ich es zu tun habe.«

»Nein, noch nicht.«

»Was dann?«

»Geist, bist du uns wohlgesonnen?«

Der Zeiger bewegte sich in die Mitte des Bretts und irrte einen Moment umher, bevor er zum ›Nein‹ rutschte.

»Das ist übel«, sagte Julien.

»Sollen wir aufhören?«, fragte Maxime.

»Nein!«, rief Camille.

»Wir sollten ihn noch ein bisschen aushorchen, bevor wir ihn zurück ins Jenseits schicken«, sagte Quentin.

»Was willst du wissen? Die Frage muss sich mit Ja oder Nein beantworten lassen.«

»Hat er eine Verbindung zu einem von uns?«

»Geist, bist du mit einem aus dieser Runde verbunden?«

Der Marker rutschte über das Brett und hielt auf dem ›Ja‹.

»Also, mir reicht's.« Léa schien sich überhaupt nicht wohl in ihrer Haut zu fühlen.

»Stell dich nicht so an, sonst kannst du dir gleich das nächste Glas einschenken«, drohte Mehdi.

»Einer von euch schiebt den Zeiger, stimmts?«, fragte Marie. »Ich wette, du bist es, Maxime!«

»Nein, ehrlich, das Ding hat sich von selbst bewegt«, beteuerte Camille.

In diesem Moment schoss der Zeiger, den immer noch alle berührten, quer über das Spielfeld und fiel vom Brett.

»Was war das?«, rief Camille.

»Wir sind mit einem bösen Geist in Kontakt getreten.«

»Was? Woher weißt du das?«

»Wir sollten aufhören«, sagte Maxime.

»Warum?«, fragte Quentin.

»Weil ihr bestimmt nicht erfahren wollt, wer der böse Geist ist.«

»Wenn er eine Verbindung zu uns hat, wüsste ich schon gern, um wen es sich handelt.«

»Ich nicht, ehrlich gesagt«, erwiderte Léa. »Zumindest nicht, wenn der Geist böse ist.«

»Es ist besser, seinen Feind zu kennen, oder?«

»Jetzt dreht nicht gleich durch, Leute!« Marie zog spöttisch die Augenbrauen hoch. »Hört ihr euch eigentlich zu?«

»Sie hat recht«, sagte Mehdi. »Wir sollten es zu Ende bringen.«

»Na gut, aber danach ist Schluss«, beschloss Maxime. »Dieses Spiel ist echt unheimlich.«

»Wie ihr wollt«, gab Léa nach. »Aber sobald irgendwas Seltsames passiert, bin ich raus.«

Maxime legte den Marker wieder auf das Brett und sie berührten ihn mit den Fingern.

»Geist, wie lautet dein Name?«

Schweigen senkte sich über den Tisch. Nichts passierte.

»Geist, wie lautet dein Name?«

Mehdi verkniff sich einen dummen Witz. Stattdessen amüsierte er sich über den Anblick seiner vor Angst wie erstarrten Freunde, deren komplette Aufmerksamkeit auf den reglosen Zeiger gerichtet war.

Plötzlich schoss der Zeiger wie wild über die Buchstaben.

»Er wird immer schneller!«, rief Camille.

»Wir hätten das niemals tun dürfen«, jammerte Léa. »Ich hör auf.«

»Nein, warte«, sagte Maxime. »Der Geist ist schüchtern. Er traut sich nicht, uns seinen Namen zu sagen. Ich frag ihn erst mal, wo er sich befindet … Geist, wo bist du?«

Der Marker bewegte sich vom ›D‹ zum ›R‹, dann zum ›A‹ und zum ›U‹ … Marie notierte die Buchstaben.

»DRAUSSEN!«, rief sie. »Er ist draußen!«

Sie sahen durch die Fensterscheibe, hinter der die mondlose Nacht lauerte. Ein leises Brummen war über ihren Köpfen zu hören.

»Still!«, zischte Quentin.

»Was ist das für ein Geräusch?«, fragte Marie nervös.

»Klingt wie ein Motor.«

»Ein Hubschrauber?«

»Nein, dafür ist es zu leise.«

Maxime stand auf und ging zur Tür.

»Was tust du?«

»Ich mach ihm auf.«

»Wem?«

»Dem Geist, der da draußen ist.«

»Du spinnst. Außerdem kann ein Geist durch Wände gehen. Der braucht keine geöffneten Türen.«

»Stimmt auch wieder«, gab Maxime zu.

»Ich sags noch mal: Hört ihr eigentlich, was ihr da redet?« Marie schüttelte den Kopf. »Euer Theater ist völlig absurd. Ihr wollt den Geist reinlassen? Na gut, dann mal los!«

Sie ging an Maxime vorbei zur Tür, riss sie auf und tat so, als würde sie einen unsichtbaren Besucher hereinbitten. Die anderen starrten sie verblüfft an.

»Da ist er«, sagte sie. »Aber offenbar ist er nicht allein gekommen.«

Marie trat auf die Außentreppe.

»Hör auf mit dem Quatsch, Rima!«, rief Maxime.

»Hast du den Zeiger bewegt?«, fragte Léa.

»Nein, wie oft soll ich das noch sagen? Wenn ihr mir nicht glaubt, macht doch ohne mich weiter!«

»Reg dich nicht auf, Dicker.« Mehdi grinste. »Ist doch nur ein Spiel.«

»Er hat recht«, stimmte Mathilde zu. »Ihr macht euch zu viele Gedanken.«

»Und wie erklärst du dir dann, was gerade passiert ist?«, wollte Camille wissen.

»Auch wieder wahr«, sagte Julien.

Auf diese Frage hatte niemand eine vernünftige Antwort.

»Wo steckt Rima eigentlich?«, fragte Léa.

Maxime trat vor die Tür und warf einen Blick hinaus. Marie war verschwunden.

»Marie!«, rief er.

Eine Hand legte sich auf seine Schulter und er zuckte zusammen. Es war Camille.

»Wo ist sie?« Ihre Stimme klang besorgt.

»Sie scheint nicht mehr da zu sein.«

Er rief noch einmal quer über den Hof. Plötzlich löste sich eine Gestalt aus der Dunkelheit und stürzte mit einem Schrei auf sie zu. Maxime schrie ebenfalls, wich zurück und stieß dabei Camille um. Marie blieb stehen und prustete los.

»Reingelegt!«, rief sie. »Das ist echt zum Totlachen!«

Camille rappelte sich auf und beschimpfte Maxime, weil er sie über den Haufen gerannt hatte, und Marie, weil sie sie erschreckt hatte. Die anderen lachten ebenfalls. Mathilde füllte bereits zwei Gläser.

»Du bist in deine eigene Falle getappt, Max«, stellte Julien fest und reichte ihm sein Glas.

Maxime leerte es und warf seinen Freunden einen herausfordernden Blick zu.

»Ich werde euch beweisen, dass es kein Blödsinn ist.«

Er bat sie, sich wieder um das Ouija-Brett zu setzen. Jetzt würde er die Geister wirklich rufen.

»Wie wärs, wenn Maxime die Maus diesmal nicht anfasst?«, schlug Camille vor, nachdem sie ebenfalls getrunken hatte.

»Das ist keine Maus, sondern ein Marker«, korrigierte Marie.

»Einverstanden«, sagte Léa.

»Wie ihr wollt.« Maxime zuckte mit den Schultern. »Dann könnt ihr mir wenigstens nicht vorwerfen, dass ich den Zeiger schiebe.«

Sie nahmen wieder ihre Plätze ein. Léa, Camille, Julien, Quentin und Mathilde legten ihre Finger auf den Zeiger.

»Geist, lass uns mit dir in Kontakt treten, erleuchte uns mit deiner Anwesenheit, voller Ruhe und Wohlwollen, und führe uns auf den Weg der ewigen Wahrheit ... Geist, bist du bei uns? ... Wenn du uns etwas mitteilen willst, hören wir dir respektvoll zu ... Bist du da, Geist? ...«

Sie warteten, ohne dass etwas passierte. Mathilde musste sich das Lachen verbeißen, während Léa, die ihr gegenübersaß, sehr angespannt wirkte. Marie hielt den Stift in der Hand, bereit, die Buchstaben zu notieren, auf die der Zeiger wies.

»Dein Geist hat sich wieder schlafen gelegt«, stellte Mehdi fest.

»Leise!«, schimpfte Camille.

»Nur Geduld«, sagte Maxime. »Ich hab im Internet Videos gesehen, in denen es funktioniert hat.«

»Die waren garantiert manipuliert«, vermutete Mehdi.

»Nicht alle. Es gibt sogar welche mit Journalisten, bei denen es klappt.«

»Ich hab den Film *Verónica* von Paco Plaza dabei«, sagte Marie. »Wenn ihr wollt, können wir ihn uns ansehen. Es kommt ein Ouija in der Geschichte vor und im Film ist es echt gruselig.«

»Worum geht es?«

»Ein Mädchen und seine Familie werden von Dämonen bedroht, nachdem das Mädchen eine Ouija-Séance mit seinen Freundinnen abgehalten hat.«

»Das ist nur ein Film.«

»Ja, aber er beruht auf einer wahren Begebenheit. Die Einzelheiten des Falls stammen aus dem Polizeibericht eines spanischen Kriminalbeamten.«

»Hört auf zu quatschen«, unterbrach sie Maxime. »Das ist hier kein Debattierclub.«

»Wenn ihr mit dem Geist in Kontakt treten wollt, solltet ihr ihm Fragen stellen«, riet Camille.

»Geist«, begann Mathilde. »Wir wissen jetzt, dass du da bist. Kannst du uns deinen Namen sagen?«

Einen Moment geschah nichts, dann bewegte sich der Zeiger mit einem kurzen Ruck.

»Was war das?«, rief Mathilde.

»Ich hab nichts gemacht«, versicherte Quentin.

»Ich auch nicht«, sagte Julien.

»Genauso wenig wie ich«, fügte Léa hinzu.

»Konzentriert euch«, befahl Maxime, ohne den Blick vom Brett abzuwenden.

Der Marker glitt zum ›Nein‹.

»Er will seinen Namen nicht verraten«, sagte Mathilde.

»Frag ihn etwas anderes.«

»Geist, wo bist du?«

Der Zeiger bewegte sich zum ›D‹, dann zum ›R‹.

»Er erzählt uns dasselbe wie eben«, vermutete Mathilde.

Der Zeiger wanderte vom ›A‹ zum ›U‹, dann zum ›S‹ …

»DRAUSSEN«, bestätigte Marie.

»Soll das ein Witz sein?« Julien runzelte die Stirn.

»Vielleicht kann der Geist nur dieses eine Wort buchstabieren.« Mehdi grinste.

Léa rutschte auf ihrem Stuhl hin und her, als würde sie auf Reißzwecken sitzen.

»Geist, wo genau bist du draußen?«, fragte Mathilde.

Der Zeiger wanderte zum ›T‹ …

»Wir sollten jetzt wirklich aufhören«, sagte Léa.

»Einen Moment noch.« Mathilde starrte auf das Brett. »Dieses Teil ist echt verrückt!«

Der Marker bewegte sich zum ›U‹ …

»Sie hat recht«, bestätigte Maxime. »Man darf die Séance nicht einfach abbrechen. Das wäre zu gefährlich. Vorher muss man den Geistern danken, die zu einem gekommen sind.«

… und weiter zum ›E‹ …

»Man soll sie bitten, sich friedlich zurückzuziehen, bevor man sich von ihnen verabschiedet.«

»Sonst passiert was?«

»Sonst bleiben die bösen Geister hier und wir werden sie nicht mehr los.«

… und zum ›R‹.

»TUER!«, rief Marie. »Der Geist ist an der Tür.«

»An der Haustür?«, fragte Camille.

Mathilde verdrehte die Augen. »Wenn der Geist draußen ist, wird es wohl kaum die Klotür sein.«

Alle sahen zum Eingang.

»Was machen wir jetzt?«, flüsterte Julien.

Mehdi erhob sich. Er ging zur Haustür und wollte sie gerade öffnen, als es klopfte. Mehdi erstarrte. Léa schrie auf.

»Verdammt, wer ist das?«, krächzte Quentin.

»Der Geist«, antwortete Maxime.

»Was machen wir jetzt?«, wiederholte Julien.

»Das, was man für gewöhnlich tut, wenn jemand an die Tür klopft. Fragen, wer da ist.«

»Wer ist da?«, rief Mehdi, ohne sich zu rühren.

Keine Antwort.

»Wenn es ein Geist ist, sollten wir ihm die Frage vielleicht mit dem Ouija stellen«, schlug Camille vor.

Sie wandten ihre Aufmerksamkeit wieder dem Brett zu.

»Herzlich Willkommen bei uns, Geist«, begann Maxime. »Wie ist dein Name?«

Sekunden des Schweigens vergingen und dehnten sich zu Minuten.

»Er scheint nicht mehr da zu sein«, sagte Mathilde schließlich.

»Moment!«, rief Maxime plötzlich.

Der Zeiger erbebte.

»Wart ihr das?«

Alle schüttelten die Köpfe.

»Geist, wie ist dein Name?«, wiederholte Maxime.

Der Zeiger glitt zum ›N‹, dann zum ›O‹ …

»NO«, verkündete Marie. »Offenbar will er seine Identität nicht preisgeben.«

»Er bewegt sich weiter«, stellte Camille fest.

Der Zeiger hielt auf dem ›M‹ …

»NOM?«, fragte Marie. »Vielleicht sollten wir die Frage wiederholen. Ich schätze, der Geist ist schwerhörig.«

Camille prustete los.

»Es geht noch weiter«, sagte Maxime.

»Er scheint zu zögern«, stellte Julien fest.

Camille musste so lachen, dass ihr die Tränen kamen.

Der Zeiger glitt zum ›A‹.

»NOMA? … Nomade?«, riet Marie. »Was will er uns damit sagen?«

»Dass wir es mit dem ruhelosen Geist eines Nomaden zu tun haben.«

Camille kriegte sich gar nicht mehr ein.

»Hör auf zu lachen!«, schimpfte Julien, während Camille keuchend nach Luft schnappte.

Der Zeiger wurde immer langsamer. Er zögerte mehrmals, bis er schließlich auf dem ›N‹ stehen blieb.

»NO MAN!«, rief Marie. »Er ist Engländer … oder Amerikaner …«

Wieder prustete Camille los.

»Ein Engländer, der uns kennt?«

Camille krümmte sich vor Lachen.

»Was hast du?« Maxime warf ihr einen besorgten Blick zu.

»Ha, ha, ha, ha …«

Camilles Finger lag immer noch auf dem Zeiger, während sie von Krämpfen geschüttelt wurde. Sie spie Lachsalven aus, die nichts Komisches mehr hatten, wie eine Aufziehpuppe, die zum Lachen gezwungen wird. Dabei verzog sie das Gesicht und verdrehte die Augen. Léa starrte sie entsetzt an.

»Ich hab Angst«, flüsterte sie.

»Schluss damit, verdammte Scheiße!«, brüllte Mehdi.

Mit einer heftigen Bewegung fegte er das Brett vom Tisch. Maxime versuchte, Camille zur Vernunft zu bringen, doch sie war wie besessen. Er schüttelte sie und flehte sie an, sich zu beruhigen. Mehdi stieß ihn beiseite und gab Camille eine schallende Ohrfeige.

»Spinnst du? Du hast mir wehgetan!« Camille rieb sich die feuerrote Wange.

»Verdammt, du hast mir Angst eingejagt!« Mehdi schüttelte seine Hand aus.

»Was war los mit dir?«, fragte Marie.

»Ich weiß nicht … erst hab ich über eure blöden Witze gelacht … und dann war ich irgendwie nicht mehr ich selbst …«

»Wir haben die Séance abgebrochen«, beruhigte sie Mathilde. »Und jetzt räumen wir das Brett weg.«

»Wenn ihr meint …« Maxime runzelte die Stirn. Er hob das Brett auf und vergewisserte sich, dass es noch heil war. »Aber das ist ziemlich riskant. Man sollte eine Ouija-Séance niemals beenden, ohne sich zu bedanken und zu verabschieden … Verdammt, wo ist denn der blöde Zeiger?«

»Wem sollen wir danken?«, fragte Mehdi. »Und wofür?«

»Wir haben die Geister eingeladen, und kaum sind sie da, schlagen wir ihnen die Tür vor der Nase zu.«

»Hast du nicht gesehen, was mit Camille passiert ist?«

»Aber das ist doch gerade der Beweis, dass es funktioniert hat! Bis du Schiss bekommen und alles hingeschmissen hast.«

»Ach, hör doch auf!«

»Der Geist hat geantwortet«, erinnerte sie Léa. »Er heißt Noman.«

»Vielleicht meinte er ja Norman und hat vor lauter Aufregung das ›R‹ vergessen«, sagte Julien. »Kennt ihr einen Norman, der tot ist und dessen Geist uns Hallo sagen will?«

Marie überlegte. »Ich kenne nur Norman Bates.«

Die anderen sahen sie fragend an.

»Der Typ aus *Psycho*«, erklärte sie.

»Es gibt auch einen Youtuber, der Norman heißt«, fügte Quentin hinzu. »Aber den kenne ich nicht persönlich und außerdem lebt er noch.«

»Moment mal!«, unterbrach sie Marie. »Ihr nennt mich doch oft Rima. Marie in Verlan*, richtig? Wenn Noman auch Verlan ist, wie lautet dann der richtige Name?«

»Mano …«, antwortete Mathilde.

»Mano Negra?«, schlug Maxime vor.

»Verdammt, nein … Manon«, murmelte Léa. »Es ist Manon!«

»Was?«

»Wisst ihr nicht mehr?« Léa sah die anderen an. »Sie hat ihre Bilder immer mit *Noman* signiert.«

»Worauf willst du hinaus?«

»Was, wenn Manons Geist gekommen ist, um mit uns zu sprechen?«

»So ein Unsinn!« Mehdi schüttelte den Kopf. »Kommt mal wieder runter.«

»Léa hat recht«, sagte Maxime. »Manon hat sich umgebracht, ohne einen Abschiedsbrief zu hinterlassen. Vielleicht ist sie heute Abend hier, um uns zu erklären, warum sie es getan hat. Wenn Mehdi nicht die Nerven verloren hätte, wüssten wir jetzt mehr.«

»Es gibt noch einen anderen Weg«, sagte Mehdi.

»Ach ja? Und der wäre?«

»Nun … wir brauchen Manons Geist nur reinzulassen. Schließlich hat sie uns mitgeteilt, dass sie vor der Tür steht, oder? Außerdem haben wir es alle klopfen gehört.«

Mehdi ging zum Eingang. Die Blicke der anderen folgten ihm.

Er drückte die Klinke herunter, zögerte kurz und öffnete die Tür. Doch draußen war nur die dunkle Nacht.

»Hinter dir!«, rief Mathilde.

Mehdi sprang zur Seite, prallte gegen die Wand, schlug die Tür zu und drehte sich zu seinen Freunden um, die sich vor Lachen bogen.

Alle außer Léa.

Sie starrte zur Fensterfront.

»Draußen ist jemand«, flüsterte sie.

»Hör auf, noch mal fallen wir nicht darauf rein«, sagte Mathilde.

»Es ist … es ist Manon.«

17.

Auf der anderen Seite der Scheibe stand eine Gestalt und verschmolz mit der stürmischen Nacht. Ihre langen schwarzen Haare und ihr dunkles Kleid flatterten in den Windböen, die unter die Terrasse fuhren. Léa hatte Manon sofort erkannt. Oder vielmehr ihren Geist, der so flüchtig war wie eine Fata Morgana.

Verblüfft starrten die acht Freunde nach draußen.

Langsam wich Manons Geist zurück und hob den Arm.

»Sie winkt«, sagte Maxime.

»Ich mach mir gleich in die Hose«, murmelte Mathilde.

»Ich will hier weg«, stöhnte Léa.

»Wir haben Manon zurückgeholt«, stellte Julien fest.

»Dieser Satz ergibt überhaupt keinen Sinn.« Marie konnte den Blick nicht von der Erscheinung abwenden.

»Stimmt«, gab Julien zu.

»Das ist unmöglich«, murmelte Mehdi.

»Das hast du schon vor der Séance behauptet«, sagte Maxime.

»Vielleicht sollten wir zu ihr gehen«, schlug Marie vor.

»Das ist unmöglich«, wiederholte Mehdi.

»Leider können wir nicht mehr mit dem Ouija-Brett kommunizieren, weil du den Zeiger verloren hast.«

»Du gehst mir auf den Zeiger mit deinem Zeiger! Verdammt, es muss doch eine Erklärung für diese Scheiße geben!«

Manons Geist wich in die Nacht zurück.

»Wir verlieren sie!«, rief Julien.

»Sie hat gespürt, dass wir nicht bereit sind, sie zu empfangen«, erklärte Maxime.

»Du nervst mit deinen schlauen Erklärungen!«, meckerte Mehdi.

»Glaubst du, sie ist verschwunden?«, fragte Camille.

Maxime schüttelte den Kopf. »Ich denke, wir sind immer noch verbunden. Schließlich haben wir die Séance nicht beendet.«

»Heißt das, sie kommt noch mal zurück?«

»Ich hau ab.« Léa griff nach ihrem Smartphone.

»Wen rufst du an?«, fragte Quentin.

»Meine Mutter.«

»Glaubst du, die holt dich jetzt mitten in der Nacht ab?«

»Wenn ich ihr sage, dass ich Angst habe, setzt sie sich sofort ins Auto.«

»Möchtest du nicht wissen, was Manon von uns will?«, fragte Maxime.

»Nein! Weißt du eigentlich, was du da redest?«

»Wieso? Du hast sie doch auch gesehen, oder?«

»Und jetzt willst du den Abend mit einem Geist verbringen? Ich hatte für heute genug Gänsehaut.«

Quentin ging zu Léa und umarmte sie, um sie zu trösten und zum Bleiben zu bewegen. Doch sie stieß ihn weg und ließ sich in einen Sessel fallen, das ausgeschaltete Handy in der Hand.

»Ich komme einfach nicht über Manons Selbstmord hinweg. Sie war alles andere als meine beste Freundin und wir haben kaum miteinander geredet, aber ich mochte ihre Art. Sie hat sich immer ein bisschen abseits gehalten, eine typische Einzelgängerin. Manchmal hat sie mich an diese Frau aus *Millennium* erinnert …«

»Lisbeth Salander«, präzisierte Marie.

»Ihr Selbstmord hat uns alle schockiert«, versicherte Julien.

»Seitdem nehme ich Beruhigungsmittel, um schlafen zu können.«

»Kein Wunder, dass es dich durcheinanderbringt, diesem … diesem Wesen gegenüberzustehen, das wie Manon aussieht.«

Quentin sah Léa mitfühlend an und griff nach ihren Händen.

»Keine Panik, mein süßer Angsthase.«

»Gehts noch? Wehe, du nennst mich noch mal so! Verzieh dich!«

Plötzlich erloschen alle Lichter und das Haus versank in absoluter Finsternis. Léa schrie auf.

»Die Sicherung ist rausgesprungen«, verkündete Quentin.

»Warum?«, fragte Léa.

»Keine Ahnung, wahrscheinlich wegen des Sturms.«

»Das ist Manon!«, rief Maxime. »Sie ist im Haus!«

»Hör auf, uns Angst zu machen.«

»Aber wir haben doch alle schon Angst, oder?«

»Zum Glück gibt es Kerzen.« Camille versuchte, ruhig zu bleiben.

»So sind sie wenigstens zu was nütze«, bemerkte Mehdi spöttisch.

Die Kerzen erhellten jedoch nur den Bereich um den Esstisch.

»Ich gehe in den Keller zum Sicherungskasten«, beschloss Quentin. »Kommt jemand mit?«

»Wie wärs mit Camille?«, schlug Mathilde vor. »Sie kennt sich doch schon prima im Keller aus.«

»Sehr lustig, Mat. Und was machst du? Rollst dir zur Abwechslung mal wieder einen Joint?«

»Entspann dich, Cam.«

»Wenn ich mich entspanne, könnte meine Faust glatt in deinem Gesicht landen.«

»Ich liebe es, von einer Barbie bedroht zu werden. Total authentisch!«

»Genau wie das Tattoo einer Krake auf einer fetten Flunder.«

Mathilde stand auf und ballte die Fäuste.

»Danke für die Boxring-Stimmung, Mädels, aber Schlammcatchen ist nicht das Thema des Abends.« Maxime stellte sich zwischen die beiden.

Quentin zuckte mit den Schultern. »Dann geh ich eben allein.«

Camille warf einen Blick auf Mathildes wutverzerrtes Gesicht. »Schon gut, ich komme mit.«

»Und ich suche den Ouija-Zeiger«, sagte Maxime. »Damit wir die Sache endlich beenden können.«

Er stieß sich am Tisch, fluchte, schaltete sein Handy ein und ließ den Lichtstrahl über den Boden wandern, auf der Suche nach dem vermissten Marker.

Camille und Quentin stellten fest, dass die Kellertür schon wieder offen war.

»Das gibts doch nicht!« Quentin schüttelte den Kopf. »Ich hab sie vorhin zugemacht. Das hast du doch gesehen, oder?«

»Genau wie bei mir vorhin. Jetzt glaubst du mir hoffentlich.«

Auf dem Treppenabsatz blieb Quentin wie angewurzelt stehen, wich zurück und schloss hastig die Tür.

»Was ist los?«, fragte Camille.

»Da unten ist jemand.«

18.

Quentin starrte auf den Türgriff.

Camille glaubte erst, sich verhört zu haben. »Was hast du gesehen?«

»Eine Gestalt … auf der Treppe.«

»Wie sah sie aus?«

»Ich hatte keine Zeit, darauf zu achten.«

»Hast du abgeschlossen?«

»Es gibt keinen Schlüssel.«

Alarmiert kamen die anderen dazu und Camille berichtete ihnen von Quentins Entdeckung.

»Wir hätten das niemals tun dürfen«, murmelte Léa.

»Zu spät«, sagte Mathilde.

»Ich rufe meine Eltern an«, beschloss Marie. »Ich will auch nach Hause.«

»Pst!«, machte Maxime.

Mit einem Quietschen öffnete sich die Kellertür. Ganz langsam. Die Freunde traten eilig den Rückzug an und verschanzten sich hinter dem Sofa im Wohnzimmer.

Léa bemerkte, dass Julien neben ihr zitterte.

Camille hatte den Kopf in Maximes Halsbeuge vergraben wie ein kleines Kind. Sie wollte nichts sehen.

Quentin kaute nervös an seinen Fingernägeln.

Eine Gestalt erschien an der Kellertür und huschte in Richtung Küche, bevor sie plötzlich stehen blieb. Trotz des Halbdunkels im Wohnzimmer erkannten sie Manon.

»Wie ist sie in den Keller gekommen?«, flüsterte Mehdi.

»Sie ist ein verdammter Geist!«, zischte Mathilde.

»Pst!«

Ihre Stimmen hatten die Aufmerksamkeit des Geistes erregt, der sich langsam zu ihnen umdrehte. Sie duckten sich noch tiefer hinter die Lehne. Die unheimliche Gestalt nahm Anlauf und stieß dabei ein seltsames Gurgeln aus. Sie sprang auf das Sofa und starrte von oben auf die Freunde hinab.

Vor lauter Angst merkten die Acht nicht sofort, dass sich das Gurgeln in Lachen verwandelt hatte.

Als Maxime ebenfalls losprustete, wurden die anderen misstrauisch. Mehdi beleuchtete mit seinem Handy Manons fröhliches Gesicht. Diesen Ausdruck hatten sie noch nie bei ihr gesehen. Die depressive Selbstmörderin war gut gelaunt!

Maxime lief in den Keller und stellte den Strom wieder an. Als er zurückkam, brachte er eine neue Flasche Wodka mit, die er triumphierend schwenkte.

»Die dürft ihr jetzt austrinken, Freunde, und zwar sofort! Denn wir haben soeben alle Grusel-Rekorde gebrochen!«

Manon stieg vom Sofa und kehrte in den Keller zurück. Die anderen wechselten verblüffte Blicke. Auf die Angst folgte Verwirrung. Mehdi war der Erste, der die Sprache wiederfand.

»Kann mir das bitte mal jemand erklären?«

»Erst wird getrunken«, befahl Maxime. »Ihr habt alle eine Scheißangst gehabt. Außerdem glaubt ihr mir sonst nicht, was ich euch zu erzählen habe.«

19.

Die Freunde leerten ihre Wodkagläser. Der Alkohol ließ ihre Augen glänzen. Sie konnten es kaum erwarten, die Hintergründe von Maximes Aktion zu erfahren.

Als er gerade mit seinem Bericht beginnen wollte, kam Manon in ihren normalen schwarzen Klamotten aus dem Keller zurück. Sie hatte ihr Geister-Kleid gegen einen coolen androgynen Gothic-Punkrock-Look getauscht und ihre schwarzen Haare mit viel Gel zu einer strubbeligen Frisur zerzaust. Über einer unförmigen Kapuzenjacke trug sie eine mit Nieten verzierte Lederjacke und dazu enge Jeans, die in schweren Stiefeln steckten. Kein Make-up, keine Tattoos, kein Schmuck, keine Piercings. »Das überlasse ich den hirnlosen Epigonen«, pflegte sie zu sagen, um sich von ihren Mitschülern abzugrenzen und ein Fremdwort anzubringen. Gleichzeitig brachten ihre dunklen Augen und pechschwarzen Haare ihr Porzellangesicht so gut zur Geltung, dass es auch ohne Schmuck und Make-up zu strahlen schien.

Sie schlurfte auf die anderen zu, in ihrem typischen Gang, der gleichzeitig lässig und energisch wirkte.

»Hallo«, sagte sie und schenkte sich eine Cola ein.

Manon machte nie etwas wie die anderen. Wenn sie auf eine Party kam, bei der Alkohol getrunken wurde, nahm sie sich eine Limonade und umgekehrt.

»Hallo?!«, wiederholte Léa entrüstet. »Ist das alles, was du zu sagen hast?«

Manon machte es sich in einem Sessel bequem, mit dem Glas in der Hand und einem halben Lächeln auf dem Gesicht. Sie öffnete den Reißverschluss ihrer Kapuzenjacke. Auf dem schwarzen Top, das sie darunter trug, stand ›Leck mich!‹. Die Botschaft war eindeutig.

»Erklärst du es ihnen oder soll ich es tun?«, fragte Maxime.

»Du redest und ich korrigier dich, wenn du Fehler machst.«

Maxime räusperte sich und begann seine Erzählung mit Manons Tod. Manon unterbrach ihn hin und wieder, um persönliche Details hinzuzufügen.

Vor einem Monat hatte Manon ihren Selbstmord vorgetäuscht, weil das perfekt zum Thema Andersartigkeit passte. Manon hatte alle Eigenschaften einer Außenseiterin: Sie war eine depressive Einzelgängerin und Nihilistin, die sich außerhalb der gesellschaftlichen Norm bewegte. Auf dem Pausenhof war sie immer allein und hatte niemanden zum Reden, der absolute Super-GAU für jeden Schüler und jede Schülerin. Wie ließ sich diese Andersartigkeit als Chance nutzen?

Laut Nietzsche musste man noch Chaos in sich haben, um einen tanzenden Stern gebären zu können. Manon wollte das Chaos erzeugen, indem sie sich umbrachte. Das sollte ihr Abschlusswerk sein, ein kleiner tanzender Stern, befreit von einer Welt voller Mitläufer, in der sich alles um Religion oder Unterhaltung dreht.

Nackt vor ihrer Kamera sitzend hatte sie eine ganze Schachtel Schlaftabletten geschluckt, die sie vorher gegen Süßstoff ausgetauscht hatte, und gefilmt, wie sie so tat, als würde sie langsam in einen ewigen Schlaf sinken.

»Hat jemand das Video gesehen?«, fragte Marie.

»Nein, die Premiere findet bei der mündlichen Prüfung statt.«

»Das wird dem Prof bestimmt gefallen«, bemerkte Marie spöttisch.

»Zeigst du es uns?« Bei der Vorstellung, Manon nackt auf dem Bildschirm zu sehen, begannen Mehdis Augen zu leuchten.

»Wenn überhaupt, dann erst nach der Prüfung.«

»Und was genau hat das Ganze mit Kunst zu tun?«, fragte Julien.

»Wie definierst du Kunst?«

»Ein Kunstwerk soll durch seine Ästhetik Gefühle im Betrachter hervorrufen.«

»Ganz genau. Meine Darbietung wird die Jury bestimmt nicht kaltlassen.«

»Aber was genau ist daran ästhetisch?«

»Lies Mishima*. Schläfst du in Französisch, oder was?«

»Manchmal. Aber soweit ich mich erinnere, hatten wir Mishima noch nicht.«

»Das ist der Vorteil, wenn man kein Sozialleben hat. Ich hab jede Menge Zeit und kann mehr lesen als nur das, was auf dem Lehrplan steht. So bleibt hier oben zwangsläufig mehr hängen.«

Sie tippte sich an die Stirn.

»Angeberin«, bemerkte Mathilde, während sie sich eine Zigarette drehte.

Manon ging nicht auf die spitze Bemerkung ein und antwortete auf Juliens Frage nach der künstlerischen Ästhetik.

»Mishima hat gesagt: ›Mein wesentliches dramatisches und ästhetisches Konzept ist ein kontrolliertes Gleichgewicht, dessen alleiniges Ziel es ist, sich am Ende selbst zu zerstören.‹ Er kombinierte in seinem Werk den Tod, die Ästhetik und den Schrecken. Aber ich sitze hier ja nicht in der mündlichen Prüfung, also hört auf, mich zu nerven.«

»Wie hast du es geschafft, alle hinters Licht zu führen?« Marie interessierte sich eher für die praktischen Details.

»Das ist nicht schwer, wenn du deinen Mitmenschen scheißegal bist.«

Manon hatte bei der Schule angerufen und sich als ihre trauernde Mutter ausgegeben. Sie ging kein großes Risiko ein, da ihre Eltern geschieden waren und sich nicht mehr um die Angelegenheiten ihrer Tochter kümmerten. Ihr Vater und ihre Mutter hatten sich ein neues Leben mit ihren jeweiligen Patchworkfamilien aufgebaut, zu denen sich Manon nicht zugehörig fühlte. Sie lebte in einer Einzimmerwohnung, die ihr Stiefvater ihr zur Verfügung gestellt hatte.

»Cool von deinem Stiefvater«, bemerkte Camille.

»Und wie! Das Apartment war seine Junggesellenwohnung, in der er meine Mutter flachgelegt hat, als sie noch mit meinem Vater verheiratet war. Nachdem er mit meiner Mutter zusammengezogen ist, hat er mich mal dorthin mitgenommen, weil er mit mir ins Bett wollte.«

»Was?«, rief Camille.

»Tja, nicht jeder hat solche Eltern wie du, Miss Dior.«

»Wie hast du reagiert?«

»Ich hab mein Handy mit eingeschalteter Kamera auf die Kommode gelegt. Als er angefangen hat, mich zu betatschen, hab ich mich erst ein bisschen geziert. So lange, bis der geile Bock richtig in Fahrt gekommen ist. Dann hab ich ihm mein Knie in die Eier gerammt und er ist umgefallen wie ein nasser Sack. Während er sich auf dem Teppich gekrümmt hat, hab ich ihm meine Bedingungen mitgeteilt. Ich würde das Video vertraulich behandeln, wenn er mir seine Wohnung überlässt. Praktischerweise liegt sie direkt neben der Schule. Er war einverstanden.«

»Krass!«, sagte Julien.

»Bei einer Erpressung muss man Dinge tun, die man nicht tun möchte. Das ist das Prinzip. Ich muss es wissen, denn ich bin wiederum von Maxime reingelegt worden.«

Nun erzählte Maxime, wie er hinter Manons falschen Selbstmord gekommen war. Eines Tages hatte er sie zufällig vor dem Supermarkt entdeckt, als er gerade die Schule schwänzte. Er hatte sie trotz Sonnenbrille und Schirmmütze sofort erkannt, obwohl sie einen Rock und eine Bluse trug, die nicht zu ihrer üblichen Garderobe gehörten. Um ganz sicherzugehen, war er ihr bis zu ihrem Haus gefolgt und hatte sie im Flur vor den Briefkästen angesprochen. Sie hatte ihn mit nach oben genommen und ihm alles erklärt. Ihr vorgetäuschter Selbstmord sollte bis zur mündlichen Prüfung im Juni ein Geheimnis bleiben. Sie hatte ihren angeblichen Tod so frühzeitig arrangiert, um sich ein paar freie Monate zu gönnen. Manons spröder Charme hatte zunächst gereicht, damit Maxime dichthielt, ohne eine Gegenleistung zu verlangen. Abgesehen von einem Kuss, den sie ihm als Dank gewährte.

Doch als die Horrornacht näher rückte, war Maxime, dessen Kreativität bei dummen Scherzen grenzenlos war, noch einmal zu ihr gekommen. Er hatte eine geniale Idee, um seine Freunde zu erschrecken: eine Ouija-Séance, bei der er Manons Geist erscheinen lassen wollte. Erst hatte sie sich geweigert, damit ihr vorgetäuschter Selbstmord nicht vorzeitig aufflog. Maxime hatte ihr versichert, dass die anderen nichts verraten würden. Als Manon immer noch nicht einverstanden war, hatte er sie erpresst. Wenn sie mitmachte, würden nur acht Personen von ihrem Geheimnis erfahren. Sollte sie sich jedoch weigern, würde er dafür sorgen, dass die ganze Schule Bescheid wusste, mit allen Konsequenzen. Außerdem hatte er ihr angeboten, in die Gruppe der Acht aufgenommen zu werden. Doch das war kein Anreiz für sie. Manon war eine Anhängerin der Theorie von Pierre Desproges*, die besagte, dass mehr als vier Leute eine Gruppe von Idioten waren, weswegen es ideal war, weniger als zwei zu sein.

Schließlich reichte die Drohung, allen die Wahrheit zu erzählen, damit Manon bei dem Grusel-Streich mitspielte. Maxime konnte während der Horrornacht auf ihre uneingeschränkte Unterstützung zählen. Er hatte sich von seinem Großvater zu Quentin bringen lassen, der die Freunde seines Enkels nicht kannte und deshalb keine Fragen zu dem wortkargen Mädchen stellte, das bei ihnen mitfuhr.

Sie waren als Erste angekommen und Manon hatte sich unbemerkt in den Keller geschlichen. Dort wartete sie auf Maximes Zeichen. Fast hätte Camille sie während des Trinkspiels entdeckt, was für Camille den Schreck ihres Lebens zur Folge hatte.

Als Manon die erste SMS von Maxime bekam, schlich sie hinten herum aus dem Keller und lief einmal um die Villa, um an die Haustür zu klopfen.

Nach der zweiten SMS war sie den anderen im Garten erschienen. Erst war sie sich albern vorgekommen, aber als sie sah, wie verängstigt ihr Publikum war, hatte es ihr doch Spaß gemacht.

Der Rest war ein Kinderspiel. Bei der dritten Nachricht von Maxime war Manon wieder in den Keller geschlichen, um den Strom abzustellen und ihre ultimative Geistervorstellung zu geben. Zum ersten Mal in ihrem Leben hatte sie beinahe einen Lachkrampf bekommen, als sie die panischen Gesichter der anderen sah.

»Ihr blöden Arschlöcher!«, schimpfte Léa.

Aus Protest hatte sie ihren Wodka nicht angerührt.

»Danke«, sagte Manon.

»Jetzt halt mal die Luft an«, verteidigte sich Maxime. »Jeder hier hat Lügen erzählt, um die anderen zu erschrecken. Hat dich etwa jemand angemotzt, als du den Geist hinter der Scheibe gespielt hast? Übrigens hatte ich da schon Schiss, du würdest uns den Rang ablaufen.«

»Darum gehts doch gar nicht!« Léa starrte Manon wütend an. »Ganz ehrlich, uns vorzugaukeln, du wärst tot, das geht einfach zu weit!«

»Warum regst du dich so auf?«, erwiderte Manon. »Hast du in der Schule mit mir geredet? Hast du dich für meine Depressionen interessiert? Hast du dich erkundigt, wann und wo ich bestattet werde? Bist du zu meiner Beerdigung gekommen? Wenn du auch nur eine einzige dieser Fragen mit Ja beantworten kannst, nehme ich dein heuchlerisches Theater vielleicht ernst. Ansonsten hör auf, die empörte Spießerin zu spielen.«

»Es gab eine Beerdigung?«, fragte Julien verwundert.

»Natürlich nicht, meine Eltern wissen schließlich von nichts. Aber das ist an der Schule niemandem aufgefallen, weil sich keiner danach erkundigt hat.«

»Okay, ich hab nicht mit dir geredet«, gab Léa zu. »Aber ich hab dich respektiert und geschätzt.«

»Na toll.«

»Dein Tod hat mich schockiert. Wirklich. Ich musste sogar Beruhigungsmittel nehmen.«

»Tut mir leid, deine Gewohnheiten durcheinandergebracht zu haben.«

»Du spinnst doch total!«

»Entspannt euch, Mädels«, sagte Maxime. »Ich finds trotzdem klasse, wie kreativ wir waren. Wir haben uns für die Horrornacht alle ganz schön ins Zeug gelegt, was?«

»Ich verschwinde«, verkündete Léa.

»Zu Fuß?«, fragte Manon.

»Ich ruf meine Mutter an.«

»Hallo Mami?«, piepste Manon mit hoher Kinderstimme. »Ich hab so dolle Angst und die anderen sind gemein zu mir. Komm schnell und hol mich ab!«

»Du gehst mir auf den Sack, Manon!« Léa wurde rot vor Wut.

»Wenn du einen hättest, wäre er hoffentlich größer als deine Titten.«

Léa sprang auf und wollte sich auf Manon stürzen. Quentin hielt sie zurück.

»Hör zu, ich hab dich nicht eingeladen, also muss ich mir auch nicht deine Beleidigungen anhören.«

»Hast du vorhin gepennt? Ich bin nicht freiwillig hier. Ob ich eingeladen bin oder nicht, ist mir scheißegal. Ich hab meinen Teil des Deals mit Maxime erfüllt und jetzt hau ich ab. Ich ruf mir ein Taxi und schick dir die Rechnung, Maxime.«

»Bist du verrückt? Das ist schweineteuer!«

»Ich fahr auch nach Hause«, sagte Léa.

»Sollen wir uns ein Taxi teilen?«, schlug Manon vor.

»Mit einer lebenden Toten teil ich mir kein Taxi!«

»Könnt ihr bitte mal kurz ernst sein?« Marie untersuchte ihre Nikon.

»Ich bin völlig ernst«, erwiderte Léa.

»Ich nicht«, sagte Manon. »Jedenfalls nicht in dieser Welt. Und am allerwenigsten auf so einer verkorksten Party voller Schisser.«

»Kann ich dir trotzdem eine ernsthafte Frage stellen?«

»Von mir aus.«

»Warst du irgendwann heute Abend im ersten Stock?«

»Nein, das hab ich doch schon gesagt. Ich hab im Keller vor mich hin geschimmelt wie ein alter Roquefort-Käse.«

»Wenn du die ganze Zeit unten warst, kann mir jemand erklären, wer hier neben dem Bücherregal steht?«

Marie hielt den anderen das Display ihrer Nikon hin, um ihnen ein Gruppenfoto zu zeigen. Im Hintergrund war eine Gestalt zu sehen, die sie heimlich beobachtete.

20.

Auf Maries Worte folgte eisiges Schweigen, das schließlich von Mehdis ungläubigem Lachen gebrochen wurde.

»Hör auf mit dem Quatsch, Rima, der Trick klappt nur ein Mal.«

»Aber diesmal ist es kein Trick. Ansonsten wäre ich die größte Nervensäge des Universums. Und das bin ich doch nicht, oder?«

»Nein«, beruhigte sie Maxime. »Wenn hier jemand den Titel *Größte Nervensäge des Universums* für sich beanspruchen kann, bin ich das.«

Reihum betrachteten sie die seltsame Gestalt neben dem Bücherregal.

»Auf jeden Fall ist das nicht die Fledermaus, die Quentin auf dem Dachboden aufgescheucht hat«, witzelte Maxime.

»Du meinst, Batman wohnt hier unterm Dach?«, fragte Manon.

»Sehr lustig.« Léa verdrehte die Augen.

»Danke.«

»Könnt ihr mal fünf Minuten aufhören, euch anzugiften?«, meckerte Julien. »Das ist nicht der richtige Moment. Es ist noch jemand im Haus. Von uns kann es niemand sein, denn wir sind alle auf dem Foto. Hast du vielleicht noch einen Überraschungsgast eingeladen, Maxime?«

Maxime schüttelte den Kopf.

»Das ist Clément, garantiert!«, sagte Marie.

»Clément? Der Schrank aus unserer Klasse?« Manon zog verwundert die Augenbrauen hoch.

»Wir hatten ihn für heute Abend eingeladen.«

»Ich dachte, ihr wärt so was wie 'ne geschlossene Gesellschaft.«

»Er hat uns leidgetan«, sagte Léa.

»Ihr habt ihn aus Mitleid eingeladen? Für wen haltet ihr euch eigentlich?«

»Für Menschen, die es nicht mögen, wenn man sie nervt oder beurteilt.« Mathilde hielt ihr Feuerzeug an einen Joint. Gierig zog sie daran und blies den duftenden Qualm zur Decke. »Maxime hat uns deine Anwesenheit heute Abend aufgezwungen und seit zwanzig Minuten geht es nur um dich. Langsam fängt es an, mir auf den Senkel zu gehen. Clément war wenigstens so freundlich, nicht aufzutauchen, damit wir unter uns sein können.«

»Keine Sorge, ich bin auch gleich so freundlich zu verschwinden.«

»Warum glaubst du, dass Clément hier ist?«, fragte Quentin Marie.

»Er ist der Einzige, der von der Party weiß. Wir haben ihn eingeladen, aber er ist nicht gekommen. Und anders als Mathilde glaube ich nicht, dass er aus Freundlichkeit weggeblieben ist. Ich denke, er spielt das Spiel auf einem höheren Level, um es uns allen zu zeigen. Er hat garantiert irgendwas geplant.«

»Wie dem auch sei, ich werde jedenfalls nicht darauf warten.« Léa schaltete ihr Smartphone ein.

»Draußen ist Licht!«, rief Marie.

»Was?«

Sie zeigte auf einen hellen Schein, der durch eins der Fenster beim Esstisch zu sehen war.

»Wer ist das?«, fragte Mehdi.

»Clément, mit vier Stunden Verspätung«, sagte Quentin.

»Dann ist er zu Fuß gekommen und hat eine Taschenlampe dabei«, stellte Maxime fest.

Quentin stand auf und öffnete die Haustür. Das Licht war verschwunden.

»Es ist niemand da.«

»Wahrscheinlich einer deiner Besucher von einem anderen Stern.« Maxime grinste.

»Das ist nicht lustig.«

»Hast du Angst?«

»Nein.«

»Trinken! Trinken!«, riefen die anderen im Chor.

»Ich hab keine Angst! Aber das heißt nicht, dass man diese Dinge auf die leichte Schulter nehmen sollte. Ihr habt das Licht doch alle gesehen, oder?«

»Schluss mit diesem blöden Spiel!«, rief Léa. »Ich hab keine Lust mehr auf Gruseln.«

»Vielleicht sollten wir auch aufhören zu trinken«, schlug Marie vor. »Der Alkohol beeinträchtigt unser Urteilsvermögen.«

»Fräulein Ernsthaft hat gesprochen«, spottete Maxime.

Quentin drehte sich um und blickte zur Überwachungskamera über der Außentreppe. Seine Miene hellte sich auf.

»Es ist ganz einfach«, sagte er. »Wenn wir wissen wollen, was das gerade war, brauchen wir uns nur die Videoaufzeichnung anzusehen.«

21.

»Ich komm gleich nach.« Léa blieb zurück, als die anderen nach oben ins Arbeitszimmer gingen.

Sie lief in die Küche. Manon folgte ihr und überraschte sie dabei, wie sie nervös eine Tablettendose öffnete.

»Was machst du da?«

Léa zuckte zusammen und ließ die Dose fallen.

»Verdammt, hast du mich erschreckt!«

Manon half ihr, die auf dem Boden verstreuten Tabletten einzusammeln.

»Du nimmst Beruhigungsmittel?«

»Ja, seit deinem Selbstmord. Hast du vorhin nicht zugehört?«

»Tut mir leid. Ich hätte nicht gedacht, dass dich mein Tod so mitnimmt.«

»Du magst niemanden. Wie kannst du da Mitgefühl mit jemandem haben?«

Manon hielt ihr eine Handvoll Tabletten hin.

»Schluck sie trotzdem nicht alle gleichzeitig.«

»Du bist die Selbstmörderin, nicht ich.«

Manon formte ihre Hand zu einem Trichter und füllte die Tabletten in die Dose.

»Danke.«

Léa goss sich ein Glas Leitungswasser ein, nahm eine Tablette und spülte sie mit einem Schluck Wasser hinunter. Manon beobachtete sie schweigend.

»Ist noch was?«, fragte Léa.

»Du siehst nicht gut aus.«

»Was glaubst du, warum ich Beruhigungsmittel nehme?«

»Tut mir leid, wirklich.«

»Keine Sorge, ist nicht nur deinetwegen. Du bist nicht der einzige Gegenstand meiner Gedanken.«

»Der einzige Gegenstand meiner Verbitterung.«

»Was?«

»Vergiss es, mir ist nur gerade ein Vers von Corneille eingefallen. ›Rom, der einzige Gegenstand meiner Verbitterung!‹ Das ist aus *Horace*.«

»Wow, wie gebildet!«, spottete Léa.

»Was beschäftigt dich?«

»Es gefällt mir nicht, wie sich die Dinge entwickeln.«

»Du meinst heute Abend?«

»Es ist, als würde uns der Abend entgleiten.«

»Wie kommst du darauf?«

»Es sind viele Dinge. Camilles Verhalten während der Ouija-Séance, das Licht draußen, dieses Motorengeräusch über dem Haus, die Gestalt auf Maries Foto … Und dann der Stein, der plötzlich im Wohnzimmer lag …«

»Das mit der Kellertür war übrigens ich. Ich hab sie aufgelassen, als ich meinen großen Auftritt hatte.«

»Da waren auch diese seltsamen Schritte … als würde jemand über den Dachboden humpeln …«

»Nachts nimmt man die Dinge anders wahr. Die Geräusche sind nicht dieselben. Außerdem habt ihr mit euren idiotischen Spielchen eine Scheißstimmung erzeugt.«

»Wir sind zu weit gegangen«, gab Léa zu. »Es ist ein Spiel mit dem Feuer.«

»Ihr habt euch selbst darauf konditioniert, Angst zu haben. Du musst dich davon lösen. Halte nicht an dem fest, was du für die Realität hältst. Und noch weniger daran, was die anderen glauben. Dann wirst du schnell feststellen, dass das Gegenteil genauso wahr ist und in einer Parallelwelt die Geister vor dir Angst haben.«

»Ich versteh kein Wort.«

»Ich versuche nur, dich davon zu überzeugen, dass du dir keine Sorgen machen musst.«

»Wieso interessierst du dich plötzlich für mich?«

»Nicht plötzlich. Seit Beginn des Schuljahres.«

»Was soll das heißen?«

Manon ging auf Léa zu, die mit dem Rücken zur Spüle stand, und blieb dicht vor ihr stehen. Als sie zu sprechen begann, klang sie wie eine schlechte Schauspielerin. Sie leierte ihren Text herunter, um ihre Gefühle zu verbergen, die nicht durch ihre Stimme, sondern nur durch ihre Worte zum Ausdruck kommen sollten.

»Wie sollte ich nicht auf dieses rote Haar abfahren, das die träge, graue Masse der Schüler entflammt, die sich auf dem Schulhof drängen? Wie sollte ich ungerührt bleiben beim Anblick deines Alabastergesichts, das Michelangelos Schüler liebend gern in Stein verewigt hätten, um den Schöpfer der *Pietà* zu übertreffen? Wie sollte ich deine verführerische Gestalt vergessen, von der ich in meinen schlaflosen Nächten träume und die ich in Gedanken schon tausendmal ausgezogen habe? Wie sollte ich deiner Empfindsamkeit gegenüber gleichgültig bleiben, wie deinen großen grünen Augen, die man um nichts in der Welt zum Weinen bringen möchte?«

»Hey, was soll das werden?«

»Ist das nicht eindeutig?«

»Du? Und ich?«

»Verschlägt dir das die Sprache?«

»Bist du lesbisch?«

»Um lesbisch zu sein, muss man Mädchen mögen. Ich hasse Mädchen. Jungs übrigens auch«

»Und was bedeutet das?«

»Mir geht es um dich, nicht um die anderen.«

»Verdammt, das ist echt der perfekte Moment für eine Liebeserklärung!«

»Du hast mir doch gerade erzählt, wie sehr dich mein Selbstmord mitgenommen hat. Der einzige Mensch, für den ich etwas empfinde, ist gleichzeitig der einzige, dem mein Tod etwas ausmacht. Das ist ein Zeichen! Glaubst du wirklich, ich bin hier, weil Maxime mich erpresst hat? Es war einzig und allein die Aussicht, einen Abend mit dir zu verbringen und außerhalb der Schule mit dir sprechen zu können, die mich motiviert hat.«

»Darauf wäre ich nie im Leben gekommen.«

»Es gibt keinen Zufall.«

»Wer sagt das?«

»Die, die die Fäden ziehen.«

Manons Mund näherte sich Léas. Ihre Lippen berührten sich. Léa zuckte zurück und stieß Manon gegen den Küchentisch. Sie wischte sich mit dem Ärmel über den Mund und verzog das Gesicht.

»Gehts noch?«

»Ich werde mich nicht entschuldigen, denn ich würde es jederzeit wieder tun. Keine Sorge, ich nerv dich nicht länger. Lauf zu deinem Freund, der wartet bestimmt schon auf dich.«

Léa ging an Manon vorbei zur Tür. Auf der Schwelle drehte sie sich um. Manon war gerade dabei, eine Nummer in ihr Handy zu tippen.

»Was machst du?«

»Ich rufe mir ein Taxi.«

»Jetzt?«

»Wenn du mich nicht sehen willst, hab ich keinen Grund mehr, hierzubleiben.«

Léa zögerte. Sie warf einen Blick in das verlassene Wohnzimmer und kehrte zu Manon zurück.

»Hör zu, ich hab noch nie ein Mädchen geküsst.«

»Du brauchst dich nicht zu rechtfertigen. Jeder hätte so reagiert wie du.«

»Stimmt. Aber ich bin nicht jeder … und du schon gar nicht.«

Léa machte noch einen Schritt auf Manon zu, legte die Arme um ihre Taille und drückte die Lippen auf ihren Mund. Ihre Zungen berührten sich und sie versanken in einem langen Kuss, der ihre Herzen schneller schlagen ließ, während sie sich eng aneinanderschmiegten. Léa tastete sich unter Manons Tanktop vor, während Manons Hand in Léas Jeans verschwand.

»Verdammt, was treibt ihr da?« Quentin stand wie angewurzelt in der Küchentür und sah noch verblüffter aus als bei Léas Geisterauftritt im Garten. Verlegen fuhren die Mädchen auseinander.

»Es ist meine Schuld«, sagte Manon schnell. »Ich hab mich in deine Freundin verliebt und sie dazu gezwungen, mich zu küssen.«

»Es sah nicht so aus, als würde sie sich besonders wehren.«

»Ich hab ihr damit gedroht hierzubleiben, wenn sie nicht mitmacht. Das hat sie motiviert.«

Léa war so durcheinander, dass sie kein Wort herausbrachte.

»Das gibts doch nicht! Irgendjemand schleicht ums Haus und ihr habt nichts Besseres zu tun, als rumzuknutschen?«

»Habt ihr was auf den Videoaufzeichnungen entdeckt?«, fragte Léa, um das Thema zu wechseln.

»Ach, auf einmal interessiert dich das!«

»Schon gut, mach kein Drama draus, okay?«

»Jetzt bin ich also derjenige, der ein Drama macht. Du lässt dich von einer … einer Toten betatschen und ich mach ein Drama!«

»Okay, ich geh dann mal lieber«, sagte Manon.

»Genau, hau bloß ab! Hoffentlich läufst du dem Eindringling über den Weg.«

»Wie hat er auf dem Video denn ausgesehen?«

»Man konnte nur das Licht erkennen, nicht denjenigen, der die Lampe hält.«

»Dein Eindringling ist doch nur ein Bluff.«

»Woher willst du das wissen?«

»Den ganzen Abend legt ihr euch gegenseitig rein. Kaum fuchtelt jemand mit einer Taschenlampe herum, bildet ihr euch alles Mögliche ein. Ihr solltet lieber aufhören mit der Sauferei und diesen kindischen Spielchen.«

»Ach ja? Und wer von uns soll draußen mit der Taschenlampe rumgelaufen sein? Wir waren doch alle im Haus.«

»Marie hat vorhin Clément erwähnt …«

»Glaubst du wirklich, dieser verklemmte Loser versucht gerade heimlich, uns Angst einzujagen?«

»*Verklemmter Loser* klingt genau wie jemand, der im Verborgenen agiert.«

»Unsinn!«

»Vergiss es. Ich ruf mir jetzt ein Taxi.«

»Gute Idee. Je eher du weg bist, desto besser.«

»Hast du hier Empfang?«

»Klar. Such bloß nicht nach einem Vorwand, um hierzubleiben.«

»Dann gib mir dein Handy, ich hab kein Netz.«

Quentin warf einen Blick auf sein Smartphone. Kein Empfang.

»Das kapier ich nicht.« Er drehte sich auf dem Absatz um und verließ die Küche.

Léa lächelte Manon zu und murmelte ein »Danke«, bevor sie ihm folgte.

Nachdem Manon mehrmals vergeblich versucht hatte, die Taxizentrale zu erreichen, kehrte sie ins Wohnzimmer zurück und ging nach oben.

Doch das Arbeitszimmer war leer. Die anderen waren verschwunden.

22.

»Wo seid ihr?«, rief Manon.

Keine Antwort.

Sie ging wieder nach unten und fand die Acht in der Eingangshalle. Sie standen um Quentin herum, der gerade den Deckel von einer weißen Dose an der Wand abnahm.

»Ihr könntet wenigstens antworten, wenn man euch ruft.«

»Wir dachten, du musst weg«, antwortete Quentin schroff. Er hielt einen Schraubenzieher in der Hand.

»Was macht er da?«, fragte Manon in die Runde.

»Er sucht nach dem Eindringling«, scherzte Maxime.

»Er spielt Heimwerker.« Julien grinste.

»Wie könnt ihr in dieser Situation noch Witze machen?«, fragte Marie vorwurfsvoll.

Die dritte Antwort war die richtige:

»Er überprüft, ob der Repeater funktioniert«, erklärte Mehdi. »Das ist das Ding, das für den Empfang sorgt.«

»Verdammt, er ist durchgeschmort!«, rief Quentin.

»Wie – durchgeschmort?«

»Die Kabel sind geschmolzen. Als hätte es einen Kurzschluss gegeben.«

»Oder jemand hat daran herumgefummelt«, sagte Julien.

»Du meinst Sabotage? Wer sollte so etwas tun?«

»Jetzt sind wir am Arsch«, stellte Mehdi fest.

»Heißt das, wir können nicht mehr telefonieren?«, fragte Léa entsetzt.

»Ich fürchte, ja.«

»Und wie soll ich dann nach Hause kommen?«, wollte Manon wissen.

»Das geht uns am Arsch vorbei«, erwiderte Mehdi.

»Wow, du bist ja ein echter Formulierungskünstler!«

»Bist du eigentlich nur hier, um uns zu nerven, oder was?«

»Genau. Ich bin die Nervensäge und du bist der Quoten-Araber.«

»Rassistin bist du also auch, oder was?«

»Wieso auch? Was denn noch?«

»Lesbisch.«

»Klatsch und Tratsch macht hier offenbar schnell die Runde.«

»Lass sie in Ruhe, okay?«, bat Léa.

»Bist du jetzt auch noch ihre Anwältin, oder was?«

»Warum sagst du eigentlich immer *oder was*?«, stichelte Manon.

»Schluss jetzt!«, schimpfte Camille. »Kapiert ihr eigentlich, dass wir komplett von der Außenwelt abgeschnitten sind?«

»Gibt es kein Festnetz?«, fragte Manon.

»Das funktioniert auch nicht.«

»Heißt das, ich sitze hier mit euch fest?«

»Ja, es sei denn, du willst zu Fuß nach Vence laufen.«

»Wer ist der nächste Nachbar?«

»Ein paar Kilometer weiter gibt es einen Reiterhof, aber nachts ist da niemand.«

»Wir sind hier eingesperrt wie bei einer von diesen schlechten Reality-Shows«, stellte Julien fest.

Manon grinste. »Acht jugendliche Idioten in einer Villa, die Tag und Nacht gefilmt werden …«

»Danke für die *jugendlichen Idioten.*« Camille runzelte die Stirn.

»Habt ihr denn vorhin auf den Videos nichts Verdächtiges bemerkt?«

»Verdammt, sind wir dämlich!«, rief Quentin.

»Da geb ich dir ausnahmsweise recht«, sagte Manon.

»Die Überwachungskameras! Wir haben nur nach dem Licht draußen gesucht, anstatt weiter zurückzuspulen, um herauszufinden, wer sich neben dem Bücherregal versteckt hat. Der Eindringling müsste doch auf dem Video zu sehen sein, oder?«

»Lasst uns hochgehen und nachschauen«, schlug Mehdi vor.

»Ich wette, es ist dieser Arsch Clément, der uns eins auswischen will«, sagte Marie.

23.

Im Gänsemarsch gingen sie die Treppe hinauf ins Arbeitszimmer. Quentin setzte sich vor den Monitor, der in zwölf Fenster unterteilt war, und tippte konzentriert auf der Tastatur, während ihm die anderen über die Schulter sahen.

»Du scheinst dich ja gut damit auszukennen«, bemerkte Manon.

»Womit?«

»Mit dem Videoüberwachungssystem.«

»Das ist genauso leicht, wie einen Videorekorder zu programmieren.«

»Was ist ein Videorekorder?«, fragte Maxime.

»Du bist der Cliquen-Clown, was?«, stellte Manon fest.

»Nein, eigentlich ist das Quentin. Aber es freut mich, dass du meinen Humor magst.«

Die Bilder liefen rückwärts im Zeitraffer über den Monitor.

»Wann hast du das Foto gemacht?«, fragte Quentin Marie.

»Vor zwei Stunden ungefähr.«

Ab einundzwanzig Uhr verlangsamte Quentin die Aufnahmen wieder und konzentrierte sich besonders auf die Kamera, die die Galerie filmte.

»Gibt es auch Ton?«, fragte Manon.

»Nein, nur Bild. Aber das reicht, um dieses Arschloch Clément zu identifizieren.«

»Wenn er es ist.«

Auf dem Monitor tauchte das Bücherregal auf und alle warteten auf Cléments Erscheinen.

»Wisst ihr, was John Waters über Bücher gesagt hat?«, fragte Manon, um das Schweigen zu brechen.

»Wer ist John Waters?«, erkundigte sich Camille.

»Er hat das Wasserklosett erfunden, zusammen mit Herrn Klosett.« Maxime grinste.

»Wenn du weiter so witzig bist, sterbe ich vor Lachen«, spottete Manon.

»Cool, ich hab einen Fan!«

»Waters ist ein amerikanischer Kult-Regisseur«, erklärte Manon. »*Pink Flamingos, Hairspray, Cry-Baby* – sagt euch das was?«

Marie nickte. »*Cry-Baby* hab ich gesehen.«

»Er hat auch *Polyester* gedreht, einer der wenigen Filme im Odorama-Verfahren, auch Geruchs-Kino genannt. Während der Vorführung musste man an Geruchskarten rubbeln, die die passenden Düfte freigesetzt haben. Jedenfalls hat Waters gesagt, man sollte nie mit jemandem ins Bett gehen, der keine Bücher zu Hause hat.«

Maxime verdrehte die Augen. »Hast du ein Zitatenlexikon gefressen, oder was?«

»Besser als Chips.«

»Ich mag keine Zitate.«

»Und ich mag keine Chips.«

»Zitate sind wie ein Bluff beim Poker. Du tust so, als hättest du ein gutes Blatt, dabei hast du in Wirklichkeit nichts in der Hand.«

»Nur zur Info: Ich hab jede Menge Bücher zu Hause«, sagte Mehdi.

»Sorry, mein Herz ist schon vergeben.« Manon warf Léa einen verstohlenen Blick zu.

»Wer spricht denn von deinem Herzen?«

Quentin deutete auf ein Fenster unten auf dem Monitor.

»Schaut mal, da schleicht sich Camille aus der Toilette. Das war, als wir getanzt haben.«

»Gibts auch eine Kamera auf dem Klo?«, fragte Maxime.

»Perverser!«

Auf der Aufnahme einer anderen Kamera war zu sehen, wie Camille in den Keller huschte. Quentin hielt das Bild einer dritten Kamera an, um den anderen den Stein zu zeigen, der am Fuß der Treppe lag.

»Der war eben noch nicht da. Bist du sicher, dass du ihn nicht dorthin gelegt hast?«

»Als wenn ich vor meiner Nummer nichts Besseres zu tun gehabt hätte.«

»Dann müssen es die Besucher gewesen sein«, murmelte Quentin.

»Welche Besucher?«, fragte Manon.

»Offenbar wird diese Gegend regelmäßig von Wesen besucht, die sich auf unterschiedliche Weise zeigen«, erklärte Léa.

»Zum Beispiel?«

»In Form von hellen Lichtkreisen.«

»Na also, da habt ihr euren Eindringling.«

»Das wäre eine Möglichkeit«, stimmte Léa zu.

»Wie bewegen sie sich fort? In einer fliegenden Untertasse?«

»Am Himmel wurden leuchtende Dreiecke gesichtet.«

»Das ist durch Polizeiberichte und Zeitungsartikel belegt«, sagte Quentin. »Unten liegen zwei Bücher zu dem Thema, falls es dich interessiert.«

»Ganz ehrlich, Leute, ihr steigert euch da in was rein«, sagte Manon.

»Da ist Camille wieder.« Quentin starrte immer noch auf den Monitor.

Nacheinander tauchte Camille auf den Videos auf, die von den Kameras über dem Bücherregal und über dem Zimmer, in das sie sich eingeschlossen hatte, um wie eine Verrückte gegen die Tür zu hämmern, gemacht worden waren.

»Jetzt kriegen wir das komplette Making-of zu sehen!« Maxime grinste.

Camille winkte ab. »Das können wir vorspulen.«

»Auf keinen Fall, das ist toll!«

Sie sahen, wie sie sich mit der Wendigkeit einer Turnerin rückwärts auf Hände und Füße niederließ.

»Wow! Machst du im Bett auch solche Kunststücke?«, fragte Manon.

»Nein, das schüchtert die Typen nur ein.«

Auf dem Bildschirm krabbelte Camille wie eine riesige Spinne die Stufen hinab, im schwachen, bebenden Lichtschein der Handys ihrer Freunde. Eine nur wenige Sekunden dauernde Meisterleistung, die alle genauso beeindruckte wie beim ersten Mal.

»Da hab ich ja richtig was verpasst«, stellte Manon fest. »Vielleicht doch ganz gut, dass ich noch nicht abgehauen bin.«

»Hast du das Foto nach Cams Auftritt gemacht?«, fragte Quentin.

Marie nickte. »Ja, vor der Ouija-Séance.«

Gebannt starrten sie auf die Aufzeichnung der Kamera, die einen Teil des Bücherregals, den oberen Treppenabsatz und ein Stück des Flurs, der zu den Schlafzimmern führte, gefilmt hatte.

Die Minuten zogen sich wie Kaugummi.

»Gleich müsste es so weit sein«, sagte Marie.

Alle Blicke waren auf den Monitor gerichtet.

Nichts geschah.

Quentin vergrößerte das Bild, damit ihnen nichts entging.

»Bist du sicher, dass es zu dem Zeitpunkt war?«

»Ganz sicher.«

Plötzlich sprang etwas ins Bild. Ein entstelltes Gesicht in Großaufnahme.

Quentin zuckte zusammen. Die anderen hinter ihm schrien.

Das Monster starrte eine Sekunde in die Kamera und verschwand so schnell, wie es gekommen war.

»Verdammte Scheiße, was war das?«, rief Julien.

»Deinetwegen ist mir fast das Trommelfell geplatzt«, schimpfte Quentin. Léa hatte ihm direkt ins Ohr geschrien.

Er spulte zurück, hielt das Video an, spielte es noch einmal ab und drückte auf Pause.

Wieder füllte die unglaublich abstoßende Fratze den Monitor aus. Die Qualität der Schwarz-Weiß-Aufnahme war nicht besonders gut, wodurch das entstellte Gesicht noch rätselhafter wirkte. Starrer Blick, platte Nase, faltige Haut, der Mund zu einem stummen Schrei verzogen, die Haare schmutzig und verfilzt. Die Gestalt schien ihnen etwas mitteilen zu wollen.

»Das ist eine Maske«, sagte Maxime.

Quentin warf einen Blick zur Tür.

»Sieh nach, ob abgeschlossen ist.«

Léa ging zur Tür und drehte den Schlüssel herum.

Die Stille im Raum machte die Angst greifbar. Plötzlich prustete Quentin los.

»Warum lachst du?«, wunderte sich Léa.

»Das war ich! Mit einer Maske.«

»Du? Spinnst du? Warum hast du das gemacht?«

»Na ja … um euch einen Schreck einzujagen. Ich war mir sicher, dass wir uns irgendwann die Aufzeichnungen ansehen würden. Ich hab die Show vor mehreren Kameras abgezogen.«

»Nicht schlecht«, stellte Maxime anerkennend fest.

»Wenn deine Eltern das zufällig sehen, kriegen sie glatt einen Herzinfarkt«, bemerkte Julien.

»Dann warst du also die Gestalt auf der Treppe?«, fragte Maxime.

»Wie soll ich das denn gemacht haben? Ich war doch mit auf dem Foto.«

»Jetzt müsste es gleich kommen.« Marie starrte konzentriert auf den Bildschirm. Sie hatte Quentins Streich schon wieder vergessen. »Ich hab das Foto gemacht, als Mehdi aufgetaucht ist.«

Wieder senkte sich angespannte Stille über den Raum. Es konnte nur noch wenige Sekunden dauern.

Ein Schatten tauchte am Bildrand auf.

»Da!«, rief Marie.

Doch der Eindringling blieb außerhalb ihres Blickfelds.

Julien kniff die Augen zusammen. »Er weicht den Kameras aus.«

»Ich hab eine Idee«, sagte Quentin plötzlich.

Er klickte auf die Aufnahme der Kamera, die über der Außentreppe angebracht war, und spulte zurück.

»Vielleicht hat ihn die Kamera vor der Haustür erwischt.«

»Wie viele Kameras gibt es draußen?«, fragte Camille.

»Zwei. Eine vor dem Haus und eine hinten. Sie filmt die Terrasse und den Pool.«

Er ging zurück bis zu Camilles Ankunft und spulte im Schnelldurchlauf die Ankunft der anderen vor, bis er auf einen Gast stieß, mit dem sie nicht mehr gerechnet hatten: Clément!

»Ich wusste es!«, rief Marie.

Quentin klickte auf Wiedergabe.

»Er ist tatsächlich gekommen«, stellte Julien überrascht fest.

Quentin nickte. »Aber wir haben ihn nicht gesehen.«

Auf der Aufnahme, die wegen der Dunkelheit nicht besonders gut war, konnte man Clément erkennen. Er hatte einen Rucksack dabei und starrte reglos auf etwas, das sich nicht mehr im Blickfeld der Kamera befand.

»Traut er sich nicht reinzukommen, oder was?«

»Er ist eben schüchtern«, sagte Léa.

»Nein, er hat Angst vor etwas. Da!«

Clément machte einen Schritt nach hinten. Er riss entsetzt die Augen auf und wich noch weiter zurück.

»Was hat ihn so erschreckt?«

Clément ließ seinen Rucksack fallen und rannte im strömenden Regen davon.

»Verdammt, so ein Idiot!«, rief Mehdi. »Er ist abgehauen!«

»Und das ist jetzt schon über vier Stunden her«, fügte Marie hinzu.

»Er hat irgendetwas gesehen, das ihm furchtbare Angst gemacht hat. Deshalb ist er nicht weitergegangen«, kombinierte Quentin.

Auf einmal hörten sie ein Geräusch.

»Was war das?«, fragte Julien.

»Klang wie zerbrochenes Glas.«

»Das kam von unten.«

Julien stürmte zur Tür. Bevor er sie öffnete, fuhr er herum und starrte seine Freunde an.

»Wo ist Mathilde?«

24.

Julien überlegte. »Ich hab Mathilde zuletzt in der Eingangshalle gesehen. Da hat Quentin gerade den Repeater untersucht.«

»Als wir nach oben gegangen sind, wollte sie noch eine rauchen«, sagte Maxime.

Sie liefen nach unten, doch dort war Mathilde nicht. Die Haustür stand offen und kühle, feuchte Luft wehte herein. Eine Vase war heruntergefallen und auf den Fliesen zerschellt. Beim Anblick der Scherben verzog Quentin das Gesicht. »Mist, ich glaub, die war echt viel wert.«

»Bei dem Wetter ist Mathilde bestimmt nicht zum Rauchen rausgegangen«, sagte Camille.

Quentin trat vor die Tür. Eine Windböe blies ihm ins Gesicht. Er rief nach Mathilde, ohne eine Antwort zu bekommen. Nachdem er sich vergewissert hatte, dass niemand zu sehen war, schloss er die Tür und drehte den Schlüssel herum. Sie suchten im ganzen Haus.

Doch Mathilde blieb verschwunden.

»Lasst uns zurück ins Arbeitszimmer gehen.«

Die anderen folgten Quentin, der sofort damit begann, die Videodateien der Kameras im Wohnzimmer und in der Eingangshalle durchzugehen. Bald hatte er die Stelle gefunden, an der Mathilde sich von der Gruppe getrennt hatte.

Man sah sie auf dem Sofa sitzen und rauchen. Dann schien etwas am Eingang ihre Aufmerksamkeit zu erregen. Langsam erhob sie sich und verließ das Wohnzimmer. Mit zögernden Schritten ging sie in die Eingangshalle, öffnete die Haustür und starrte mit der Kippe im Mund in die windige Nacht. Nachdem sie sich davon überzeugt hatte, dass niemand da war, schloss sie die Tür, drehte sich um und erstarrte mit vor Entsetzen weit aufgerissenen Augen, genau wie Clément. Ihr Blick war auf etwas gerichtet, das sich im Haus befand, von der Kamera jedoch nicht erfasst wurde. Mathilde wich zurück, stieß dabei die Vase um und ergriff die Flucht.

Quentin suchte auf den anderen Aufzeichnungen nach dem Grund für Mathildes Angst, fand jedoch nichts.

»Erst Clément, jetzt Mathilde.« Camille schluckte. »Was hat die beiden so erschreckt?«

»Verdammt!«, rief Quentin plötzlich.

Er sprang auf, stürmte aus dem Raum und rannte die Treppe hinunter, als wäre ein Feuer ausgebrochen.

»Was ist denn mit dem los?«, fragte Julien verwirrt.

»Er hat etwas gesehen.« Léa betrachtete die verschiedenen Videos auf dem Monitor.

Auf einem entdeckte sie Mathilde, die panisch um den Pool lief.

»Hinterher!«, rief Mehdi.

Die anderen folgten Quentin. Nur Manon blieb im Arbeitszimmer, weil sie glaubte, von hier aus einen besseren Überblick zu haben. Das bestätigte sich, als ein hektischer Quentin auf dem Bildschirm auftauchte. Mathilde war inzwischen aus dem Sichtfeld der Kameras verschwunden.

»Was machst du?« Marie war zurückgekommen.

»Ich guck mir an, wie ihr wie die aufgescheuchten Hühner herumrennt.«

»Du bist echt ätzend.«

»Und was willst du hier?«

»Mehdi hat gesagt, ich soll die Bildschirme überwachen.«

»Gute Idee, hier ist es viel lustiger.«

»Du nimmst nichts ernst, oder?«

»Doch. Zwei Dinge. Die einzigen, derer man sich wirklich sicher sein kann: die Geburt und den Tod. Alles dazwischen ist nur leeres Geschwätz. Was um dich herum geschieht, ist nicht zwangsläufig das, was du wahrzunehmen meinst. Entscheide selbst, ob du diesen Bilder Glauben schenken willst.«

Sie betrachteten die Aufnahmen aus den verschiedenen Kameraperspektiven: Küche, Essbereich, Wohnzimmer, Eingangshalle, die Schlafzimmer, Galerie mit Bücherregal, Arbeitszimmer, Terrasse, Außentreppe. Léa tauchte in der Eingangshalle auf. Sie kam von draußen. Panisch winkte sie in die Kamera.

»Es gibt ein Problem«, vermutete Marie.

»Sag bloß, du verstehst Gebärdensprache!«

»Bleibst du hier?«

»Solange ich mir kein Taxi rufen kann, schaue ich euch zu.«

»Ich geh zu Léa.«

»Okay, viel Glück.«

Manon blieb allein zurück und nutzte die Gelegenheit, um sich den riesigen iMac und den Monitor für das Überwachungssystem genauer anzusehen. Ohne große Hoffnung griff sie nach dem Festnetz-Telefon, doch es war kein Freizeichen zu hören. Der Anschluss war tot. Sie holte ihr Handy hervor. Immer noch kein Empfang. Sie saß in dieser verdammten Villa fest, während sich ein paar Kids einen Spaß daraus machten, einander mit allen Mitteln Angst einzujagen.

Nachdem sie sich davon überzeugt hatte, dass auf dem Bildschirm nichts Spannendes vor sich ging, trat sie auf die Galerie hinaus und ging zum Bücherregal. Mit den Fingerspitzen fuhr sie an den Buchrücken entlang. Von unten drangen die Stimmen der anderen herauf, die nach den beiden Vermissten suchten. Vielleicht fand sie ja etwas

Interessantes zwischen all diesen hochtrabenden Werken. Manon mochte keine zeitgenössische Literatur, von wenigen Ausnahmen abgesehen. Die meisten Autoren schafften es nicht, sie zu berühren, geschweige denn, ihre Lebenslust zu wecken.

Ihr Blick blieb an einem Erzählband hängen: *Spiegelhölle* von Edogawa Rampo. Sie griff danach, als würde sie ihn stehlen. Sie liebte Kurzgeschichten, denn es war verdammt schwer, sie zu schreiben. Dieses Genre fristete in Frankreich ein Schattendasein, weshalb es Manon umso mehr faszinierte. Nicht dieselben Dinge mögen wie alle anderen. Nicht dieselben Bücher lesen wie alle anderen. Nicht dieselben Gedanken denken wie alle anderen.

Mechanisch blätterte sie das Buch durch. Sie begann mit ihrer Lieblingsgeschichte, *Der Sesselmann.*

Wie jeden Morgen trat Yoshiko vor das Haus und winkte ihrem Mann, der ins Ministerium fuhr …

Hinter sich nahm Manon eine leichte Bewegung wahr. Sie drehte sich um, doch die Galerie war leer.

»Ist da jemand?«, rief sie.

Als niemand antwortete, fügte sie hinzu: »Ich warne euch, ich spiele euer Scheißspiel nicht mit.«

Sie beugte sich über das Geländer. Draußen hörte sie Stimmen. Camille rief nach Quentin.

Manon wollte gerade das Buch zurückstellen, als sie ein Glucksen hörte. Es kam aus einem der Zimmer im ersten Stock. Spielten die anderen ihr einen Streich? Zögernd folgte sie dem Geräusch.

»Ich lass mich nicht von euch verarschen, hört ihr?«

Trotzdem war ihr mulmig zumute, als sie auf das Zimmer zuging. Ihr Instinkt riet ihr, vorsichtig zu sein. Sie hatte gesehen, wie alle nach unten gegangen waren. Das Kichern konnte also nicht von einem der acht Scherzkekse kommen.

Die Tür war angelehnt. Manon öffnete sie lautlos, um ihre Anwesenheit nicht zu verraten. Sie streckte den Kopf in den Raum und klammerte sich an den Gedanken, dass die Realität nur eine Illusion war. Vor allem an diesem Abend und in diesem Haus.

Sie betrat das Zimmer.

Mitten im Raum stand ein riesiges Bett mit einer geblümten Überdecke und mehreren voluminösen Kissen. Ein Eichenschrank, eine wuchtige Kommode und ein stilvoller Sessel komplettierten die Einrichtung. Schwere Gardinen hoben sich von der weißen Wand ab, an der moderne Gemälde hingen. Es sah aus wie ein luxuriöses Gästezimmer. Manon warf einen Blick hinter die Vorhänge und unter das Bett.

Nun gab es nur noch einen Ort, an dem sich jemand verstecken konnte.

Der Schrank.

Gleichzeitig öffnete Manon beide Flügel der Schranktür, die vorwurfsvoll knarrten. Mit seitlich ausgestreckten Armen blickte sie in einen Wandschrank voller Wäsche.

Es war niemand im Raum. Trotzdem spürte sie, dass jemand da war. Direkt hinter ihr.

25.

Bevor Manon das Arbeitszimmer verlassen hatte, war Marie in die Eingangshalle hinuntergelaufen, alarmiert von Léas Winken. Sie fand ihre Freundin völlig aufgelöst vor der Haustür und fasste sie bei den Schultern. Statt sie zu beruhigen, bombardierte sie sie mit Fragen, ohne ihr Zeit zum Antworten zu lassen.

»Was ist los? Habt ihr Mathilde gefunden? Wo sind die anderen?«

»Quentin ist auch verschwunden.«

»Was?«

»Wir haben ihn überall gesucht. Hast du etwas auf den Überwachungsvideos gesehen?«

»Nein, mir ist nichts aufgefallen.«

Draußen riefen die anderen nach Mathilde und Quentin. Die Lichter ihrer Smartphones schafften es kaum, die pechschwarze Dunkelheit zu durchdringen.

Camille kam auf sie zu und erstattete Lagebericht.

»Quentin hat sich in Luft aufgelöst. Von Mathilde auch keine Spur. Mehdi hat vom Wald her Geräusche gehört, aber man sieht nicht die Hand vor Augen. Außerdem fängt es wieder an zu regnen.«

Die Mädchen gingen ins Haus, kurz darauf folgten ihnen Mehdi, Maxime und Julien, die sich erschöpft aufs Sofa warfen. Als sie die besorgten Gesichter der Jungs sah, begriff Marie, dass die Situation ernst war. Hier passierte gerade etwas richtig Heftiges. Leider wussten sie nicht, was.

»Was machen wir jetzt?«, fragte sie.

»Wir müssen Hilfe holen«, sagte Julien.

»Schwört, dass keiner von euch dahintersteckt.«

»Wenn das einer von uns war, bringe ich ihn eigenhändig um«, versprach Mehdi.

»Ich hab meinen Auftritt schon gehabt«, sagte Léa. »Und ich bereue bereits, den Geist gespielt zu haben.«

»Ich auch«, sagte Camille. »Ganz ehrlich, unsere Beerpong-Abende waren mir lieber.«

»Ich schwöre, dass ich nichts mit dem Verschwinden von Mathilde, Clément und Quentin zu tun habe«, versicherte Maxime.

Julien leistete ebenfalls einen Schwur.

»Wo ist Manon?«, fragte Mehdi plötzlich.

»Oben«, sagte Marie.

»Wir sollten zusammenbleiben.«

»Du kennst sie doch. Sie macht lieber ihr eigenes Ding.«

»Ist mir scheißegal! Wir dürfen uns nicht trennen.«

Mehdi ging als Erster die Treppe hinauf und stürmte ins Arbeitszimmer. Die anderen folgten ihm. Die Angst schweißte sie zusammen.

»Wo ist sie hin?«, fragte er, als er wieder auf die Galerie trat.

»Keine Ahnung.« Marie zuckte entschuldigend mit den Schultern.

Sie riefen nach Manon.

»Hier stimmt was nicht«, sagte Maxime.

»Ich will hier weg«, jammerte Camille.

»Manoooon!«, rief Mehdi.

»Nicht so laut.« Marie sah sich ängstlich um.

»Wie soll sie mich hören, wenn ich flüstere?«

»Da!« Léa zeigte auf eine angelehnte Tür.

Schweigend rückten sie vor und positionierten sich rechts und links vom Eingang des Zimmers, als wollten sie einen Sturmangriff starten. Mit einem Fußtritt öffnete Mehdi die Tür und sprang in den Raum. Er war leer. Sein Blick wanderte durch das Zimmer und blieb an einem Buch hängen, das auf dem Boden lag. Er hob es auf. Es war *Spiegelhölle* von Edogawa Rampo.

26.

Camille, Léa, Marie, Mehdi, Julien und Maxime schlossen sich im Arbeitszimmer ein, um die Lage zu besprechen und zu überlegen, was sie jetzt tun sollten. Waren sie Opfer eines perfekt geplanten Streichs, der den Höhepunkt des Horrorabends darstellen sollte? Jeder von ihnen wäre dazu in der Lage. Schon Maximes Idee, Manon mit seinem Ouija-Brett wieder zum Leben zu erwecken, war eine echte Meisterleistung gewesen. In diesem Fall kamen allerdings nur die vier Vermissten als Verdächtige infrage: Clément, Mathilde, Quentin und Manon.

»Manon sind unsere Spielchen scheißegal«, sagte Marie. »Sie macht sich bestimmt nicht die Mühe, sich so was auszudenken. Außerdem ist sie nur gekommen, weil Maxime sie erpresst hat.«

Maxime nickte. »Stimmt. Und Quentin?«

»Wenn ihr mich fragt, ist er der ideale Täter«, stellte Marie fest. »Er ist der Einzige, der sich hier auskennt. Er war als Erster vor Ort und hatte genug Zeit, alles vorzubereiten. Er hat mit seinen Geschichten über außerirdische Besucher und paranormale Phänomene für die richtige Gruselstimmung gesorgt. Er ist für jeden Spaß zu haben und der Horrorabend war seine Idee. Außerdem ist er einfach ohne jede Erklärung abgehauen.«

»Weil er Mathilde helfen wollte«, erinnerte sie Camille.

»Ich kenne Quentin«, schaltete sich Léa ein. »So weit würde er nicht gehen. Glaub ich zumindest. Und wie hätte er Clément und Mathilde denn erschrecken sollen? Er war doch mit uns zusammen, als sie verschwunden sind. Außerdem hätte ich in den letzten Wochen bestimmt was gemerkt, schließlich haben wir ziemlich viel Zeit miteinander verbracht.«

»Okay«, sagte Marie. »Manon und Quentin sind raus. Bleiben Clément und Mathilde.«

»Das ist nicht Mathildes Art«, sagte Julien. »Außerdem hat sie uns schon mit ihren abgeschnittenen Fingern erschreckt. Danach hat sie in den Entspannungsmodus geschaltet und die ganze Zeit nur noch getrunken und geraucht.«

»Und Clément?«

»Der kriegt doch den Mund nicht auf«, spottete Mehdi. »Ich kann mir nicht vorstellen, dass er so eine Nummer auf die Beine stellt.«

»Ja, aber er hätte ein gutes Motiv«, warf Camille ein.

»Wieso?«, fragte Marie. »Weil wir uns über ihn lustig gemacht haben?«

»Big Losers Rache!« Maxime grinste.

Julien schüttelte den Kopf. »Warum sollte er sich rächen? Er war doch eingeladen!«

»Außerdem haben wir ihn auf den Videos gesehen«, sagte Marie. »Er hatte genauso viel Angst wie Mathilde.«

»Es gibt noch eine andere Möglichkeit«, sagte Julien langsam. »Auch wenn sich niemand traut, sie auszusprechen.«

»Welche?«, fragte Léa.

»Es könnte ein Außenstehender sein. Jemand, der nicht zu uns gehört.«

»Daran will ich lieber gar nicht denken.« Camille schauderte. »Das hieße, Clément, Mathilde, Quentin und Manon wären einem Psychopathen in die Hände gefallen. Und dieser Verrückte hätte es auch auf uns abgesehen.«

»Es bringt nichts, den Kopf in den Sand zu stecken, wenn wir der Sache auf den Grund gehen wollen«, sagte Mehdi.

»Bis jetzt hab ich mich geweigert, diese Möglichkeit in Betracht zu ziehen«, gestand Léa. »Ich dachte, Clément, Mathilde und Quentin würden unter einer Decke stecken. Aber inzwischen sind zu viele verschwunden. Außerdem kann ich mir nicht vorstellen, dass Manon sich mit Quentin oder Mathilde zusammentut, um so eine kranke Show abzuziehen. Sie hasst alles und jeden.«

»Nur dich nicht«, bemerkte Julien.

»Wo wir gerade beim Thema sind«, hakte Mehdi ein. »Was läuft da eigentlich zwischen euch?«

»Ich glaube, sie hat sich in mich verliebt.«

»Und du?«

»Darüber will ich jetzt nicht reden.«

»Du musst! Das könnte eine Verbindung sein. Schließlich hat Quentin gesehen, wie du mit Manon in der Küche rumgeknutscht hast. Und versuch nicht, es abzustreiten, wir haben alles auf Video.«

»Na toll! Wird das jetzt ein Verhör, oder was?«

»Wir wollen doch nur herausfinden, was hier läuft«, beruhigte sie Marie.

»Und solange sitzen wir in diesem Arbeitszimmer fest wie die letzten Idioten«, ärgerte sich Maxime.

»Da war was!« Camille zeigte auf die Aufnahme aus der Küche.

Alle starrten auf den Monitor.

»Was denn?«

»Keine Ahnung, es ging zu schnell. Aber für einen Menschen war es zu klein und zu flink. Wir müssen das Video zurückspulen. Weiß jemand, wie das funktioniert?«

Maxime nickte. »Ich hab Quentin ein bisschen auf die Finger geschaut.«

Sie sahen sich die letzten Minuten der Aufnahme aus der Küche noch einmal an. Tatsächlich sauste etwas durchs Bild. Es dauerte nur eine Zehntelsekunde. Maxime drückte auf Pause. Das Bild war unscharf und wackelte ein bisschen. Man konnte einen Schatten von der Größe einer Katze erkennen.

»Was auch immer das ist, es ist im Haus«, sagte Maxime.

»Wir müssen nachsehen. Freiwillige vor!«

»Wir gehen alle zusammen«, entschied Camille.

Maxime schloss die Tür auf und warf einen Blick in den Flur.

»Die Luft ist rein«, verkündete er, bevor ihm klar wurde, dass er dummes Zeug redete.

Auf Zehenspitzen schlichen sie die Treppe hinunter.

»Wenn uns jemand verarscht, machen wir uns gerade total zum Affen«, knurrte Mehdi.

»Und wenn nicht, ist es besser, vorsichtig zu sein«, sagte Léa.

Im Erdgeschoss vergewisserten sie sich, dass die Haustür immer noch verriegelt und die großen Fenster geschlossen waren.

»Und wenn der Eindringling schon die ganze Zeit im Haus war?«, überlegte Julien.

Camille schluckte. »Dann haben wir uns mit ihm zusammen eingeschlossen.«

27.

»Hier ist niemand«, stellte Mehdi fest. Er hatte sich als Vorhut in die Küche gewagt, um die Lage auszukundschaften.

»Was ist denn das?« Julien war ihm gefolgt.

Vor dem Kühlschrank lag ein Stein.

»Den muss jemand in die Küche geworfen haben«, sagte Marie. »Das war es, was wir auf dem Bildschirm gesehen haben.«

Léa blickte zur Kamera an der Decke.

»Das ist ein Ablenkungsmanöver!«

»Was?« Mehdi runzelte die Stirn.

»Jemand wollte uns von den Aufnahmen der Überwachungskameras weglocken!«

Sie stürmte zur Treppe, nahm immer mehrere Stufen auf einmal und rannte zum Arbeitszimmer. Sie rüttelte an der Klinke, doch die Tür blieb zu. Die anderen tauchten hinter ihr auf.

»Hat einer von euch abgeschlossen?«

Allgemeines Kopfschütteln. Warum hätten sie das tun sollen?

Maxime und Mehdi warfen sich abwechselnd gegen die Tür, bis das Schloss nachgab. Léa stürzte zur Tastatur und tippte fluchend und schimpfend darauf herum, bis das System abstürzte. Maxime übernahm. Ruhig und konzentriert loggte er sich wieder ein.

»Was suchst du?«

»Die Aufnahmen der letzten zehn Minuten.«

Maxime spulte zurück und spielte die Videos von dem Moment an ab, als sie die Küche betreten hatten. Auf den Aufzeichnungen aus den anderen Teilen der Villa war nichts Auffälliges zu sehen. Nervös fuhr sich Léa durch die roten Locken.

»Ich bin sicher, dass uns jemand in die Küche gelockt hat, um uns vom Arbeitszimmer fernzuhalten. Die abgeschlossene Tür ist der Beweis! Wir müssen weitersuchen. Ich will die Bilder von draußen sehen.«

Maxime klickte die Außenkameras an und auf dem Monitor öffneten sich zwei Fenster. Links die Aufnahmen vom Eingangsbereich und rechts die von der Terrasse und dem Pool. Er spulte die letzten zwanzig Minuten zurück und ließ die Aufzeichnungen gleichzeitig weiterlaufen.

Léa hatte recht.

Quentin erschien im rechten Fenster, auf der Suche nach der verschwundenen Mathilde. Er drehte sich um und starrte auf etwas, das sie nicht sehen konnten. Entsetzt wich er zu den vom Wind halb abgerissenen Planen zurück, die die Baumaterialien für den noch unfertigen Pool abdeckten. Die tiefe schlammige Grube war nur wenige Zentimeter von seinen Füßen entfernt. Quentin wirkte wie hypnotisiert und seine entsetzte Miene war dieselbe wie bei Clément und Mathilde. Plötzlich zuckte er zusammen und verzog das Gesicht vor Schmerz. Er verkrampfte sich und erstarrte, als hätte er einen Stromschlag bekommen. Dann brach er zusammen und stürzte in die Grube.

Léa schlug die Hände vor den Mund und unterdrückte einen Schrei.

»Es fängt gerade an zu regnen«, stellte Marie fest, die immer noch konzentriert das Video verfolgte.

»Verdammt, das muss in dem Moment gewesen sein, als wir nach draußen gegangen sind«, stellte Mehdi fest. »Und wir haben nichts mitbekommen!«

»Wir müssen ihn knapp verpasst haben«, vermutete Julien.

Léa rannte aus dem Zimmer.

»Léa!« Mehdi folgte ihr.

Maxime und Camille liefen ebenfalls hinterher, während Marie und Julien im Arbeitszimmer blieben und weiter auf den Monitor starrten.

Draußen goss es in Strömen. Léa stürzte in den Garten, sprang, ohne zu zögern, in die Grube und wühlte mit beiden Händen im Schlamm, auf der Suche nach Quentin. Mehdi rief ihren Namen, aber sie reagierte nicht. Maxime und Camille tauchten neben ihm auf.

»Wir müssen ihr helfen«, sagte Camille.

Auf der Baustelle fanden Mehdi und Maxime einen Spaten und eine Hacke und stiegen in das Loch. Camille leuchtete ihnen mit dem Handy. Sie gruben und hackten, förderten aber nur Matsch und Steine zutage. Irgendwann mussten sie den Tatsachen ins Auge sehen: Quentin war verschwunden.

»Wo ist er?«, rief Léa.

»Wir gehen wieder rein«, beschloss Maxime.

Léa bewegte sich nicht. Wie in Trance stand sie im Schlamm. Der Regen prasselte auf sie herunter und der Wind zerzauste ihre schmutzigen Haare. Sie sah aus wie ein Zombie, der aus seinem Grab gestiegen war, was noch viel gruseliger wirkte als ihr Auftritt als weiße Frau, mit dem sie vor ein paar Stunden ihre Freunde erschreckt hatte.

Camille nahm ihre Hand und zog sie hinter sich her. An der Haustür kam ihnen Julien mit ein paar Handtüchern entgegen.

»Vergiss es, Kumpel.« Mehdi winkte ab. »Wir sind zu dreckig. Am besten, wir gehen sofort unter die Dusche.«

»Und Quentin?«, fragte Julien.

»Verschwunden«, sagte Maxime knapp.

»Ab ins Bad!«, befahl Mehdi. »Alle vier. Wo ist Marie?«

»Im Arbeitszimmer. Sie geht die Aufnahmen durch und versucht, irgendeinen Hinweis zu finden. Als wären wir in einer Folge von *CSI: Vegas*.«

»Bleib bei ihr. Niemand von uns sollte allein sein.«

Julien kehrte ins Arbeitszimmer zurück, während die anderen in den beiden Badezimmern verschwanden. Die Mädchen nahmen das Bad von Quentins Eltern, die Jungs gingen in das andere.

»Verdammt, mein Levis-Shirt ist komplett hinüber«, schimpfte Mehdi. »Dabei hab ich das gerade erst gekauft. Was sollen wir anziehen?«

»Keine Ahnung, aber meine Klamotten sind nicht mehr zu gebrauchen.« Maxime zog sich aus. »Erst mal unter die Dusche!«

Im anderen Badezimmer spülte sich Léa gerade unter dem warmen Wasserstrahl ab. Der Schlamm vermischte sich mit dem Schaum des Shampoos und dem nach Mandarine duftenden Duschgel. Camille stand am Waschbecken und wusch sich das Gesicht, während sie darauf wartete, dass die Dusche frei wurde.

»Mein Make-up ist total im Eimer«, stellte sie fest.

Plötzlich stürzte Julien herein. Camille zuckte zusammen.

»Raus hier!«, fuhr sie ihn an.

Sie war völlig nackt, weshalb es ihr gar nicht gefiel, dass Julien einfach so reinplatzte.

»Marie ist weg!«

28.

Nachdem sie Quentins Kleiderschrank geplündert hatten, in dem sich hauptsächlich alte Sweatshirts, löchrige Jeans und *The Big Lebowski*-Shirts befanden, kehrten Camille, Léa, Mehdi und Maxime zu Julien ins Arbeitszimmer zurück. Noch einmal versuchten sie mithilfe des Überwachungssystems herauszubekommen, was geschehen war.

Sie spulten zurück, ließen die Bilder über den Monitor flimmern, schalteten immer mehr Kameras dazu. Endlich entdeckten sie Marie auf einem Video, als sie gerade das Arbeitszimmer verließ. Irgendetwas im Erdgeschoss hatte ihre Aufmerksamkeit erregt. Sie lief die Treppe hinunter, ging in die Küche und rief etwas. Dann blieb sie abrupt stehen und drehte sich zur Waschküche, die nicht von den Kameras erfasst wurde. Was sie dort erblickte, schien ihr eine Heidenangst einzujagen. Sie verschwand vom Bildschirm und tauchte nirgendwo wieder auf.

»In der Waschküche gibt es keine Kamera«, stellte Léa fest.

»Und ausgerechnet dort ist Marie verschwunden«, murmelte Julien.

»Sollen wir uns da mal ein bisschen umschauen?«, schlug Mehdi vor.

»Von mir aus, aber alle zusammen.«

»Wir werden Marie genauso wenig in der Waschküche finden, wie wir Quentin im Pool gefunden haben«, prophezeite Camille.

»Wir gehen trotzdem nach unten«, beschloss Mehdi.

Sie folgten ihm die Treppe hinab in die Küche. Die Tür zur Waschküche war nur angelehnt. Es gab weder Kampfspuren noch einen zweiten Ausgang.

»Wir lassen uns die ganze Zeit reinlegen wie die letzten Trottel!«, schimpfte Mehdi.

Camille machte ein entschlossenes Gesicht. »Wir müssen aktiv werden, statt immer nur auf die Ereignisse zu reagieren.«

Maxime nickte. »Sie hat recht. Wenn es in dem Tempo weitergeht, ist morgen früh niemand mehr hier.«

»Wie wärs mit einem Zweiphasenplan?«, schlug Mehdi vor.

»Lass hören.«

»Erstens: Wir finden heraus, wer hinter alldem steckt.«

»Und zweitens?«

»Wir polieren ihm die Fresse.«

Zwischen Konservendosen, Waschmittel, Tiefkühltruhe, Waschmaschine und Wäschetrockner versuchten sie einen Plan zu entwickeln, der mehr auf Angriff als auf Verteidigung setzte. Was auch immer hinter ihnen her war, es befand sich im Haus. Sie mussten es zur Strecke bringen.

»Ich hab eine Idee«, sagte Léa.

»Was?«

»Kommt mit.«

Sie führte die anderen in die Garage, die mit der Küche verbunden war, und wühlte in einer Werkzeugkiste.

»Was suchst du?«, fragte Maxime.

»Das!«

Sie schwenkte einen Messingschlüssel, ging zu einem Wandschrank aus Metall und schloss ihn auf. Darin befanden sich Angelsachen und Camping-Utensilien. Léa stellte sich auf die Zehenspitzen, reckte die

Arme und holte einen länglichen Karton herunter. Nachdem sie eine Weile herumgetastet hatte, fand sie auch noch eine kleine Schachtel.

»Quentin hat mir mal erzählt, dass sein Vater in diesem Schrank sein Gewehr aufbewahrt. Wir müssen es nur noch zusammenbauen. Und hier sind die Patronen.«

Mehdi riss die Augen auf.

»Statt unserem Feind die Fresse zu polieren, pusten wir ihn einfach um!« Léa grinste.

»Warum sagst du erst jetzt, dass wir eine halbautomatische Waffe haben?« Maxime wirkte hocherfreut.

»Weil ich mir vorher nicht sicher war, ob die anderen wirklich verschwunden sind.«

»Und jetzt bist du dir sicher?«

Léa nickte. »Seit ich das hier gefunden hab.«

Während die anderen sie ungeduldig anstarrten, schob sie die Hand in die Hosentasche und zog eine goldene Kette hervor. Daran hing ein Anhänger, in den ein Lebensbaum eingraviert war.

29.

Das kleine Schmuckstück glänzte in Léas Hand.

»Das hab ich vorhin im Schlamm entdeckt. Die Kette gehörte Quentins Großmutter. Sie hat sie ihm kurz vor ihrem Tod geschenkt. Quentin hat seine Großmutter sehr geliebt, er hätte sich niemals freiwillig von der Kette getrennt, schon gar nicht, um uns einen Streich zu spielen. Er ist wirklich von jemandem angegriffen worden.«

»Wie baut man denn dieses Ding zusammen?« Julien hatte den Karton geöffnet, in dem die Remington lag.

»Das ist nicht schwer«, sagte Maxime.

Er schraubte den Verschluss des Magazins ab und entfernte den Handschutz. Dann zog er an einem Hebel, um den Verschluss zu öffnen, griff nach dem Lauf und ließ ihn fest in den Verschluss einrasten. Er setzte den Handschutz wieder auf das Rohr des Magazins, schraubte den Verschluss darauf und sicherte die Waffe.

»Bist du Jäger, oder was?«

»Nein, aber ich gehe manchmal mit meinem Vater zum Tontaubenschießen. Patronen?«

Léa reichte ihm die Schachtel mit der Schrotmunition. Maxime öffnete sie, holte eine 76-Millimeter-Magnum heraus und schob sie ins Magazin. Er lud die Waffe mit vier Patronen.

»Das wärs. Jetzt muss man nur noch den Sicherheitsmechanismus nach vorn schieben und den Abzug betätigen. Der automatische Verschluss lädt die Waffe immer wieder nach, bis das Magazin leer ist.«

»Ich nehme das hier.« Mehdi schwenkte eine Eisenstange mit gekrümmter Spitze.

»Was ist das?«, fragte Camille.

»Ein Kuhfuß. Damit kann man Nägel rausziehen.«

Camille runzelte die Stirn.

»Aber ich hab etwas anderes damit vor«, ergänzte er, als er ihr verwirrtes Gesicht sah.

»Wenn ich daran denke, dass ich jetzt gemütlich mit meinen Eltern vor dem Fernseher sitzen und mir den Spielfilm im Dritten anschauen könnte …« Julien seufzte.

»Hier, für dich.« Mehdi reichte ihm eine Axt.

»Was soll ich damit?«

»Was glaubst du? Sicher nicht Holz hacken!«

»Okay, Zeichnen und Musicals sind eher dein Fall, aber das hilft uns jetzt nicht weiter«, sagte Maxime. »Also gib dir 'nen Ruck und nimm die Axt. Du solltest bewaffnet sein, falls wir uns verteidigen müssen.«

»Ich hab auch was gefunden.« Léa schulterte den schweren Stiel einer Hacke wie Harley Quinn ihren Baseball-Schläger.

»Bleibt für mich nur noch die Harke oder die Bohrmaschine«, stellte Camille bedauernd fest.

»Ich würde den Hammer nehmen«, riet Mehdi. »Damit kann man prima zuschlagen.«

»Und was ist der Plan?«, fragte Julien zweifelnd.

»Die Stellung halten, bis unsere Eltern kommen.«

»Meine Mutter holt mich morgen um elf ab«, sagte Camille. »Wir haben ein Familienessen, darum ist sie bestimmt pünktlich.«

»Okay, dann ist sie wahrscheinlich die Erste.« Maxime sah auf die

Uhr. Es war kurz vor Mitternacht. »Das heißt, wir müssen noch elf Stunden durchhalten.«

Nachdem sie sich auf eine Strategie geeinigt hatten, stießen sie die Fäuste gegeneinander, um sich gegenseitig Mut zu machen. Mehdi drückte die Türklinke herunter und fuhr herum. Auf seinem Gesicht lag ein panischer Ausdruck.

»Sie geht nicht auf.«

»Was?«, rief Léa.

»Jemand hat von außen abgeschlossen.«

30.

»Dann probieren wir gleich mal aus, ob dieses Gewehr funktioniert«, verkündete Maxime. »Tretet zurück, Freunde, jetzt wirds laut.«

Er zielte auf das Türschloss und schoss dreimal.

Dort, wo eben noch die Klinke und das Schloss gewesen waren, gähnte ein großes Loch im Holz.

Maxime trat gegen die Tür, sodass sie gegen die Wand der an die Garage grenzenden Waschküche knallte.

»Spinnst du?«, rief Mehdi. »Das ist doch hier kein amerikanischer Actionfilm!«

Maxime betrat die Waschküche, das Gewehr im Anschlag, und sicherte den Raum. Während er den anderen Entwarnung gab, lud er drei Patronen nach.

»Wenigstens weiß der Feind jetzt, dass wir bewaffnet sind«, sagte Julien, die Axt in der Hand.

Hintereinander liefen sie durch die Küche und stellten sich Rücken an Rücken im Wohnzimmer auf, bereit, gegen den unsichtbaren Gegner zu kämpfen.

Camille rümpfte die Nase. »Es riecht seltsam.«

Julien nickte. »Ist mir auch schon aufgefallen. Es stinkt zum Himmel!«

»Maxime hat gefurzt«, behauptete Mehdi.

»Sorry, Leute, aber wenn ich furze, ist das nicht zu überhören.«

»Riecht trotzdem ekelhaft.« Julien verzog das Gesicht.

»Vielleicht hat unser Feind ja einen fahren lassen.« Maxime grinste.

»Mit wem auch immer wir es zu tun haben, wir müssen ihn aus dem Haus jagen.« Mehdi machte ein grimmiges Gesicht.

»Dafür sind wir zu wenige«, stellte Julien fest.

»Oder das Haus ist zu groß«, fügte Camille hinzu.

Sie sah zu einem Stein auf dem Sofa, der dort nichts zu suchen hatte.

Mehdi wiederholte seinen Plan. »Wir bleiben zusammen, sichern ein Zimmer nach dem anderen und verbarrikadieren uns.«

»Spielst du hier jetzt den Chef, oder was?«, fragte Maxime, der sich mit seinem Gewehr unschlagbar fühlte.

»Ist nur ein Vorschlag. Aber wenn du eine bessere Idee hast, nur zu!«

Das darauf folgende Schweigen bestätigte Mehdis Plan.

»Wo ist Jack?«, fragte Julien plötzlich.

»Wer ist Jack?«, wollte Camille wissen.

»Meine Ratte.«

»Du hast sie Jack genannt?«

»Ja.«

»Warum?«

»Weil sie ein bisschen Ähnlichkeit mit Jack Lang* hat.«

»Dem Minister, der die *Fête de la Musique* erfunden hat?«

»Jack ist mir scheißegal«, schimpfte Mehdi. »Los jetzt! Ich hab Bretter in der Garage gesehen. Damit können wir ein paar Ausgänge versperren.«

Mit dem Essbereich fingen sie an. Sie kippten den Eichentisch um und schoben ihn vor eins der beiden Fenster, wuchteten den Geschirrschrank vor das andere und nagelten ein Brett vor die abgeschlossene Haustür. Dann kontrollierten sie die Toilette, nahmen das Wohnzimmer gründlich unter die Lupe, ließen die elektrischen Rollläden herunter und durchsuchten die Küche. Mehdi warf sogar einen Blick in die Hängeschränke oben an der Wand.

»Willst du auch die Schubladen kontrollieren?«, fragte Maxime.

»Wir wissen nicht, womit wir es zu tun haben. Deshalb kontrollier ich sogar deinen Arsch, wenns sein muss!«

»War nur ein Witz. Kein Grund, unhöflich zu werden.«

»Unhöflich ist es, Witze zu machen, wenn Menschenleben auf dem Spiel stehen.«

»Ja, aber Humor hilft gegen die Angst.«

»Immer musst du alles ins Lächerliche ziehen! Denkst du, du bist in einem Escape-Room, oder was? Sieh dich doch an mit deinem Gewehr! Pass bloß auf, dass du uns nicht aus Versehen erschießt.«

»Beruhig dich, Mehdi«, mischte sich Camille ein. »Wenn du hier der Anführer sein willst, sprich in einem anderen Ton mit uns. Und wenn du das nicht schaffst, gib das Kommando ab. Wir müssen zusammenhalten – Beleidigungen helfen da nicht weiter.«

»Schon gut«, murrte Mehdi.

»Nein, es ist nicht gut.«

Léa schrie auf.

Maxime richtete das Gewehr in ihre Richtung, bereit, das Monster abzuknallen, das sie im Küchenschrank entdeckt hatte. Léa schlug die Schranktür zu. Im Inneren polterte es.

»Soll ich schießen?«, fragte Maxime.

Er zielte auf die Tür. Léa umklammerte den Griff.

»Bei drei machst du auf und ich drücke ab.«

»Warte!«, rief Julien.

Er ging zum Schrank, hielt sein Ohr an die Tür und öffnete sie.

»Was soll das?«, schimpfte Maxime. »Geh zur Seite, damit ich das Arschloch erledigen kann!«

Doch stattdessen schob Julien seine Hand in den Schrank. Seine Freunde, die ihm so viel Mut nicht zugetraut hätten, sahen verblüfft zu. Léa kapierte als Erste, was los war, noch bevor er die Hand zurückzog – mit seiner Ratte!

»Das war Jack!«

Allgemeine Erleichterung.

»Nimm ihn besser aus der Schusslinie«, riet Mehdi.

Julien setzte Jack in seinen Käfig und gab ihm eine Handvoll Körner.

»Die Küche ist gesichert«, verkündete Mehdi.

Sie gingen in die Garage. Nachdem sie sich vergewissert hatten, dass sie nichts mehr brauchten, vernagelten sie den Zugang mit Brettern, da sich die Tür ohne Klinke nicht schließen ließ. Währenddessen bewachte Maxime die Treppe und fragte sich, woher dieser bestialische Gestank kam.

Nach zehn Minuten gesellte sich Camille zu ihm.

»Gehts?« Maxime warf ihr einen besorgten Blick zu.

»Solange wir beschäftigt sind, kann ich ganz gut verdrängen, wie absurd die Situation ist.«

»Danke, dass du mich vorhin gegen Mehdi verteidigt hast.«

»Gern geschehen. Ich hasse jähzornige Menschen. Komm, wir gehen nach oben.«

»Camille?«

»Ja?«

»Ich steh total auf dich.«

»Ich weiß.«

Mehdi, Julien und Léa tauchten auf, die Arme voller Bretter.

»Damit nageln wir die eingetretene Tür vom Arbeitszimmer zu«, erklärte Mehdi.

Maxime fiel etwas ein. »Wir haben vergessen, den Keller zu überprüfen.«

»Scheiße!«

Camille ging zur Kellertür, öffnete sie und schaltete das Licht an.

»Lass mich vorgehen«, sagte Maxime. »Ich will niemanden in der Schusslinie haben.«

»Ich komme mit«, sagte Mehdi.

Maxime richtete das Gewehr auf die Treppe, die in der Dunkelheit des Kellers verschwand. Die erste Stufe knarrte unter seinem Gewicht. Dann die zweite. Mehdi griff den Kuhfuß fester und folgte ihm. Ein lauter Knall zerriss ihm fast das Trommelfell, gefolgt von Schreien, dem Geräusch einer auf den Betonboden fallenden Patronenhülse und dem Geruch nach Schießpulver.

»Alles okay?«, rief Camille von oben.

»Glaub schon«, knurrte Maxime.

»Verdammt, was sollte das?«, fragte Mehdi.

»Ich dachte, ich hätte eine Bewegung neben dem Weinregal gesehen.«

Ein paar Flaschen waren zu Bruch gegangen und der Wein floss über den Boden.

»Bist du sicher?«

»Nein.«

»Mach gefälligst die Augen auf, bevor du schießt, verdammt noch mal!«

Sie gingen die letzten Stufen hinab und sahen sich im Keller um, ohne etwas Verdächtiges zu bemerken. Hier unten war es kühl und in den Regalen lagerten hauptsächlich Wein- und Champagnerflaschen.

»Lass uns abhauen«, sagte Mehdi.

Sie kehrten nach oben zurück und vernagelten die Tür zur Sicherheit mit ein paar Brettern.

Dann liefen sie in den ersten Stock. Léa nahm die beiden Bücher über paranormale Phänomene am Col de Vence mit.

»Es ist niemand im Erdgeschoss und es kommt keiner mehr ins Haus hinein«, fasste Mehdi zusammen.

»Vielleicht hätten wir mit dem ersten Stock anfangen sollen«, meinte Julien.

»Nein. Wenn jemand im Haus ist, treiben wir ihn auf den Dachboden. Von dort kann er uns nicht mehr entwischen.«

»Vorausgesetzt, der Eindringling ist ein Mensch«, fügte Léa hinzu.

»Was denn sonst?«

»Nach allem, was wir bis jetzt wissen, handelt es sich um ein furchterregendes Wesen, das sehr schnell ist, systematisch vorgeht, nicht von den Überwachungskameras erfasst wird und in der Lage ist, vier Personen verschwinden zu lassen, ohne Spuren zu hinterlassen. Abgesehen von den Steinen, die überall herumliegen.«

»An wen denkst du?«, fragte Maxime. »Den kleinen Däumling?«

»Ich denke vor allem, dass das die Verdächtigen ziemlich eingrenzt.«

»Ich glaube, ich weiß, worauf du hinauswillst.« Camille zeigte auf die Bücher in Léas Hand.

»Diese Gegend ist bekannt für all die seltsamen Dinge, die hier geschehen. Leuchtende Dreiecke am Himmel, unsichtbare Wesen, Autos und elektrische Geräte, die plötzlich ihren Geist aufgeben, Terrassenmöbel, die einfach davonfliegen, weiße Flecken auf Fotos, merkwürdige Motorengeräusche in der Luft und vom Himmel fallende Steine …«

»Tja, jetzt kannst du auch entführte Personen auf die Liste setzen«, sagte Julien.

»Wollt ihr weiter rumquatschen oder das restliche Haus sichern?« Mehdi wurde ungeduldig.

Julien verdrehte die Augen. »*Das restliche Haus sichern* – woher hast du das?«

»Aus einem Film.«

»Wir sollten die Treppe blockieren«, schlug Maxime vor.

Sie bauten eine Absperrung, indem sie mehrere Bretter vor die Pfeiler am oberen Treppenabsatz nagelten. Dann nahmen sie alle Zimmer genau unter die Lupe. Gemeinsam durchkämmten sie jeden Winkel, sahen unter die Betten, hinter die Vorhänge und in die Schränke.

Im Arbeitszimmer erwartete sie eine böse Überraschung. Jemand hatte mit einem Stein den Monitor zertrümmert, der an die Überwachungskameras angeschlossen war.

Camille wurde blass, als sie die Scherben sah. »Ich will hier weg!«

Sie war kurz davor, die Nerven zu verlieren. Maxime legte das Gewehr zur Seite, nahm sie in die Arme und vergrub die Nase in ihrem noch feuchten Haar. Der Stress, sein Verlangen und der Duft nach Mandarine steigerten seine Erregung ins Unermessliche.

»Flucht ist zwecklos«, stellte Mehdi fest. »Wir können nirgendwohin.«

31.

Jetzt fehlte nur noch der Dachboden.

»Ich muss mal«, verkündete Camille.

»Ich auch«, sagte Léa.

Maxime schüttelte den Kopf. »Warum gehen Mädchen eigentlich immer zusammen aufs Klo?«

»Kommst du mit?«, bat Camille.

Maxime riss die Augen auf und grinste lüstern.

»Freu dich nicht zu früh«, sagte Léa. »Du sollst bloß unseren Bodyguard spielen.«

»Julien und ich versuchen solange, den Bildschirm zu reparieren«, beschloss Mehdi.

Camille und Léa liefen über die Galerie und bogen in einen Flur ein, von dem zwei Zimmer abgingen. Sie betraten das Schlafzimmer von Quentins Eltern, das ein eigenes Bad hatte. Maxime eskortierte sie bis zur Tür und baute sich mit seinem Gewehr davor auf. Von innen wurde der Schlüssel herumgedreht.

»Ihr braucht euch nicht einzuschließen«, rief er den Mädchen zu.

»Doppelt hält besser«, erwiderte Camille auf der anderen Seite der Tür.

»Wenn euch jemand entführen will, muss er erst an mir vorbei.«

Maxime griff das Gewehr fester und stellte sich breitbeinig hin wie ein Soldat.

Léa ließ Camille den Vortritt.

»Eine Sekunde länger und ich hätte in die Hose gemacht«, gestand Camille, während sie sich auf der Kloschüssel niederließ.

»Beeil dich! Sonst pinkel ich in die Badewanne.«

Auf der anderen Seite der Tür vermischten sich Maximes Gedanken an Camille, die er heute Abend zweimal in den Armen gehalten hatte, mit den vielen Fragen, die die seltsame Situation aufwarf. Was empfand Camille für ihn? Was war mit den anderen geschehen? Würde es ihnen genauso ergehen? Spukte es in diesem Haus, in dem sie sich verbarrikadiert hatten?

Plötzlich drängte eine neue Frage alle anderen beiseite: Was war das für ein Geräusch auf dem Flur?

Teketeketeketeketeketeketeketeketeketeke!

»Seid ihr das, Jungs?«, rief Maxime, ohne wirklich daran zu glauben. »Mehdi? Julien?«

Er entsicherte das Gewehr, ging zur Schlafzimmertür und blickte auf den Flur.

Erst nach links. Nichts.

Hinter sich hörte er die Klospülung rauschen.

Dann sah er nach rechts.

Teketeketeketeketeketeketeketeketeke!

32.

Camille kam als Erste aus dem Bad.

»Maxime?«

»Ist er weg?«, fragte Léa verwundert.

»Maxime!«

»Toller Bodyguard.«

Sie verließen das Elternschlafzimmer. Im Flur war Maxime auch nicht. Sie eilten zurück ins Arbeitszimmer, wo Julien und Mehdi versuchten, den iMac ans Videoüberwachungssystem anzuschließen.

»Es funktioniert nicht«, stellte Julien bedauernd fest.

»Dann müssen wir uns mit unseren Augen und dem Livestream begnügen«, sagte Mehdi.

»Wo ist Maxime?«, fragte Léa.

»Ist er nicht bei euch?«

»Als wir aus dem Bad gekommen sind, war er verschwunden.«

»Das gibts doch nicht!«

Sie liefen auf die Galerie. Die Absperrung an der Treppe war intakt. Mehdi marschierte in den Flur, die anderen folgten ihm. Sie durchsuchten alle Zimmer und riefen abwechselnd Maximes Namen.

»Ich hab Angst«, flüsterte Léa.

»Wir müssen cool bleiben«, sagte Mehdi. »Lasst uns nachdenken.«

»Ein Achtzig-Kilo-Kerl und ein großes Gewehr können sich nicht einfach in Luft auflösen«, stellte Camille fest.

»Du hast recht«, sagte Julien. »Maxime muss also noch im Haus sein.«

»Aber wo, verdammt?«, rief Camille, die Maximes Verschwinden sichtlich mitnahm.

»Es gibt nur einen Ort, an dem wir noch nicht gesucht haben.«

»Der Dachboden!«, rief Léa.

Sie folgten dem Flur zu der Tür, die auf den Speicher führte. Plötzlich blieb Mehdi wie angewurzelt stehen. Die anderen drängten sich hinter seinem Rücken zusammen.

»Was ist los?«, fragte Camille.

»Die Tür ist offen.«

»Weiter!«

»Pst!«

»Jetzt oder nie!«

»Und womit sollen wir angreifen? Etwa hiermit?«

Er hielt ihr den Kuhfuß unter die Nase.

»Ich gehe.« Wild entschlossen umklammerte Camille ihren Hammer.

»Ich auch.« Léa schwenkte den Stiel der Hacke.

Mehdi streckte den Arm aus und versperrte ihnen den Weg.

»Rührt euch nicht vom Fleck und seid still.«

»Hast du Schiss, oder was?«, fragte Julien.

»Misch dich nicht ein, Schwuchtel!«

»Wie hast du mich genannt?«

»Pst!«

Etwas polterte die Dachbodentreppe herab. Reflexhaft wich Mehdi zurück und trat seinen Freunden auf die Füße. Ein Stein prallte gegen die Tür und rollte auf den Flur. Dann ein zweiter, ein dritter, ein vierter … Das Getöse war ohrenbetäubend. Es klang, als würde das ganze Haus einstürzen.

»Weg hier!«, zischte er.

Mehdi trat den Rückzug an und die Freunde brachten sich am anderen Ende des Flurs in Sicherheit.

Der Steinschlag hörte auf und es wurde wieder still. Ohne Mehdi eines weiteren Blickes zu würdigen, marschierte Camille auf die angelehnte Speichertür zu. Sie war bereit zum Kampf. Léa folgte ihr. Wenn sie abwarteten, hatten sie zwar mehr Zeit zum Nachdenken, aber wenn sie handelten, ließ sich die Angst besser verdrängen.

»Warte auf uns«, flüsterte Léa.

»Dieses Mal lasse ich mich nicht zurückhalten.«

»Du hast recht, wir müssen es hinter uns bringen, sonst krieg ich noch vor Sonnenaufgang einen Herzinfarkt.«

Camille stieß die Tür mit dem Hammer auf und warf einen Blick zur Treppe.

Seite an Seite kletterten die Mädchen die Stufen hinauf. Julien war direkt hinter ihnen.

»Verdammt, woher kommen all diese Steine?«, knurrte Mehdi von unten.

»Das werden wir gleich wissen«, gab Camille zurück.

Camille und Léa schoben die Köpfe durch die Dachbodenluke.

»Passt auf die Fledermäuse auf«, warnte Julien.

»Wir können nichts sehen«, informierte ihn Camille.

»Willst du mein Handy?«

»Ja, gib her, meins hab ich im Arbeitszimmer vergessen.«

Sie griff nach Juliens Smartphone, dessen Taschenlampenfunktion aktiviert war, hielt es in Höhe ihrer Augen, die sich einige Zentimeter über dem Boden befanden, und richtete es auf den Dachboden vor sich. Tausend Staubkörner tanzten in dem Lichtstrahl, der außerdem unzählige Spinnweben und seltsame Insekten beleuchtete. Das Licht wurde zur Mauer hin immer schwächer, sodass der hintere Teil des Speichers im Halbdunkel blieb. Doch weder Camille noch Léa wagten sich weiter vor. Die Fledermäuse und vor allem der geheimnisvolle

Steinschlag hielten sie davon ab. Camille spürte Léas Atem in ihrem Nacken. Der Lichtstrahl traf auf einige Kisten, die verstreut herumstanden.

»Wir sollten die Kartons durchsuchen«, schlug Léa vor.

»Vorher leuchte ich einmal alles ab.«

»Könnt ihr was sehen?«, fragte Julien.

»Bis jetzt alles okay«, informierte ihn Camille. »Wo ist Mehdi?«

»Er bewacht die Tür. Ich glaube, deine Befehlsverweigerung hat ihm nicht gefallen und jetzt ist er beleidigt.«

»Er spielt sich ein bisschen zu sehr als Chef auf.«

»Trotzdem hat er einen guten Riecher, das musst du zugeben.«

»Ja, und wegen seines Riechers ist uns vielleicht der Steinewerfer entwischt.«

Camille hatte etwas auf dem Boden entdeckt, das im Licht des Handys aufblitzte.

»Was ist das?«

»Sieht aus wie … eine Brille. Das ist die Brille von Marie!«

Camille streckte den Arm mit dem Handy aus, sodass der Lichtstrahl nun bis zur Rückwand des Dachbodens reichte.

Dort hockte ein kleines Mädchen und starrte sie an.

33.

Camille schrie auf und ließ das Smartphone fallen, was eine Kettenreaktion auslöste. Léa schrie ebenfalls und stieß mit dem Fuß gegen Juliens Kopf, der daraufhin das Gleichgewicht verlor. In der plötzlichen Dunkelheit versuchte Camille, die Treppe hinunterzuklettern, trat auf Julien, der sich gerade aufrappeln wollte, taumelte und bekam von Léa einen Stoß in die Rippen. Léa wiederum hatte keine Ahnung, was los war. Sie wusste nur, dass auf dem Dachboden etwas Unheimliches lauerte. In der allgemeinen Verwirrung polterten alle drei die Treppe hinunter und landeten im Flur, genau wie die Steine kurz zuvor.

»Verdammt, was sollte das?«, schimpfte Julien und rieb sich die Augen.

Camille schloss die Tür zur Treppe und lehnte sich mit dem Rücken dagegen.

»Es war Camilles Schuld«, verteidigte sich Léa. »Sie ist ausgeflippt!«

Julien warf Camille einen fragenden Blick zu. »Was hast du gesehen?«

Camille versuchte, wieder zu Atem zu kommen. Ihre Brust hob und senkte sich im Rhythmus ihres wild schlagenden Herzens.

»Wir haben Rimas Brille gesehen«, sagte Léa.

»Und das hat euch so in Panik versetzt?«

Camille schüttelte den Kopf und hob die Hand, um Julien zu signalisieren, dass sie erst einmal tief durchatmen musste, um ihre Stimme wiederzufinden.

»Da war …«

»Was?«

»Das glaubt ihr mir sowieso nicht …«

»Spucks aus. Inzwischen bin ich so weit, dass ich sogar an Außerirdische glaube.«

»Ein kleines Mädchen.«

»Wie bitte?«

»Da war ein kleines Mädchen auf dem Dachboden. Ich hab es gesehen. Es hat in der hintersten Ecke gesessen, völlig reglos, und mich angestarrt. Es trug …«

»Was?«

»Es trug eine Art Mundschutz.«

»Wo soll denn da oben ein kleines Mädchen herkommen?«

»Keine Ahnung!«

»Bist du sicher, dass das keine Einbildung war? Wie in *Shining*. Wäre ja kein Wunder bei den Mengen an Alkohol, die wir runtergekippt haben. Da kann die Fantasie schon mal mit einem durchgehen.«

»Ich habs euch ja gesagt.«

»Was?«

»Dass ihr mir nicht glauben werdet.«

»Was ist mit dir, Léa?«, fragte Julien. »Hast du nichts gesehen?«

»Als ich Rimas Brille erkannt habe, hat Camille auch schon losgeschrien und das Handy fallen lassen.«

»Verdammt, hoffentlich hast du mein iPhone nicht geschrottet!« Julien runzelte die Stirn. »Wo ist es?«

»Auf der Treppe. Aber glaub bloß nicht, dass ich jetzt die Tür aufmache.«

»Ich muss wissen, ob es noch funktioniert.«

»Wie, jetzt sofort? Willst du ein Selfie machen, oder was?«
»Red nicht so mit mir, klar?«
»Wo ist eigentlich Mehdi?«, fragte Léa plötzlich.
Sie sahen sich um.
Sie waren nur noch zu dritt.

34.

Sie suchten Mehdi im ersten Stock, liefen den Flur entlang und riefen seinen Namen.

»Vielleicht ist er abgehauen, um sein eigenes Ding zu machen«, sagte Julien.

»Ja, genau wie die anderen«, erwiderte Léa ironisch.

»Wenn es so wäre, hätte er sicher nicht den Pferdefuß zurückgelassen«, stellte Camille fest.

»Den was?«

Sie schwenkte Mehdis Waffe, die sie vom Boden aufgehoben hatte.

»Das ist ein Kuhfuß«, korrigierte Léa.

»Ist doch völlig egal, wie das Ding heißt!«

»Wo hast du es gefunden?«

»Im Arbeitszimmer.«

»Das heißt, Mehdi ist im Arbeitszimmer verschwunden.«

»Aber wie? Dort gibt es nur zwei von innen verschlossene Fenster.«

Léa ging auf die Galerie und beugte sich über die Bretter, die den Zugang zur Treppe versperrten.

»Möglicherweise ist er über die Absperrung geklettert«, vermutete Léa.

»Warum sollte er heimlich verschwinden?«, fragte Julien.

Léas Blick wanderte vom Kuhfuß in Camilles Hand zu der Absperrung aus Holzbrettern direkt vor ihr.

»Aus demselben Grund, aus dem wir die Dachbodentreppe runtergepoltert sind. Angst.«

»Angst wovor? Glaubst du, ihm ist auch ein Mädchen erschienen? Also, jetzt sind wir wirklich mitten in *Shining*. Verfolgt von den Grady-Zwillingen! Die Kleine, die Camille auf dem Dachboden gesehen hat, trug nicht zufällig ein hellblaues Kleid mit rosa Schleife, schwarze Lackschuhe und weiße Kniestrümpfe?«

»Hör auf, du machst mir Angst!«

Léa schauderte, rieb sich über die Arme und folgte Camille ins Arbeitszimmer, wo ihre Freundin nach ihrem Handy griff und sich erschöpft aufs Sofa fallen ließ. Léa nahm die Bücher über die geheimnisvollen Vorfälle am Col de Vence und setzte sich neben Camille.

»Was machst du da?«, fragte Camille.

»Ich versuche zu verstehen.«

»Und du glaubst, die Antwort liegt in diesen Büchern?«

»Immerhin ist darin von Steinschlägen in Häusern und seltsamen Erscheinungen die Rede.«

»Okay, aber wir sollten uns erst einen Ort suchen, an dem wir sicher sind. Die Tür zum Arbeitszimmer ist komplett hinüber.«

»Du hast recht. Wir verbarrikadieren uns in einem Zimmer, das man abschließen kann.«

»Wie wärs mit dem Elternschlafzimmer? Da können wir uns hinlegen und es gibt ein Bad.«

»Gute Idee.«

»Ich nehme den Dingsbums-Fuß zusätzlich zum Hammer.«

Sie sagten Julien Bescheid und zogen ins große Schlafzimmer um, das sie sorgfältig abschlossen, bevor sie die Kommode vor die Tür schoben. Camille hielt ihr Handy in alle Richtungen, aber sie hatte immer noch kein Netz. Sie fluchte, steckte sich Kopfhörer in die Ohren, suchte Musik aus und legte sich aufs Bett, wo sie sich den Stimmen von Pharrell Williams und Katy Perry überließ, die zum fröhlichen Rhythmus von Calvin Harris zu singen begannen.

Well nothing ever last forever, no
One minute you're here and the next you're gone

Léa setzte sich in den Sessel, die beiden aufgeschlagenen Bücher auf den Knien, und versuchte das, was sie las, mit dem, was sie heute erlebt hatten, in Einklang zu bringen. Julien beobachtete sie.

»Ich kann mir schon denken, warum Miss Mishima auf dich steht«, sagte er.

»Wer?«

»Manon. Es ist deine intellektuelle Seite. Du hast die Nase immer in irgendeinem Buch, bist Shakespeare-Fan ...«

»Quatsch. Woher sollte sie das wissen?«

»Jedenfalls schien sie genau zu wissen, wie sensibel du bist.«

»Schon möglich«, gab Léa zu und versank wieder in ihren Büchern.

Julien sah auf die Uhr. Es war kurz nach eins.

»Noch zehn Stunden, bis Camilles Mutter kommt.«

35.

»Hört euch das an!«, rief Léa.

Sie las gerade in *Die Geheimnisse des Col de Vence.* Am Rand befanden sich Anmerkungen von Quentins Großvater. Julien hatte sich neben Camille gelegt, die an ihn geschmiegt eingeschlafen war. Zwischen den beiden würde zwar nie etwas laufen, trotzdem standen sie einander sehr nah. Fast wie Bruder und Schwester. Zum Teil lag das an ihrem ähnlichen Kunstgeschmack. Beide mochten alles, was schön, edel und feminin war. Julien hob den Kopf, um Léa zu signalisieren, dass zumindest er ganz Ohr war.

»Ein Mann hat seine beiden Hunde im Auto gelassen, während er mit seinen Freunden in einem Restaurant am Col de Vence essen war«, berichtete Léa. »Nach dem Essen waren die Hunde verschwunden! Dabei konnten sie weder durch die verschlossenen Autotüren noch durch die Fenster abhauen, die nur einen Spaltbreit geöffnet waren. Am Auto gab es keine verdächtigen Spuren. Der Mann war völlig fertig und hat mit seinen Freunden überall nach den Hunden gesucht. Ohne Erfolg. Also haben sie Zettel mit einer Beschreibung der Hunde verteilt. Und weißt du, was?«

»Die Typen waren betrunken.«

»Quatsch! Die Hunde wurden etwa fünfzehn Kilometer entfernt

vom Restaurant gefunden. Sie waren zusammengeblieben, ließen jedoch außer ihrem Herrchen niemanden an sich heran. Körperlich fehlte ihnen nichts, aber sie waren völlig verängstigt.«

»Gab es noch mehr Vorfälle dieser Art?«

»Hier steht, dass sich am Col de Vence zwar immer wieder alle möglichen Gegenstände auf geheimnisvolle Weise in Luft aufgelöst haben, bis dahin aber noch nie Tiere verschwunden waren.«

»Wann war das?«

»1994. Anscheinend ist so was seitdem nicht mehr vorgekommen.«

»Vielleicht wurden die Köter weggebeamt.«

»Lach nicht, aber davon scheinen die Autoren des Buches tatsächlich auszugehen. Sie erklären das Verschwinden der Hunde damit, dass sie dematerialisiert und an einem anderen Ort wieder materialisiert wurden.«

»Ernsthaft?«

»Moment.«

Léa blättert um, bevor sie weitersprach.

»Dieser Vorgang wurde bereits bei den Ufos beobachtet, die abwechselnd sichtbar und unsichtbar geworden sind. Angeblich gibt es verschiedene Stufen von Stofflichkeit. Die Dematerialisation der Hunde entspräche einem Dichte-Niveau von weniger als Mat 6.«

»Mat 6? Was bedeutet das?«

»Keine Ahnung … Aber die Forschungen zu den Ufos haben ergeben, dass es keine Verbindung zwischen den verschiedenen Dimensionen gibt, zumindest nicht zwischen unserer stofflich dichten Welt und der, in die die Hunde transportiert wurden. Während ihrer Dematerialisierung sind sie in einer anderen Raumzeit gelandet, in der das Auto, in das sie eingeschlossen waren, nicht existierte.«

»Warum sollte jemand so etwas tun?«

»Definiere *jemand*.«

»Außerirdische?«

»Davon gehen auch einige Spezialisten aus, genau wie Quentins

Großvater, der sich jede Menge Notizen in den Büchern gemacht hat. Sie glauben, die Hunde wurden von Wesen teleportiert, die herausgefunden haben, wie man die Materie beherrscht. Angeblich sollen anderswo auf der Welt auch Menschen auf dieselbe unerklärliche Weise verschwunden sein.«

Julien summte die ersten Töne der Titelmelodie von *The Twilight Zone*, bevor er antwortete.

»Schon klar, dass die Hunde nicht erzählen können, was zwischen dem Moment, in dem ihr Herrchen sie ins Auto gesperrt hat, und dem Moment, in dem man sie fünfzehn Kilometer entfernt gefunden hat, passiert ist. Aber was haben die verschwundenen Menschen gesagt?«

»Die meisten haben von Wesen berichtet, die nicht menschlich aussahen.«

Julien stand auf, ging zum Fenster und suchte mit den Augen den Himmel ab. Fast erwartete er, ein leuchtendes Dreieck zu sehen und ein paar Außerirdische bei ihrer Landung auf der Erde zu beobachten. In dieser Nacht schien alles möglich zu sein.

Plötzlich fiel ihm etwas ein.

»Jack!«

36.

»Spinnst du?« Léa schüttelte den Kopf. »Du willst doch jetzt nicht wirklich deine Ratte holen!«

»Das ist keine Ratte, sondern Jack.«

»In seinem Käfig kann ihm doch gar nichts passieren.«

»Ach ja? Woher willst du wissen, dass er nicht auch verschwindet? Und fünfzehn Kilometer von hier wiederauftaucht? Ich schätze, heute Nacht gibt es nicht besonders viele Freiwillige, die Lust haben, im Wald nach einer Ratte zu suchen.«

Julien versuchte vergeblich, die Kommode von der Tür wegzuschieben.

»Hilf mir mal!«

»Nein.«

»Dann wecke ich Camille auf.«

»Verdammt, du nervst vielleicht!«

Widerwillig stand Léa auf und gemeinsam rückten sie das schwere Möbelstück zur Seite.

»Nimm wenigstens das hier mit.« Sie hielt Julien den Kuhfuß hin.

Er griff danach und drehte den Schlüssel im Schloss.

»Keine Sorge, in zwei Minuten bin ich wieder da.«

»Ich komme mit.«

»Nein! Wir dürfen Camille nicht allein lassen.«

»Schaffst du es, über die Bretter an der Treppe zu steigen?«

»Willst du damit etwa andeuten, dass ich unsportlich bin?«

Léa grinste und Julien trat auf den Flur hinaus.

»Ich lass die Tür auf.«

»Aber nicht zu weit.«

Julien tauchte ins Halbdunkel des Flurs ein und lief um die Ecke. Im Haus war es still. Der Wind hatte nachgelassen und der Regen prasselte nicht mehr so heftig auf die Terrasse. Von unten hörte Julien ein leises Brummen. Das musste der Kühlschrank in der Küche sein. Dort hatte er Jack in seinem Käfig zurückgelassen. Er kletterte über die Absperrung vor der Treppe. Eins der Bretter war lose und gab unter seinem Gewicht nach. Julien rutschte ab und ließ den Kuhfuß fallen, der mit einem Höllenlärm die Stufen hinunterpolterte und auf den Fliesen landete. In letzter Sekunde hielt sich Julien am Treppengeländer fest und fluchte laut.

»Alles okay?«, rief Léa. Der Krach, den Juliens Sturz verursacht hatte, und sein Schimpfen waren bis ins Schlafzimmer zu hören gewesen.

»Ja, geht schon«, beruhigte er sie.

Als er das Gleichgewicht wiedergefunden hatte, sank er auf eine Treppenstufe und zog ein Hosenbein seiner Jeans hoch. Beim Anblick der Schnittwunde an seiner Wade verzog er das Gesicht. Er blieb noch einen Moment sitzen, um sich zu sammeln, dann ging er die Treppe hinunter ins Wohnzimmer. Der Kuhfuß hatte einen Sprung in einer Fliese hinterlassen. Genau wie der Stein, der daneben lag, als wäre er vom Himmel gefallen. Julien hielt sich die Nase zu, als er den hartnäckigen Gestank wahrnahm, der ihm vorhin schon aufgefallen war. Woher kam dieser widerliche Geruch?

Er hörte ein Geräusch und erstarrte.

Es war jemand auf der Toilette.

Er zögerte.

Es gab drei Möglichkeiten. In die Küche rennen und Jack holen, auf der Stelle nach oben zu den Mädchen zurückkehren oder sich um das Geräusch auf dem Klo kümmern.

Julien dachte an seine verschwundenen Freunde. Wenn er ihnen helfen wollte, musste er dem Feind gegenübertreten. Er nahm all seinen Mut zusammen und entschied sich für die dritte Möglichkeit.

Er hob den Kuhfuß auf und schlich zur Toilette, bereit, dem Wesen, das sich dort versteckte, den Schädel einzuschlagen. Vorsichtig hielt er ein Ohr an die Tür und wich zurück, als es auf der anderen Seite raschelte.

Er atmete einmal tief durch, um seinen Herzschlag zu beruhigen, legte die Hand auf die Klinke, drückte sie langsam herunter und öffnete sachte die Tür. Sie quietschte leise und das Rascheln erstarb augenblicklich. Julien lugte durch den schmalen Spalt, aber er konnte nichts sehen. Ihm blieb nichts anderes übrig, als Licht zu machen. Er streckte die Hand aus und tastete sich Zentimeter für Zentimeter zum Lichtschalter vor.

Licht flutete in den Raum. Nichts. Er stieß die Tür ganz auf. Etwas schlüpfte zwischen seine Beine.

»Jack!«

Die Ratte sauste hinter das Sofa. Julien ging in die Küche. Jacks Käfig stand dort, wo er ihn zurückgelassen hatte. Er war verschlossen.

»Das ist unmöglich!«

Es sei denn, er glaubte Léas Geschichten von parallelen Universen. Aber warum sollte jemand Jack aus seinem Käfig in die Toilette beamen? Das war absurd!

Wieder hörte Julien ein Geräusch. Doch diesmal war es nicht Jack. Es kam aus dem Esszimmer, wo sie die Ouija-Séance abgehalten hatten. Julien griff nach dem Käfig und eilte ins Wohnzimmer, um Jack zu holen. Er schob das Sofa zur Seite und wollte sich die Ratte greifen.

»Da bist du ja!«

Das Tier bewegte sich nicht. Es starrte Julien mit bebenden Schnurrhaaren an. Jack hatte Angst. Er zitterte.

»Keine Sorge, Kumpel, dematerialisiert zu werden ist halb so schlimm!« Julien streckte den Arm nach dem Ausreißer aus.

In Jacks kleinen Augen konnte er nicht erkennen, was die Ratte so erschreckte. Auch nicht, wer direkt hinter ihm stand.

37.

Camille drehte sich auf die andere Seite und öffnete die Augen. Es dauerte einen Moment, bis sie begriff, dass sie in einem fremden Zimmer lag und allein war. Julien war aufgestanden. Léa hatte ihren Sessel verlassen.

Sie massierte sich die Schläfen, um eine beginnende Migräne zurückzudrängen. Sie hatte zu viel getrunken. Vorsichtig setzte sie sich auf. Ihr war übel.

»Wo seid ihr?«

Sie wandte den Kopf zur Badezimmertür, hinter der flüsternde Stimmen zu hören waren, und setzte einen Fuß auf die kalten Fliesen. Der Boden schwankte wie auf einem Schiff im Sturm. Sie hielt sich am Nachttisch fest und ging Richtung Bad. Sie wollte wissen, worüber Léa und Julien sprachen, ohne dass sie es mitbekommen sollte.

»Sie ist total durchgeknallt ...« Das war Léa.

»Mir kam ihr Spiderwalk-Auftritt schon seltsam vor, aber seit sie beim Ouija diesen irren Lachflash hatte, mach ich mir ernsthaft Gedanken ...«

»Glaubst du an die Geschichte von dem kleinen Mädchen auf dem Dachboden?«

»Natürlich nicht! Das ist doch Unsinn, genau wie alles andere ...«

»Fragt sich nur, ob sie wirklich verrückt geworden ist oder …«

Léa zögerte.

»Oder was?«

»Oder ob es gar nicht Camille ist.«

»Fang bloß nicht auch noch an zu spinnen!«

»Ich hab so viele Filme gesehen, in denen bösartige Wesen die Kontrolle über die Körper ihrer Opfer übernommen haben … Und dann diese Gegend hier, in der ständig seltsame Dinge passieren …«

»Es muss eine andere Erklärung geben.«

»Wie auch immer sie lautet, sie macht mir Angst.«

»Wir beide müssen einander vertrauen.«

»Ich liebe dich, Julien.«

»Ich dich auch, Léa.«

Camille war auf einen Schlag hellwach, stocknüchtern und stinksauer. Sie konnte kaum glauben, was sie gerade gehört hatte. In einem ersten Impuls wollte sie ins Badezimmer stürmen, hielt sich aber gerade noch rechtzeitig zurück, um weiter zu lauschen. Außerdem hatten die beiden bestimmt abgeschlossen. Hinter der Tür raschelten Kleider, es waren schmatzende Geräusche, Stöhnen und unterdrücktes Kichern zu hören. Verdammt! Die vögelten direkt nebenan, obwohl ihre Freunde entführt worden waren. Ausgerechnet Julien und Léa! Ein Schwuler und eine Lesbe!

Angewidert wandte Camille sich ab. Ihr war schwindelig und sie musste all ihre Kräfte zusammennehmen, um es zurück zum Bett zu schaffen, ohne umzukippen. Sie wagte nicht, sich hinzulegen, aus Angst einzuschlafen, und setzte sich lieber auf die Bettkante. Sie durfte nicht schlafen. Ihre Freunde vertrauten ihr nicht mehr. Camille war ihre Feindin geworden.

Sie musste eine Entscheidung treffen. Und zwar schnell.

Am besten, sie zog erst mal Schuhe an, damit sie jederzeit fluchtbereit war. Sie beugte sich vor und wollte nach einem ihrer Vans greifen, doch ihr wurde augenblicklich schlecht. Schnell setzte sie sich auf, um die Makrouds zurückzudrängen, die wieder herauswollten. Da hörte sie ein kratzendes Geräusch. Diesmal kam es nicht aus dem Badezimmer. Reflexhaft zog sie die Füße hoch. Unter dem Bett bewegte sich etwas. Ein Tier? Eine Ratte? Jack? Vielleicht hatte Julien sie geholt, während sie geschlafen hatte.

Camille legte sich bäuchlings aufs Bett und versuchte, darunter zu schauen, aber die herabhängende Überdecke versperrte ihr die Sicht. Sie schob den schweren Stoff etwas zur Seite und rutschte weiter nach vorn. Jetzt hing sie kopfüber vom Bett, was eine neue Welle der Übelkeit zur Folge hatte. Immerhin konnte sie so einen Blick unter das Bett werfen.

Das kleine Mädchen kroch in einer unglaublichen Geschwindigkeit auf sie zu.

Mit einem Schrei fuhr Camille hoch. Das Mädchen vom Dachboden! Sie hatte sich wie ein Reptil bewegt, unnatürlich flink und behände. Auf dem Bett sitzend griff Camille nach einem Kissen, um sich zu verteidigen. Sie rief nach Julien und Léa, aber die beiden reagierten nicht. Camilles Blick war auf den Fußboden gerichtet, jeden Moment erwartete sie den Angriff des kleinen Mädchens.

»Verdammt, wer bist du? Was willst du von mir?«

Sie meinte, ein Kichern zu hören.

»Komm da raus, damit wir es zu Ende bringen können!«

Das Mädchen zeigte sich nicht. Spielte es Verstecken?

»Léa, Julien, Hilfe!«

Etwas griff nach ihrem Bein. Camille war der Bettkante zu nahe gekommen. Das Mädchen hatte sie mit einem unverhältnismäßig langen Arm gepackt, ohne aus seinem Versteck zu kommen. Camille ließ das Kissen los und versuchte, sich zu befreien. Doch die Hand, die sie festhielt, war gar keine. Und der dazugehörige Arm hatte nichts Menschliches.

Camille begann zu schreien.

38.

Sie kämpfte gegen die dämonischen Kräfte, die sie auf dem Bett festhalten wollten.

»Camille, verdammt, beruhige dich!«, brüllte Léa.

Sie saß rittlings auf Camilles Brust, was vielleicht nicht die beste Methode war, um ihre Freundin zur Vernunft zu bringen. Camille wand sich wie ein Aal, warf sich auf die Seite, zog Léa mit und setzte sich auf sie. Nun waren ihre Positionen vertauscht. Léa versuchte, unter Camille durchzuschlüpfen, blieb aber mit dem Kopf unter ihrem Po stecken und bekam keine Luft mehr. In einem letzten verzweifelten Versuch streckte sie den Arm aus und kniff Camille in die Brust. Mit einem Schmerzensschrei sprang Camille vom Bett. Léa erhob sich ebenfalls.

Mit knallroten Gesichtern standen die Mädchen einander gegenüber, die Augen voller Hass.

»Du bist echt krank!«, rief Camille und massierte sich die Brust.

»Wie bitte? Ich wäre fast unter deinem Hintern erstickt!«

»Du hast dich doch auf mich draufgesetzt!«

»Weil du im Schlaf fantasiert hast«, verteidigte sich Léa.

»Wo ist das kleine Mädchen?«

»Wovon sprichst du?«

Vorsichtig hob Camille die Überdecke. Unter dem Bett war niemand.

»Was machst du da?« In Léas Stimme schwang Angst mit.

»Wo ist Julien?«

»Hast du ihn unter dem Bett gesucht?«

Camille ging ins Bad. Es war leer. Sie kniete sich vors Klo und übergab sich. Léa trat hinter ihre Freundin und hielt ihr behutsam die Haare zurück, damit sie nicht schmutzig wurden. Sie versuchte, Camille zu erklären, was passiert war.

Während Camille geschlafen hatte, war Julien nach unten gegangen, um Jack zu holen. Léa hatte ihn nicht davon abhalten können. Julien wäre fast die Treppe runtergefallen, hatte ihr aber versichert, dass alles in Ordnung sei. Seitdem hatte sie nichts mehr von ihm gehört. Er war nicht zurückgekommen. Sie hatte nach ihm gerufen, ohne eine Antwort zu bekommen. Was sollte sie tun? Ihn suchen gehen oder bleiben, wo sie war? Die Sekunden waren verstrichen, ohne dass sie etwas unternahm. Ihr schlechtes Gewissen hatte sie damit beruhigt, dass sie Camille nicht allein lassen durfte. Außerdem war Julien wahrscheinlich sowieso längst verschwunden, sonst hätte er bestimmt geantwortet.

Also hatte Léa die Tür wieder abgeschlossen und weiter in den Büchern über den Col de Vence gelesen. Camille hatte im Schlaf leise vor sich hin gemurmelt und war immer unruhiger geworden, bis sie schließlich anfing zu schreien und um sich schlug, als würde sie gegen einen unsichtbaren Gegner kämpfen. Einen Augenblick hatte Léa die abwegige Angst verspürt, ihre Freundin würde sich gleich vor ihren Augen dematerialisieren. Also hatte sie sich auf Camille geworfen, ohne wirklich zu wissen, ob sie gegen einen unsichtbaren Feind oder ihre in einem Albtraum gefangene Freundin kämpfte. Es hatte sie einige Mühe gekostet, Camille in die Realität zurückzuholen, auch wenn sie nur die schnöde, aber irgendwie beruhigende Form einer Kloschüssel hatte.

»Ich trinke nie wieder so viel«, gelobte Camille zwischen zwei Hicksern.

»Ich glaub nicht, dass dir nur vom Alkohol so übel ist.«

Camille stand auf und ging zum Waschbecken, um sich den Mund auszuspülen.

»Keine Sorge, ich bin nicht schwanger.«

»Das meine ich nicht.«

»Was dann?«

»Dir ist schlecht vor Angst. Außerdem hat dich die Ouija-Séance vorhin ganz schön mitgenommen.«

»Das zählt nicht.«

»Wieso?«

»Kurz vorher, als wir getanzt haben, hat Maxime mich gebeten, ihm zu helfen, damit die Séance glaubwürdiger wirkt. Ich sollte den Zeiger bewegen und so tun, als wäre ich besessen. Ich hab so gut geschauspielert, dass mir alle den hysterischen Lachanfall abgenommen haben. Selbst dann noch, als der Schwindel mit Manon aufgeflogen ist. Darum hab ich euch in dem Glauben gelassen.«

Camille trocknete sich die Hände ab, drehte sich zu Léa um und umarmte sie, bevor ihre Freundin auf diese neue Enthüllung reagieren konnte.

»Halt mich fest.«

Léa drückte sie an sich.

»Es tut mir leid«, murmelte Camille, den Kopf an Léas Schulter.

»Ist das mit dem kleinen Mädchen auch nur erfunden?«

»Nein, das war wirklich so. Ich hab sie mit eigenen Augen gesehen. Und es war weder eine Halluzination noch ein Albtraum wie gerade eben.«

»Was hast du denn geträumt?«

»Darüber möchte ich nicht reden.«

»Lass es raus! Leere nicht nur deinen Magen, sondern auch deinen Kopf.«

»Besser nicht.«

Camille wollte die absurde Szene zwischen Léa und Julien, die sie geträumt hatte, lieber für sich behalten. Genauso wie den Angriff des kleinen Mädchens mit der Gesichtsmaske, der sie bis in den Schlaf verfolgt hatte. Camille wollte ihre Freundin nicht noch mehr beunruhigen. Angst war ansteckend. Sie mussten noch ein paar Stunden durchhalten und sie brauchte Léas Mut.

Denn jetzt waren sie nur noch zu zweit.

39.

Léa und Camille hatten sich auf dem Himmelbett aneinandergeschmiegt, auf der Suche nach ein wenig Geborgenheit. Léa schlang von hinten die Arme um ihre Freundin und streichelte ihr übers Haar.

»Gehts?«

Camille antwortete nicht. Léa umarmte sie fester und bat sie, jetzt nicht durchzudrehen. Ihr Atem strich über Camilles Nacken und Camille entspannte sich langsam.

Léa kicherte.

»Warum lachst du?«

»Ich musste gerade daran denken, dass die halbe Schule jetzt bestimmt liebend gern mit mir tauschen würde.«

»Von wegen!«

»Die meisten würden einiges dafür geben, das schönste Mädchen der Schule in den Armen zu halten.«

Camille dachte an Maxime, der bereit war, für sie ein anderer Mensch zu werden. Seine Worte hatten sie berührt.

Das Flüstern des Regens, der wieder stärker geworden war, dämpfte die anderen Geräusche der Nacht.

»Warum hast du Manon geküsst?«, fragte Camille plötzlich.

»Was?«

»Warum hast du das getan?«

»Das hat euch echt schockiert, was?«

»Sie ist ein Mädchen, verdammt!«

»Noch nie hat jemand so mit mir geredet wie Manon … Erst hab ich sie zurückgestoßen, als sie mich plötzlich geküsst hat. Es war wie ein Reflex. Als ob meine Familie, mein Religionslehrer, Quentin, ihr alle mich beobachten würdet. Doch dann hab ich ihren Blick gesehen und bin schwach geworden.«

»Du bist zu sensibel.«

»Ich weiß.«

»Quentin hat das jedenfalls ganz und gar nicht gefallen.«

»Ist mir nicht entgangen. Ich hatte nicht mal Zeit, mich mit ihm auszusprechen.«

»Liebst du ihn noch?«

»Ehrlich gesagt läuft es gerade nicht so gut zwischen uns. Er und seine kindischen Youtube-Videos gehen mir auf die Nerven. Außerdem will er nie was mit mir allein machen. Immer muss die ganze Gruppe dabei sein. Als hätte er Angst, es könnte sonst zu ernst werden.«

»In unserem Alter sind Mädchen einfach viel weiter als Jungs, das ist das Problem.«

»Wir hätten niemals die goldene Cliquen-Regel brechen und ein Paar werden dürfen. Wenigstens hast du …«

»Pst!«, zischte Camille.

»Was ist?«

»Hast du das auch gehört?«

»Nein.«

»Unter dem Bett.«

Léa löste sich von Camille und warf einen schnellen Blick unter das Bett. Nichts.

»Das kleine Mädchen«, begann Camille. »Ich bin sicher, dass sie uns heimlich beobachtet.«

»Die vom Dachboden?«

»Ja.«

»Die Monster verstecken sich nicht unter unseren Betten, sondern in unseren Köpfen.«

»Glaubst du, ich hab das nur erfunden?«

»Das wollte ich damit nicht sagen.«

»Dann bin ich also verrückt, oder was? Die anderen sind gar nicht verschwunden. Sie sitzen unten im Wohnzimmer und lachen sich tot. Oder ich bin so betrunken, dass ich mir lauter verrückte Dinge einbilde. Wenn es das ist, was du meinst, sag es mir bitte direkt ins Gesicht!«

Léa schmiegte sich wieder an Camille und versuchte, sie zu beruhigen.

»Du bist nicht verrückt. Nur ein bisschen betrunken und angespannt. Wir befinden uns beide in einer Situation, die wir nicht verstehen. Aber wir sind immer noch hier. Wir leben, haben uns eingeschlossen und sind bereit zu kämpfen. Nur noch ein paar Stunden, dann kommt deine Mutter. Solange wir in diesem Zimmer bleiben und nicht in Panik geraten, kann uns nichts passieren.«

»Wie schaffst du es bloß, nicht durchzudrehen?«, fragte Camille. »Du bist die Ängstlichste aus der Clique und jetzt bist ausgerechnet du diejenige, die mir Mut machen will!«

»Ich glaube, gerade meine Angst hat mich bisher gerettet. Wie Laertes zu Ophelia sagt: ›Sei behutsam! Denn Furcht gibt Sicherheit.‹«

»Wer sind Laertes und Ophelia?«

»Zwei Figuren aus *Hamlet*. Bruder und Schwester.«

»Wenn ich Angst habe, bin ich wie gelähmt.«

»Nutz die Angst und stell dir vor, wie du auf das Schlimmste reagieren würdest, was passieren könnte. Meistens ist die echte Gefahr viel kleiner, als du denkst.«

»Sechs unserer Freunde sind verschwunden, plus Clément und Manon! Und du glaubst, die echte Gefahr ist kleiner, als wir denken? Was soll denn noch alles passieren?«

»Das Problem ist, dass wir nicht wissen, worin die echte Gefahr besteht. Wir wissen weder, was aus den anderen geworden ist, noch, wer sie entführt hat.«

»Die Ungewissheit ist das Schlimmste.«

»Als ich klein war, haben meine Eltern mir oft Märchen erzählt, von denen einige echt gruselig waren.«

»Wie nett von deinen Eltern.«

»Aber sie hatten recht. Die Märchen haben mir gezeigt, dass man seine Ängste überwinden kann. Ganz egal, ob man sich davor fürchtet, entführt, eingesperrt, verlassen, gefressen oder getötet zu werden. Am Ende geht meistens alles gut aus.«

»Das sind doch nur Märchen …«

»Trotzdem kannst du dich als Kind leicht hineinversetzen. Die Märchen bringen dir bei, Angst zu haben, aber sie zeigen dir auch etwas anderes Wichtiges: Am Ende wirst du es schaffen, die böse Hexe, die dich fressen will, zu verbrennen. Und was Hänsel und Gretel können, können wir auch, oder?«

»Das hängt vom Märchen ab. Wird Rotkäppchen nicht am Schluss vom Wolf gefressen?«

»Ja, in der Version von Perrault. Bei den Brüdern Grimm schneidet der Jäger den Bauch des Wolfs auf und befreit Rotkäppchen und die Großmutter.«

»Also brauchen wir nur auf den Jäger zu warten, der uns rettet.«

»Rotkäppchen war allein und ziemlich leichtgläubig. Wir sind zu zweit und längst nicht so naiv.«

»Zumindest weniger naiv als zu Beginn des Abends.«

40.

Léa und Camille glitten in einen leichten Schlaf, übermannt von Müdigkeit und Alkohol. Doch die Angst ließ sie nicht zur Ruhe kommen. Léa hatte die Nase in Camilles duftenden blonden Haaren vergraben. Plötzlich fiel ein Lichtschein durchs Fenster und riss sie aus ihrem Dämmerzustand.

»Da draußen ist jemand!«

Camille zuckte zusammen und schoss in die Höhe. Léa war schon zum Fenster gestürzt, während Camille lieber auf dem Bett blieb.

»Was siehst du?«

»Ein Licht! Es kommt aus dem Wald.«

»Der Jäger!« Camille war in Gedanken noch beim Märchen von Rotkäppchen. »Los, ruf ihn!«

Léa zögerte. Und wenn es die Entführer waren? Auf dem Bett kniend beschwor Camille ihre Freundin, sich bemerkbar zu machen. Léa öffnete das Fenster und schrie um Hilfe. Das Licht verschwand.

»Mist, jetzt haben wir uns verraten.«

»Sie wissen doch sowieso, wo wir sind«, sagte Camille. »Einen Versuch war es wert.«

Léa suchte mit den Augen den Waldrand ab, doch in der mondlosen Nacht und durch den Schleier aus Regen konnte sie keine verdächtige Bewegung entdecken. Verzweifelte Schreie ließen ihr das Blut in den Adern gefrieren.

»Was war das?« Camille schluckte.

Léa schloss das Fenster.

»Keine Ahnung.« Wie versteinert starrte sie Camille an.

»Mach das Fenster auf! Vielleicht waren es die anderen, die um Hilfe rufen.«

»Selbst wenn, was würdest du tun? In den Wald laufen und sie retten?«

»Ich will wenigstens wissen, ob sie es sind. Und ob sie noch leben.«

Léa öffnete das Fenster wieder. Aus der Dunkelheit schallten ihnen seltsame Laute entgegen. Es grunzte, knurrte, gurrte, pfiff, keuchte, gackerte, heulte und kläffte. Es klang, als wäre dort draußen eine ganze Armee von Geistern, Vampiren und Außerirdischen, die sich zum Angriff bereit machte.

»Was ist das?« Camille klang panisch.

»Ich glaube, das ist normal.«

Léa, die krampfhaft versuchte, eine logische Erklärung zu finden, machte die Tiere im Wald für den Lärm verantwortlich. Einige von ihnen waren offenbar besonders gesprächig.

»Es waren auch menschliche Schreie dabei«, beharrte Camille.

»Manche Tiere machen seltsame Töne.«

»Woher willst du das wissen?«

»Bei meiner Großmutter gibt es auch viele Tiergeräusche. Sie wohnt in einem Chalet in der Schweiz, nicht weit vom Wald. Der Schrei eines Fuchses oder eines Igels hört sich fast so an wie ein Mensch, der gerade abgestochen wird. Wildschweine können einen auch ziemlich erschrecken. Ihr Grunzen klingt wie ein Monster mit Schnupfen.«

»Ich wusste gar nicht, dass du dich so gut mit der Sprache der Tiere auskennst.«

Zum Glück wusste Camille auch nicht, dass Léa wesentlich besser darin war, andere zu beruhigen, als Tiergeräusche zu analysieren.

41.

Léa hoffte, der Lichtschein würde noch einmal auftauchen. Aber die Nacht blieb hoffnungslos schwarz, nass und voller seltsamer Geräusche.

»Komm«, sagte Camille. »Oder willst du bis morgen früh am Fenster stehen?«

Léa schloss die Fensterflügel und kehrte zu Camille aufs Bett zurück.

»Seit fast zwei Stunden ist nichts mehr passiert«, stellte sie fest.

»Glaubst du, wir kommen hier lebend raus?«

»Warum nicht? Solange wir zusammen sind und in diesem Zimmer bleiben.«

Camille drückte Léas Hand. »Du hast recht.«

»Die Dematerialisierung scheint nur zu funktionieren, wenn man allein ist … Verdammt, hab ich das gerade wirklich gesagt? Ich geh pinkeln, das bringt mich auf andere Gedanken.«

Léa marschierte ins Bad.

Camille musste auch mal, aber seit ihrem Albtraum traute sie sich nicht mehr, einen Fuß aus dem Bett zu setzen. Immer wieder sah sie die Hand des kleinen Mädchens vor sich, die nach ihrem Bein gegriffen hatte.

»Lass die Tür offen«, bat sie.

»Mach ich.«

Sie hörte, wie Léa die Hose runterzog, pinkelte, sich abwischte, die Spülung betätigte und sich die Hände wusch … Eine Abfolge beruhigender Geräusche, die bewiesen, dass ihre Freundin noch da war. Trotzdem fürchtete Camille, Léa könnte jeden Moment mit einem entsetzten Ausdruck auf dem Gesicht verschwinden.

»Alles okay? Bist du noch da?«

Keine Antwort.

»Léa?«

»Was?«

»Bist du noch da?«

»Ja, keine Sorge. Ich hab nur gerade einen Blick in den Spiegel geworfen. Ich seh aus wie eine Vogelscheuche.«

»Wahrscheinlich wurden wir noch nicht angegriffen, weil wir so furchterregend sind.«

»Na also!« Léa kam aus dem Bad. »Du hast deinen Sinn für Humor wiedergefunden. Das ist ein gutes Zeichen.«

»Hab ich mir von Maxime abgeguckt.«

Camille spürte einen Stich, als sie seinen Namen aussprach.

»Kannst du einen Blick unters Bett werfen?«, bat sie Léa.

»Schon wieder?«

»Ich muss aufs Klo, aber ich trau mich nicht aufzustehen.«

Léa bückte sich. Ganz kurz kam ihr der Gedanke, zu schreien und so zu tun, als hätte sie das kleine Mädchen gesehen, aber sie hielt sich zurück. Es war der falsche Moment. Außerdem fehlte das Publikum, das darüber lachte. Also ließ sie nur ihren Blick über den Boden wandern, um Camille zu beruhigen. Ein länglicher Gegenstand auf der anderen Seite des Bettes erregte ihre Aufmerksamkeit. Sie konnte nicht erkennen, was es war.

»Was ist das?«

»Hör auf, mir Angst zu machen!« Stöhnend rollte sich Camille auf der Überdecke zusammen.

Léa erhob sich und ging um das Bett herum, nachdem sie einen kurzen Abstecher zum Sessel gemacht hatte, um ihre Hacke zu holen.

»Was machst du da?«, fragte Camille ängstlich.

»Nichts.«

»Und was willst du dann mit der Hacke?«

»Man kann nie wissen.«

»Verdammt, was hast du gesehen?«

Vorsichtig näherte sich Léa der linken Seite des Bettes und schob den Stiel der Hacke darunter. Als nichts passierte, wurde sie mutiger und stocherte unter dem Bett herum, bis sie auf etwas Weiches stieß. Mit einem Ruck zog sie die Überdecke hoch.

Es war eine Nackenrolle.

Sie musste während der Rangelei mit Camille heruntergefallen sein. Léa hob die Rolle auf und warf sie aufs Bett.

»Mensch, hast du mir einen Schreck eingejagt!«, schimpfte Camille.

»Du erzählst doch immer von dem kleinen Mäd…«

Léa wurde von einem Geräusch auf dem Flur unterbrochen.

»Hast du das auch gehört?«, fragte Camille.

Auf Zehenspitzen schlich Léa zur Tür und spitzte die Ohren. Trappelnde Schritte, die schnell näher kamen. Als würde jemand über den Flur rennen.

Teketeketeketeke!

»Es ist jemand im Haus«, flüsterte sie.

Camille blickte mit vor Angst aufgerissenen Augen zur Tür.

Leise zog Léa den Schlüssel aus dem Schloss und sah durchs Schlüsselloch. Im Flur brannte Licht. Dabei war sie sich sicher, es vorhin ausgemacht zu haben. Abgesehen von der gegenüberliegenden Wand konnte sie nicht viel erkennen. Plötzlich verdunkelte ein Schatten ihr ohnehin schon eingeschränktes Sichtfeld. Léa trat zurück und bedeutete Camille, still zu sein. Ein paar Sekunden später sah sie noch einmal durchs Schlüsselloch.

Ein Auge starrte sie an.

Léa schrie.

Trappelnde Schritte auf dem Flur. Jemand rannte weg.

Teketeketeketeketeketeketeketeketeketeke!

Es war kein Zweifel möglich. Man hatte sie gefunden.

42.

Drei Uhr morgens. Seit sie die Schritte auf dem Flur gehört und das unheimliche Auge durchs Schlüsselloch gesehen hatten, war alles ruhig geblieben. Irgendwann hatte Camille es nicht mehr ausgehalten und war auf die Toilette gestürzt, eskortiert von Léa. Danach hatten sie sich auf dem Himmelbett hinter einem Haufen Kissen verschanzt, bewaffnet mit Hammer und Hacke.

»Die hecken bestimmt gerade irgendwas aus«, vermutete Léa.

»Du stellst dir das Schlimmste vor, oder? So wie du es mir vorhin erzählt hast.«

»Das Schlimmste wäre, wenn sie durch Wände gehen könnten oder die Tür einschlagen würden. Aber die anderen sind nacheinander verschwunden, immer wenn einer alleine war. Ich weiß nicht, warum, aber so sind sie von Anfang an vorgegangen. Einer nach dem anderen.«

»Worauf willst du hinaus?«

»Sie können uns nicht beide gleichzeitig entführen. Also werden sie alles tun, um uns zu trennen.«

Léa dachte laut nach, um die beklemmende Stille zu füllen. Außerdem lenkte es Camille ab.

»Die Schlussfolgerung lautet: Wir bewegen uns nicht vom Fleck.

Sobald wir einen Fuß vor die Tür setzen, besteht die Gefahr, dass wir getrennt werden. Dann hätten sie gewonnen.«

»Und wenn sie angreifen? Was machen wir dann?«

»Noch mal: Wir bewegen uns nicht vom Fleck. Wenn sie wirklich so stark wären, wären wir schon nicht mehr hier.«

Die Mädchen zuckten zusammen, als plötzlich jemand gegen die Tür hämmerte.

»Sie greifen an!«, rief Camille.

»Also können sie nicht durch Wände gehen, das ist beruhigend.«

Die Schläge waren so regelmäßig wie ein Metronom. Die Tür gab nicht nach. Jetzt polterte auch noch etwas gegen die Fensterläden.

»Wir sitzen in der Falle«, jammerte Camille.

Léa stand auf und wollte das Fenster öffnen.

»Was tust du da?«, schrie Camille.

»Ich will wenigstens nicht dumm sterben. Ich will wissen, mit wem ich es zu tun habe, und dieser verdammten Hexe, die uns fressen will, ins Gesicht sehen!«

Léa stieß die Fensterflügel so heftig auf, dass sie gegen die Mauer knallten. Sie starrte in die Nacht.

»Niemand da«, stellte sie verblüfft fest.

»Woher kam dann der Krach?«

»Keine Ahnung.«

»Das gibts doch nicht!«

Die Schläge gegen die Schlafzimmertür hatten nicht nachgelassen.

Bumm! … Bumm! … Bumm! … Bumm! … Bumm! …

Léa beugte sich aus dem Fenster. Ungefähr drei Meter bis zu den Steinplatten am Boden. Wenn man sich am schmiedeeisernen Fenstersims festhielt, war es nicht mehr ganz so hoch und man konnte sich fallen lassen, ohne sich ein Bein zu brechen. Aber dann müssten Camille und sie sich für einige Sekunden trennen. Das Risiko war zu hoch. Léa drehte sich um und bat Camille, ihr zu helfen, die Kommode zur Seite zu schieben.

Bumm! ... Bumm! ... Bumm! ... Bumm! ... Bumm! ...

»Wieso?«

»Wir öffnen die Tür.«

»Was? Spinnst du?«

»Als wir die Fenster aufgemacht haben, ist plötzlich Ruhe eingekehrt. Vielleicht klappt es mit der Tür ja auch.«

»Was soll das, Léa?«

»Kannst du dir vorstellen, wer oder was sich hinter dieser Tür befindet?«

»Nein.«

»Genau. Wir haben keine Ahnung! Wir wissen nicht mal, wie unser Feind aussieht. Er hat sich kein einziges Mal gezeigt.«

»Doch, ich hab das Mädchen gesehen. Es war echt.«

»Hast du mit der Kleinen gesprochen? Sie berührt?«

»Sie war auf dem Dachboden, wirklich! Okay, beim zweiten Mal war es ein Albtraum, zugegeben, aber nicht beim ersten Mal!«

»Dann machen wir diesem Mädchen jetzt die Tür auf. Was haben wir schon zu verlieren? Zwei große Mädchen gegen ein kleines. Das müsste doch zu schaffen sein, oder?«

Bumm! ... Bumm! ... Bumm! ... Bumm! ... Bumm! ...

»Und wenn sie übersinnliche Fähigkeiten hat?«

»Sie hat auf jeden Fall die Fähigkeit, uns Angst zu machen. Los, fass mit an.«

Bumm! ... Bumm! ... Bumm! ... Bumm! ... Bumm! ...

»Beweg dich!«, fuhr Léa Camille an, die sich immer noch nicht rührte. Sie war wie gelähmt.

Zögernd verließ Camille das Bett, ging zur Kommode und half Léa, sie wegzuschieben. Als die Tür frei war, steckte Léa leise den Schlüssel ins Schloss. Langsam drehte sie ihn im Uhrzeigersinn. Camille legte eine Hand auf die Klinke. Mit der anderen umklammerte sie den Hammer.

»Ich mach mir gleich in die Hose vor Angst!«

Léa hob den Stock, bereit, dem ersten kleinen Mädchen, das auf der Schwelle erschien, den Kopf einzuschlagen.

Camille drückte die Klinke hinunter und öffnete die Tür.

43.

Es war niemand da.

»Ich habs gewusst!«, rief Léa. »Es agiert im Schatten. Es zeigt sich nie.«

»Du hast *es* gesagt …«

»Na und?«

»Wie dieses Monster von Stephen King …«

»Ich hab ›es‹ gesagt, weil ich nicht weiß, wie ich es sonst nennen soll.«

»Ein Clown, der all unsere Ängste verkörpert …«, fuhr Camille mit seltsamer Stimme fort.

Sie schien kurz davor, durchzudrehen. Léa fasste sie bei den Schultern und schüttelte sie.

»Hey, Camille! Wir sind nicht bei Stephen King! Das hier ist etwas ganz anderes. Du fürchtest dich vor Ratten, aber haben dich heute welche angegriffen?«

»Ja, Jack.«

»Das war doch nur ein Witz von Julien! Und kein Monster mit roter Clownsnase, das sich deine Ängste zunutze macht, um dich in den Wahnsinn zu treiben.«

»Du hast recht. Tut mir leid, ich rede Unsinn.«

Sie wagten sich bis zur Flurecke vor und warfen einen Blick auf die Galerie. Im Haus war es still, abgesehen von ihren Stimmen. Solange sie sich unterhielten, ließ sich die Angst halbwegs in Schach halten.

»Sie wollen, dass wir die Nerven verlieren«, sagte Camille.

Wie aus dem Nichts knallte ein Stein auf den Wohnzimmerboden.

»Was wollt ihr von uns, ihr Arschlöcher?«, brüllte Camille.

Hinter ihnen schlug eine Tür zu.

»Das Schlafzimmer!«

Camille fuhr herum und verschwand um die Flurecke.

»Camille!«

Léa rannte hinterher, von bösen Vorahnungen erfüllt. Als sie ihre Freundin vor der Schlafzimmertür erblickte, atmete sie erleichtert auf. Camille rüttelte an der Klinke.

»Abgeschlossen?«, fragte Léa.

»Ja. Wir sind ausgesperrt.«

»Aber sie haben es nicht geschafft, uns zu trennen. Lauf bloß nicht wieder weg, okay? Das ist genau das, was sie wollen.«

»Wohin gehen wir jetzt?«

»Nirgendwohin.«

Camille sah zum hundertsten Mal auf ihr Handy. Immer noch kein Empfang.

»Ich hab Durst«, sagte sie.

»Lass uns nach unten gehen. Ganz ehrlich, was soll schon passieren? Sie wollen nicht gesehen werden? Umso besser! Wir setzen uns dorthin, wo sie uns am wenigsten ausweichen können: ins Wohnzimmer! Das ist unser bester Schutz.«

»Was redest du da?«

»Wir hätten uns nicht im Schlafzimmer verbarrikadieren dürfen. Das war ein Fehler.«

Sie kletterten über die Absperrung vor der Treppe und liefen die Stufen hinab, ohne sich Mühe zu geben, leise zu sein.

»Nicht zu glauben, wie es hier stinkt!« Camille verzog das Gesicht.

»Ich frag mich, woher das kommt.« Léa sah sich um.

»Wir müssen der Spur mit der Nase folgen, nicht mit den Augen.«

In gebückter Haltung, die Nasen so nah wie möglich am Boden, nahmen sie Witterung auf. Ihr Geruchssinn führte sie zur Fensterfront. Hinter einer Statue, die so ähnlich aussah wie David mit dem Kopf von Darth Vader, fanden sie den Ursprung des Gestanks.

»Igitt!« Angeekelt verzog Léa das Gesicht.

»Das ist echt das Letzte!« Camille schüttelte den Kopf.

Exkremente verschmutzten den Sockel der Statue.

»Wer zum Teufel war das?«, schimpfte Léa.

»Kann nur ein Tier gewesen sein.«

»Juliens Ratte war es sicher nicht, so groß, wie dieser Kuhfladen ist.«

»Glaubst du, im Haus versteckt sich ein Tier?«

»Von der Größe einer Kuh?«

»Keine Ahnung, aber das Zeug scheint noch frisch zu sein. Das Schwein, das das getan hat, kann noch nicht weit sein.«

Léa blickte sich noch einmal aufmerksam um, aber sie konnten niemanden entdecken.

»Was machen wir jetzt?«, fragte Camille.

»Wir machen diesen Mist weg.«

Sie holten ein Kehrblech aus der Küche und beförderten den Haufen damit in die Toilette. Camille schüttete etwas Putzmittel hinterher, doch sie wurde den widerlichen Gestank nicht los. Er hatte sich in ihrer Nase festgesetzt. Zurück im Wohnzimmer füllte Léa zwei Gläser mit Cola.

»Hier, halt deine Nase da rein, dann gehts dir besser«, riet sie.

»Hast du nichts Stärkeres?«

»Wir sollten lieber die Finger vom Alkohol lassen.«

»Eine weise Entscheidung.«

Camille nahm ihr Glas und roch daran, als wäre es ein besonders guter Jahrgangswein.

»Ich weiß nicht, ob wir hierbleiben sollten«, murmelte sie.

»Glaub mir, solange wir zusammenbleiben und uns nicht überrumpeln lassen, sind wir nicht in Gefahr.«

Immer noch etwas skeptisch ließ sich Camille auf dem Sofa nieder. Von hier aus konnte sie die Küche, die Treppe, die Eingangshalle samt Haustür und das Esszimmer sehen. Während sie einen Schluck Cola trank, hob sie den Blick zur Galerie.

Hinter dem schmiedeeisernen Geländer stand das kleine Mädchen mit dem Mundschutz und starrte sie an.

Camille verschluckte sich, hustete und spuckte.

»Gehts?«, fragte Léa besorgt.

Camille, die nicht in der Lage war, ein verständliches Wort herauszubringen, zeigte zum ersten Stock.

»Da! … Sie ist da! …«

Léa sah nach oben, konnte aber nichts Ungewöhnliches entdecken.

»Sie war da, ich schwörs! Das Mädchen! Sie beobachtet uns! Sieh mich nicht so an, verdammt, ich bin nicht verrückt.«

Léa stand mitten im Wohnzimmer und machte ein ratloses Gesicht.

»Du glaubst mir doch, oder? Léa?«

»Ja, schon gut. Am besten, wir sehen mal nach.«

»Auf keinen Fall!«

»Okay, beruhige dich.«

Léa setzte sich neben Camille, hielt ihre Hand und dachte nach.

»Also gut, wir bleiben hier«, beschloss sie. »Lass uns Kaffee kochen. Wenn wir einschlafen, haben wir verloren. Wir müssen noch ein paar Stunden durchhalten.«

Gemeinsam gingen sie in die Küche. Ein Stein hatte die Kaffeemaschine zertrümmert.

»Irgendwann kriegen wir noch so ein Ding auf den Kopf«, prophezeite Camille.

Ein weiterer Stein rollte ins Wohnzimmer, als wollte er ihrer Bemerkung Nachdruck verleihen.

»Müssen wir jetzt einen Helm tragen, oder was?« Léa schrie die Wände an. »Ist es das, was ihr wollt?«

»Ich weiß nicht …« Camille runzelte die Stirn. »Wenn wir hierbleiben, landen wir noch in der Klapse. Lass uns abhauen!«

»Wohin denn? Hier ist nichts.«

»Doch. Die Straße nach Vence. Vielleicht kommt ja ein Auto vorbei.«

»Um drei Uhr morgens?«

»Sonst laufen wir eben. Es sind zwanzig Kilometer und es geht fast nur bergab. Wenn wir zügig marschieren, sind wir in fünf Stunden da.«

»Und du glaubst wirklich, draußen sind wir sicherer als drinnen?«

»Solange wir zusammenbleiben, kann uns nichts passieren, das hast du selbst gesagt.«

Léa zögerte.

»Wenn ich allein gehe, siehst du mich wahrscheinlich nie wieder«, beschwor Camille sie. »Ich kann nicht in diesem Haus bleiben, wo ich immer damit rechnen muss, einen Stein auf den Kopf zu kriegen oder noch mal diesem Geistermädchen zu begegnen. Also entscheide dich. Schnell!«

Im ersten Stock landete noch ein Stein.

»Okay. Ich pack eine Flasche Wasser ein.«

44.

Mit dem Kuhfuß zogen Camille und Léa die Nägel aus dem Brett vor dem Eingang und öffneten die Tür. Sie traten vors Haus und erstarrten, als sie die nächtlichen Geräusche des Waldes hörten. Es klang wie eine Warnung.

Kommt nicht näher!

Wenigstens regnete es nicht mehr.

Nachdem sie den mit Kies bestreuten Hof der Villa überquert hatten, marschierten sie Richtung Straße. Dazu mussten sie auf einem Weg ein Wäldchen durchqueren. Beide trugen einen Rucksack mit Wasser und Proviant auf dem Rücken, als würden sie eine Wanderung machen.

Der Weg wurde von solarbetriebenen Laternen gesäumt, die trübes Licht auf den Boden warfen. Ein schriller Schrei ließ Léa zusammenzucken.

»Halt dir die Ohren zu, wenn du dich fürchtest«, riet Camille, die ihre Kopfhörer aufgesetzt hatte.

»Was hörst du?«

»Dancefloor. Das hilft gegen die Angst.«

»Kann ich mithören?«

Camille reichte ihr den rechten Ohrstöpsel.

We can keep it simple, baby
Let's not make it complicated

»Was ist das?«

»Dimitri Vegas & Like Mike … Von der *Tomorrowland*-Tracklist.« Camille hatte sich wieder gefangen. Sie kompensierte Léas Zurückhaltung mit leichtsinnigem Mut.

Rechts von ihnen knackte es.

Léa gab Camille den Kopfhörer zurück und spitzte die Ohren. Sie brauchte ihr Gehör jetzt mehr denn je. Es war besser als alle anderen Sinne dazu geeignet, sie vor einer drohenden Gefahr zu warnen. Außerdem konnte man es im Gegensatz zu den übrigen vier Sinnen nicht einfach abstellen.

Ihr Gehör war es auch, das ihr plötzlich Hoffnung auf Rettung bescherte.

Das Brummen eines Motors.

Ein Auto kam näher.

Léa griff nach Camilles Arm und zeigte auf die Scheinwerfer, die die Nacht durchschnitten. Kaum hatte Camille die Lichter erblickt, warf sie ihren Rucksack ab und rannte los. Léa lief hinterher. Zum Glück fuhr das Auto nicht schnell. Léa versuchte, Camille einzuholen, doch sie sauste wie eine Gazelle auf die Lichter der Hoffnung zu. Als Camille um die nächste Kurve bog, verlor Léa sie aus dem Blick.

Léa beschleunigte ihre Schritte, knickte beinahe um, als sie in eine Radspur trat, kürzte durch eine Pfütze ab und setzte zum Endspurt an. Sie stolperte noch mal, während das Auto in etwa hundert Metern Entfernung auf der Landstraße vorbeifuhr. Léa brüllte, doch der Fahrer hielt nicht an. Kalter Schweiß lief ihr über den Rücken. Das wäre ihre Chance gewesen, diesen Ort zu verlassen. Sie hatten sie verpasst. Doch es kam noch schlimmer. Camille hatte sich in Luft aufgelöst.

»Camiiiiiille!«, rief Léa.

Keine Antwort.

Sie versuchte, mit dem Blick den dunklen Wald zu durchdringen, der sie umschloss. Er war von seltsamen Geräuschen erfüllt, die wenig einladend klangen. Vorsichtig wagte sie sich ein paar Meter zwischen die Bäume vor. Es raschelte und knackte bei jedem Schritt, den sie auf dem weichen Boden machte, und sie spürte, wie etwas unter ihren Schuhsohlen davonkrabbelte. Je weiter sie in den feuchten Wald eindrang, desto dichter wurde er. Zweige schlugen ihr ins Gesicht, piksten und kratzten sie.

Léa rief die ganze Zeit nach Camille, was die Geräusche des Waldes jedoch nicht zum Verstummen brachte. Ihre Stimme war nichts als ein weiterer Laut in diesem Wald, dem sie völlig gleichgültig war und der ein dämonisches Wesen verbarg, das ausschließlich Menschen angriff.

Plötzlich tauchte ein Schatten neben ihr auf und streifte sie, bevor Léas Schrei ihn verscheuchte.

Es war zu gefährlich, noch länger im Wald nach Camille zu suchen. Im schlimmsten Fall würde sie irgendwann dem Monster gegenüberstehen und vor Angst sterben. Sie war ganz allein. Bald würde die Finsternis auch nach ihr greifen und sie verschlingen. Léa musste eine Entscheidung treffen.

Sollte sie der Landstraße folgen, wie sie es mit Camille vorgehabt hatte, oder umkehren und sich in der Villa verschanzen, bis Hilfe kam?

Durch die Nacht laufen und auf ein vorbeifahrendes Auto hoffen oder sich in dem Haus einschließen, in dem ihre Freunde verschwunden waren?

Das Böse konnte überall lauern.

Wie immer dachte Léa gründlich nach und wog alle Eventualitäten ab, bevor sie eine Entscheidung traf. Ihre Eltern nannten sie deswegen oft eine Transuse. Sie selbst sah sich lieber als eine Art weiblichen Hamlet, der die Selbstbeobachtung der Tat vorzog, aber schließlich doch sein Ziel erreichte. Sie klammerte sich an diesen Gedanken.

Léa entschied sich für eine Lösung, die keineswegs unumstößlich war. Sie würde eine Weile an der Straße auf ein Auto warten. Die Abstände zwischen den Angriffen waren im Lauf des Abends immer größer geworden. Wenn ihre etwas verworrenen Erinnerungen stimmten, waren die Intervalle zwischen Mathildes, Quentins und Manons Verschwinden am kürzesten gewesen. Eine Viertelstunde ungefähr. Sie würde also höchstens fünfzehn Minuten draußen bleiben. Diese Rechnung war zwar nicht wirklich gesichert, aber einen besseren Anhaltspunkt hatte sie nicht. Léa verließ den Wald und marschierte Richtung Landstraße.

Nach einigen Metern blieb sie wie erstarrt stehen.

Da war sie!

Panik erfasste Léa, doch sie versuchte, ruhig zu bleiben und sich nicht zu bewegen. Vielleicht war sie noch nicht entdeckt worden. Am Ende des Weges stand eine kleine Gestalt in gelber Regenjacke und roten Gummistiefeln. Léa war zu weit weg, um ihr Alter schätzen zu können. Aber es musste das Mädchen sein, das Camille im Haus gesehen hatte. Plötzlich rannte die Kleine los. Genau auf Léa zu.

Diesmal blieb Leá keine Zeit zum Nachdenken. Sie floh zurück zum Haus und hoffte inständig, es zu erreichen, bevor dieses Wesen über sie herfallen konnte.

45.

Léa schloss die Haustür hinter sich ab, obwohl sie das unangenehme Gefühl hatte, dass es sowieso nichts nützte. Sie ging ins Wohnzimmer und sah sich aufmerksam um. Das Schicksal konnte jeden Moment zuschlagen. Wann würde der unsichtbare Feind angreifen, sie wie ihre Freunde erst vor Angst erstarren lassen und dann vom Antlitz dieser Erde tilgen?

Wie konnte sie diese letzten Minuten, in denen sie noch am Leben war, am besten nutzen, allein in diesem Haus, das nicht das ihre war? Sie schob die Idee beiseite, sich einzuschließen, wie sie es in einem Anflug von Schwäche mit Camille getan hatte. Als sie zur Decke sah, die von schweren Holzbalken gestützt wurde, fiel ihr Blick auf das Bücherregal. Sie lief die Treppe hinauf, stieg über die nutzlose Absperrung und suchte nach etwas, das ihr vertraut war und an dem sie sich festhalten konnte. Sie fand es in einer alten Taschenbuchausgabe, die drei Stücke von Shakespeare enthielt, darunter das Meisterwerk aller Meisterwerke, das sie schon hundertmal gelesen hatte: *Hamlet*.

Sie griff nach dem Band wie nach einem heiligen Zauberbuch und kehrte nach unten zurück, wo sie sich auf das Sofa im Wohnzimmer setzte und sich statt eines Zaubertranks ein Glas Wodka einschenkte. Eigentlich mochte sie keinen Alkohol, doch die Gesellschaft des Neffen des Königs von Dänemark, in den sie sich mit fünfzehn verliebt hatte, und der Wodka, der sie an die vielen Partys erinnerte, die sie mit ihren verschwundenen Freunden gefeiert hatte, gaben ihr Sicherheit.

Léa schlug den Band auf und atmete den typischen Geruch alter Bücher ein. Sie blätterte durch die im Lauf der Jahrzehnte vergilbten Seiten und las noch einmal ihre Lieblingsstellen, die sie fast auswendig kannte. Obwohl sie vor vierhundert Jahren geschrieben worden waren, halfen sie ihr, die Gegenwart zu verstehen. So wie der Rat, den Hamlet einem der Schauspieler gab, die er in der zweiten Szene des dritten Aktes zu sich gerufen hatte: »Seid auch nicht allzu zahm, sondern lasst euer eignes Urteil euren Meister sein.«

Dann blieb sie bei der dritten Szene des vierten Aktes hängen, als Claudius, der Hamlet umbringen will, zu sich selbst sagt: »Wenn eine Krankheit zum Verzweifeln wuchs, kann ein verzweifelt Mittel nur noch retten und weiter keins.«

Auch Léa suchte nach einem verzweifelten Mittel, um das Böse zu vertreiben, an dem sie verzweifelte.

Sie blätterte weiter bis zur letzten Szene des Stücks, in der es so viele Tote gab wie im Showdown eines Tarantino-Films. Kurz vor dem Kampf verkündet der fatalistische Hamlet seinem Freund Horatio: »Ich trotze allen Vorzeichen. Über den Fall eines Sperlings waltet eine besondere Vorsehung. Geschieht es heute, so geschieht es nicht in Zukunft. Geschieht es nicht in Zukunft, so geschieht es heute. Geschieht es heute nicht, so geschieht es doch irgendwann einmal. Bereit sein ist alles. Da niemandem gehört, was er verlässt, was macht es schon, frühzeitig zu verlassen? Mag's sein!«

Léa wusste, es würde heute geschehen. Sie war bereit.

46.

Léa erwachte mit einem Ruck.

Ihr sechster Sinn hatte sie geweckt. Da war jemand, ganz in der Nähe. Sie bewegte sich nicht. Ihr Daumen klemmte zwischen zwei Seiten von Shakespeares Werken. Das leere Glas war gegen ihren nackten Bauchnabel gekippt. Ein Rascheln direkt vor ihr kündigte die Gefahr an. Aber ihr aufmerksamer Blick konnte nichts Ungewöhnliches entdecken. Der unsichtbare Feind war da und kam unbemerkt näher. Sie versteifte sich angesichts der Bedrohung … und erkannte den Verursacher des Geräusches. Jack! Versteckt unter einer Chipspackung richtete die Ratte ihre Schnauze auf Léa.

Léa sah auf die Uhr und die plötzliche Bewegung verscheuchte Jack. Camille war seit einer halben Stunde verschwunden.

Seitdem war nichts mehr passiert.

Sie wurde von einem seltsamen Gefühl erfasst. Und wenn sie davonkam?

Nichts wünschte sie sich mehr, doch was würden alle anderen denken? Wieso sollte Léa als Einzige überleben? Das Misstrauen würde schwer auf ihr lasten. Wie sollte sie erklären, warum sie verschont geblieben war? Wer würde ihr glauben, wenn sie von einem unbeschreiblichen Bösen erzählte, abgesehen vielleicht von den Mitgliedern der Col-de-Vence-Gesellschaft? Was sollte sie Quentins Eltern sagen, wenn sie ihr Haus voller Steine vorfanden? Sie würde im Mittelpunkt der Ermittlungen stehen und die Medien würden sich auf sie stürzen und immer abgedrehtere Theorien auf ihre Kosten verbreiten.

Man würde ihr ganzes Leben durchleuchten.

Zum Vorschein kommen würde ein Mädchen, das zu emotional und sensibel war und einen seltsamen Geschmack hatte, zumindest wenn man von den Normalsterblichen ausging, die immer das mochten, was alle mochten. Die Psychologen würden das Verhaltensprofil einer Jugendlichen erstellen, die als Lieblingsbuch ein Theaterstück angab, das im Jahr 1603 in altmodischem Englisch geschrieben worden war.

Eine Jugendliche mit leichenblasser Haut und dicken roten Haaren, über die sich in der Grundschule alle lustig gemacht hatten, bevor sie am Collège und Lycée auf sie flogen.

Eine Jugendliche mit sprödem Charme, die nach jahrelangen Demütigungen womöglich auf Rache sann.

Eine Jugendliche, die sich in der Schule nicht gut einfügte und folglich eine Unruhestifterin sein musste, mit einer Begabung für die künstlerischen Fächer, vor allem für Literatur und Bildhauerei, was sie dank der richtigen Gewichtung zur Klassenbesten gemacht hatte.

Eine Jugendliche, die vor nichts zurückschreckte und einmal sogar einem Lehrer gedroht hatte, einen *Snuff-Film** mit ihm zu drehen, um ihm zu zeigen, was wahre Kunst ist.

Eine Jugendliche, die viele Freiheiten hatte und deshalb labil sein musste, die sich laut Zeugenaussagen nicht mehr mit ihrem Freund verstand und mit einem Mädchen herumgeknutscht hatte, das noch verrückter war als sie. Letzteres würden die Überwachungskameras der Villa bestätigen.

Eine Jugendliche, die regelmäßig Videos von seltsamen, dem Tastsinn schmeichelnden Skulpturen in den sozialen Medien postete. Nicht zu vergessen die anstößigen Fotos, die immer wieder vom Facebook-Algorithmus entfernt wurden, die organischen Gedichte, die nur eine Handvoll Likes bekamen, und die bissigen Kommentare, die all die angepassten Menschen verärgerten.

Eine Jugendliche, die lieber für sich blieb, nichts wie die anderen machte und mehrere Merkmale einer Psychopathin aufwies: übersteigertes Selbstwertgefühl, frühe Verhaltensauffälligkeiten, Impulsivität, geringe Kontrolle über die eigenen Emotionen, aber auch die Tendenz, sich schnell wieder in den Griff zu bekommen, um die Situation zu beherrschen.

Zu ihrer Verteidigung könnte sie vorbringen, dass viele Jugendliche ein ähnliches Profil aufweisen, aber die Antwort würde zwangsläufig lauten: Keiner von ihnen war nach einem feuchtfröhlichen Abend alleine übrig geblieben, während all seine Freunde verschwunden waren.

Wenn Léa am Leben blieb, war sie die ideale Verdächtige.

Nachdem sie hin und her überlegt und mehrere Gläser Wodka geleert hatte, traf sie drei Entscheidungen.

Die erste war, den Menschen, die das leere Haus vorfinden würden, einen vollständigen Bericht über die Ereignisse dieses Abends zu hinterlassen. Und damit würde sie sofort beginnen, bevor sie auch noch verschwand.

47.

Léa betrachtete ihr Spiegelbild. Sie war nach oben gegangen und hatte sich im Badezimmer eingeschlossen.

Sie musterte ihr Gesicht, das von Alkohol, Müdigkeit und Angst gezeichnet war. Die Umrisse verschwammen vor ihren Augen, aber da auch der Boden schwankte, schob sie es auf den Wodka.

Sie stellte ihr Handy auf die Ablage vor dem Spiegel, betätigte die Videofunktion und begann zu erzählen.

Eine Horrornacht! Sie wusste nicht mehr genau, wer den Vorschlag gemacht hatte. Jedenfalls war der arme Clément völlig begeistert von der Idee gewesen und sie hatten sich verpflichtet gefühlt, ihn einzuladen. Mitleid ist oft ein schlechter Ratgeber.

Jeder hatte etwas vorbereitet, um die anderen zu erschrecken. Wer Angst hat, trinkt – so lautete die Regel. Léa hatte sich nicht allzu sehr ins Zeug gelegt, aber ein paar von ihnen waren ziemlich weit gegangen. Mathilde mit ihren abgeschnittenen Fingern, Mehdi als Selbstmordattentäter und Camille als vom Teufel Besessene. Doch der Oscar ging eindeutig an Maxime, der während einer Ouija-Séance Manons Geist heraufbeschworen hatte. An dieser Stelle ihres Berichts musste Léa Manons Geheimnis verraten: den vorgetäuschten Selbstmord, den sie für die mündliche Prüfung im Juni inszeniert hatte.

Léa hätte nicht sagen können, ab wann genau sich die echte Bedrohung auf der Party eingeschlichen hatte. Da war der kaputte Repeater gewesen. Und die Aufnahmen der Überwachungskameras, die zeigten, wie Clément verschwand, nachdem ihn irgendetwas bei seiner Ankunft vor dem Haus furchtbar erschreckt hatte. Mathilde war die Nächste gewesen, auch ihr hatte etwas, das man nicht sehen konnte, Angst eingejagt. Dann kam Quentin an die Reihe. Léa erinnerte sich noch genau an die Angst und den Schmerz auf seinem Gesicht, bevor er in die Grube für den Pool gefallen war.

Léa berichtete, wie kleine und große Steine im Haus aufgetaucht waren. Laut Quentin geschahen in dieser Gegend seit vielen Jahren seltsame Dinge. Zu diesem Thema gab es sogar zwei Bücher. Die Angaben schienen seriös zu sein.

Der Monitor im Arbeitszimmer war zwar zerstört worden, doch die Kriminaltechniker würden die Aufnahmen der Überwachungskameras bestimmt trotzdem sicherstellen können.

Léa schilderte, wie nacheinander Manon, Marie, Maxime, Mehdi, Julien und Camille verschwunden waren. Sie erwähnte die Lichter, die sie draußen gesehen hatten, das kleine Mädchen mit dem Mundschutz, das Camille erschreckt hatte, die seltsamen Motorengeräusche über dem Haus, die Schritte auf dem Flur, die Schläge gegen die Tür und das Fenster …

Ob die Überwachungskameras es geschafft hatten, wenigstens eine halbe Sekunde lang dieses randalierende Wesen einzufangen, das sich seinen Opfern niemals zeigte?

Es war vier Uhr morgens und Léa war immer noch da. Alles, was sie gerade erzählt hatte, war weder ein Witz noch bloße Einbildung. Sie hatte zwar eine Menge getrunken, aber sie sagte die Wahrheit. Zumindest glaubte sie das.

Sie musste denjenigen, die ihre Zeugenaussage finden würden, beweisen, dass sie keine Psychopathin war.

Das war ihre zweite Entscheidung.

48.

Léa diskutierte heftig mit dem Spiegel, während ihr iPhone unablässig filmte. Sie hatte das Gefühl, sich rechtfertigen zu müssen, außerdem lenkte es sie ab, sie schlief nicht ein und blieb am Ball. Allein, betrunken und mit den Nerven am Ende stürzte sie sich in eine theatralische und verwirrende Verteidigungsrede, ohne zu merken, dass sie umso wahnsinniger wirkte, je mehr sie beweisen wollte, nicht verrückt zu sein.

»Ja, ich hab rote Haare, na und?«

Ihre Haarfarbe war sicher alles andere als gewöhnlich. Aber war sie deshalb verrückt oder vom Teufel besessen? Schon im Mittelalter hatte man rothaarige Frauen für Hexen gehalten, sie mit Hölle, Teufel und Zauberei in Verbindung gebracht. Wegen dieser Äußerlichkeit waren während der Inquisition Tausende Rothaarige verbrannt worden.

Und heute sah es leider nicht viel anders aus. Die Übergriffe auf die LGBT-Community nahmen zu, antisemitische Attacken wurden immer heftiger und Lobbyisten immer mächtiger und radikaler. Oft reichte schon eine optische Besonderheit, um im Krankenhaus oder vor Gericht zu landen.

Léa betrachtete ihr glühendes Spiegelbild und listete ihre eigenen

Besonderheiten auf: wallendes rotes Haar, das eine Verkleidung zu Halloween überflüssig machte, jede Menge Sommersprossen, ungewöhnlich helle Augen, deren Blick oft einschüchternd auf andere wirkte, und Lippen von einem natürlichen Blutrot. Léa war die perfekte Verkörperung der Andersartigkeit, um die es bei der diesjährigen Abschlussprüfung ging.

Da sie wegen dieser Andersartigkeit als Kind verspottet und ausgeschlossen worden war, hatte sie sich schon früh mit der Hexenverfolgung und den Hexenprozessen beschäftigt. Damals mussten die Beschuldigten zwei Prüfungen bestehen, um ihre Unschuld zu beweisen: die Wasserprobe und die Nagelprobe.

Léa ließ sich ein Bad ein. Während die Wanne sich füllte, suchte sie im Badezimmerschrank nach einem spitzen Gegenstand. Es gab weder eine Sicherheitsnadel noch eine Schere. Quentins Eltern waren noch nicht komplett eingezogen, weshalb einige Dinge fehlten. Also musste Léa in die Küche hinuntergehen und sich ein Messer holen.

Die erste Prüfung, die die Richter der Inquisition den beschuldigten Frauen auferlegten, bestand darin, ihnen am ganzen Körper Stiche zuzufügen. Ein Pakt mit dem Teufel wurde angeblich mit einem Mal auf der Haut besiegelt, das weder bluten noch schmerzempfindlich sein sollte. Man zog die angebliche Hexe aus, hängte sie auf wie ein Kalb im Schlachthof, verband ihr die Augen und stach sie so lange mit Nadeln, bis man das Mal des Bösen fand.

Léa schlüpfte aus ihren Klamotten und pikste sich mit dem Messer, wobei sie jedes Mal mit schmerzverzerrtem Gesicht aufschrie, um zu zeigen, dass sie etwas spürte. Kleine Blutstropfen quollen aus der Haut, wo sie zu heftig zugestochen hatte.

»All diese Stiche haben mir wehgetan«, verkündete sie.

Sie sprach in die Kamera, als würde sie sich gegenüber ihren zukünftigen Richtern verteidigen.

»Wie Sie soeben feststellen konnten, habe ich kein Teufelsmal. Und erzählen Sie mir nicht wie Ihre Vorgänger im Mittelalter, dass jede meiner Sommersprossen für einen sexuellen Kontakt mit Luzifer steht. Zum einen wären Sie nicht in der Lage, alle Sommersprossen zu zählen, zum anderen bin ich zu jung, um so oft Sex gehabt zu haben.«

Sie warf das Messer ins Waschbecken und richtete ihr Handy so aus, dass es die Badewanne filmte, in die sie gleich steigen würde. Die Wanne war randvoll. Während der zweiten Prüfung, zu der das Inquisitionsgericht die Beschuldigten zwang, wurden die rothaarigen Frauen gefesselt und ins Wasser geworfen. Wenn sie untergingen und ertranken, war ihre Unschuld bewiesen. Wenn sie nicht untergingen, konnten sie sich über die Naturgesetze hinwegsetzen und waren folglich mit dem Teufel im Bunde. Sobald die Angeklagte schuldig gesprochen worden war, wurde sie gefoltert und zum Tod auf dem Scheiterhaufen verurteilt.

Léa streckte sich im Wasser aus und ging unter wie ein Stein. Die Wanne lief über, Léa schluckte Wasser und fuhr spuckend und hustend hoch.

»Quod erat demonstrandum!«, keuchte sie. »Ich bin keine Hexe. Meine Seele bringt kein Unglück! Ich hab meine Freunde nicht verhext. Sie sind nicht meinetwegen verschwunden.«

Sie trocknete sich ab, zog sich wieder an und griff nach dem Smartphone, das ihr als Gesprächspartner diente.

»Jetzt muss ich nur noch beweisen, dass ich nicht verrückt bin.«

Léa erinnerte sich an einen Test aus dem Internet, der einem zeigen sollte, ob man zu Recht als verrückt bezeichnet wurde. Sie war darauf gestoßen, als sie zu Beginn der Zwölften in die Kunstklasse gekommen war. Zu der Zeit hatte sie keine Freunde am Gymnasium gehabt. Die Tatsache, dass sie immer allein war, in Kombination mit ihrem aufreizenden Aussehen schürte entweder die Vorsicht oder die Begierde ihrer Mitschüler. Die Lehrer und die Psychologen, zu denen ihre Eltern sie schickten, waren irritiert von ihrer Überempfindlichkeit, ihren Selbstgesprächen, ihrer Aufschieberitis, ihrer Flatterhaftigkeit, ihren Wutanfällen und ihren eigenartigen Kunstprojekten.

Léa hatte den Test im Internet gemacht, um herauszufinden, wie durchgeknallt sie war. Der Test bestand aus acht Fragen, die sie alle beantwortet hatte. Dabei war herausgekommen, dass sie zwar nicht wie die anderen war, aber auch nicht verhaltensgestört, solange sie einige Kompromisse einging.

Sie erinnerte sich noch ungefähr an die Fragen und beschloss, sie sich einfach selbst zu stellen. So konnten sich die Psychologen, die das Video anschauen würden, ihre eigene Meinung bilden.

»Wie oft pro Monat sagt dir jemand, dass du verrückt bist?«, fragte sie ihr Spiegelbild.

Sie wartete einige Sekunden, bevor sie sich selbst die Antwort gab.

»Ein paarmal vielleicht, aber es ist weniger geworden, seit ich in der Kunstklasse bin und zu den Acht gehöre.«

Sie setzte ihre eigene Befragung fort.

»Was bedeutet ›verrückt‹ für dich?«

»Für mich ist jemand verrückt, der eine psychische Störung hat. Psychische Erkrankungen sind weit verbreitet. Laut WHO müssen weltweit ungefähr ein Viertel der Menschen einmal in ihrem Leben wegen einer psychischen Störung behandelt werden.«

»Dritte Frage: Führst du manchmal Selbstgespräche?«

»Ja. Angeblich ist das sogar ein Zeichen von überdurchschnittlicher Intelligenz. Das behaupten zumindest einige Psychologen. Mir hilft es, mit mir selbst zu reden. Ich kann mich dann besser konzentrieren, die Dinge objektiver sehen und Stress abbauen.«

»Was ist das Verrückteste, das du irgendwann mal tun willst?«

»Einen Abend mit lauter Unbekannten in absoluter Dunkelheit verbringen.«

»Bist du spontan?«

»Ab und zu. Bei mir wechseln sich Spontaneität und Phasen des Zögerns ab.«

»Flüchtest du dich manchmal in Fantasiewelten?«

»Wer tut das nicht? Abgesehen von den glücklichen Dummköpfen vielleicht.«

»Siebte Frage: Hast du schon mal einen schlechten Eindruck hinterlassen?«

»Schon oft. Aber hoffentlich nicht bei diesem Selbstgespräch.«

»Letzte Frage: Hast du zurzeit das Gefühl, verfolgt zu werden?«

»Ja, seit meine Freunde verschwunden sind. Das passiert mir zum ersten Mal. Ich fühle mich beobachtet und bedroht. Keine Ahnung, von wem. Aber ich habe Angst.«

Sie sah sich um, bevor sie zum Ende kam.

»Das war's, ich bin fertig. Sehr geehrte Damen und Herren, Richter, Pfarrer und Psychologen, ich bin weder schuldig noch besessen oder verrückt. Wahrscheinlich werde ich in der nächsten Stunde ebenfalls verschwinden. Ich hoffe, meine Zeugenaussage hilft Ihnen, uns zu finden.«

Sie stellte das Smartphone aus, zog den Stöpsel aus der Badewanne, um das Wasser abzulassen, und setzte sich auf den Rand.

Jetzt musste sie nur noch ihre dritte Entscheidung in die Tat umsetzen: den wahren Schuldigen finden.

49.

Léas Plan war, das Haus von oben bis unten zu durchkämmen. Aber vorher brauchte sie einen starken Tee, sonst würde sie nicht durchhalten. Und Musik, weil das »gegen die Angst hilft«, wie Camille behauptet hatte. Sie entschied sich für *Redbone* von Childish Gambino.

Daylight
I wake up feeling like you won't play right
I used to know, but now that shit don't feel right

Automatisch begann Léa aufzuräumen, bis ihr einfiel, dass sie vielleicht gerade Spuren verwischte. Dies war ein Tatort, der bestimmt von der Spurensicherung der Kriminalpolizei unter die Lupe genommen werden würde. Also begnügte sie sich damit, ihren Tee zu trinken, einen Makroud zu essen und einen Blick in jedes Zimmer zu werfen, als würde sie Verstecken spielen, immer in der Erwartung, jeden Moment das kleine Mädchen mit dem Mundschutz oder einen Steine werfenden Alien auftauchen zu sehen.

Die Musik endete nach dem Stück und es wurde wieder still im Haus. Léa überprüfte auch den ersten Stock, ohne jemanden zu entdecken. Jetzt blieb nur noch dieser verfluchte Dachboden.

Sie stieg über die Steine hinweg, die in den Flur gerollt waren, und kletterte die schmale Treppe hinauf. Ihr Herz schlug schneller. Auf halber Höhe blieb sie stehen und zögerte, bevor sie sich weiter vorwagte. Sie streckte den Kopf durch die Luke, pustete den Staub weg und stellte die Taschenlampenfunktion ihres iPhones an. Der Lichtstrahl fiel auf die Kartons.

»Hallo! Ist hier jemand?«, rief sie aufs Geratewohl.

Ihre Stimme verlor sich unter den Dachbalken und ein Rascheln ertönte. Wahrscheinlich die Fledermäuse. Am besten, sie verhielt sich ruhig, um die Tiere nicht aufzuscheuchen. Sie hatte keine Lust, dass sich eins der Viecher in ihren Haaren verfing. Die letzte Stufe knackte laut und Léa zuckte zusammen. Zumindest war ihre Anwesenheit nun kein Geheimnis mehr.

Sie ging zum ersten Karton, in dem einmal ein Laserdrucker gewesen war. Dahinter standen noch mehr, größere und kleinere, mit schwarzem Stift beschriftet: »Taschenbücher«, »Handtücher und Bettwäsche«, »Kinderkleidung«, »Schuhe«, »Spielzeug«, »Alte Unterlagen« … Ein Karton war völlig leer. Eine Aufschrift weckte Léas Neugier: »Fotoalben«.

Quentin hatte behauptet, alle Familienfotos seien während des Umzugs verloren gegangen.

Dabei waren sie hier, direkt vor ihrer Nase.

Der Karton war nicht besonders groß, aber schwer. Sie zerrte ihn zur Treppe und wuchtete ihn die Stufen hinunter. Im Flur zog sie das Klebeband ab und öffnete die Klappen. Eine Reihe Fotoalben mit schwarzgoldenem Einband kam zum Vorschein und sie griff wahllos eins heraus. Es war das Hochzeitsalbum von Quentins Eltern. Rasch blätterte sie es durch, doch auf den Fotos waren nur unbekannte Gesichter, die sie nicht interessierten.

Sie nahm ein anderes Album, das mit Quentins Geburt begann. Er war ein hübsches, rosiges Baby gewesen, das ein glückliches Lächeln auf die Gesichter seiner Mitmenschen zauberte.

Während Léa Seite um Seite umblätterte, irritierte sie allerdings die überschäumende Freude, die von den Fotos ausging. Die Gesichter rund um den Säugling strahlten so, als wäre der Messias geboren worden. Selbst der Geburtshelfer und die Hebamme posierten stolz mit Quentin. Hatten seine Eltern Schwierigkeiten gehabt, Kinder zu bekommen, und die Geburt ihres Sohnes deshalb als eine Art Wunder betrachtet? Quentin hatte nie etwas in die Richtung erwähnt. Er redete nicht viel über seine Familie, und über seine Kindheit schon gar nicht.

Es gab Hunderte Fotos von ihm, aus allen Blickwinkeln. Sie füllten mehrere Alben. Die ersten Schritte, das erste Weihnachten, der erste Geburtstag … Alle ersten Momente, die in Quentins früher Kindheit wichtig gewesen waren, befanden sich in diesem Karton.

Léa saß im Flur, blätterte durch die Vergangenheit ihres Freundes und fragte sich, warum dieser nie zusammen mit seinen Eltern fotografiert worden war. Sein Vater und seine Mutter waren höchstens mal am Rand zu sehen.

Sie nahm sich die anderen Alben vor, in denen es mit Quentins Jugend weiterging. Immer noch stand er auf jedem Foto im Mittelpunkt. Fragen formten sich in Léas Kopf. Warum waren all diese glücklichen Momente auf den Dachboden verbannt worden? Warum hatte Quentin ihr die Lüge über den Verlust der Fotos aufgetischt, obwohl die Bilder nichts Kompromittierendes zu haben schienen? Was verbargen sie?

Léa grübelte so lange, bis sie eine ziemlich abgedrehte Theorie entwickelt hatte. Was, wenn auf den Fotos ein Hinweis auf etwas versteckt war, das niemand sehen sollte? Es war, als wäre die Kamera ständig auf Quentin gerichtet gewesen, damit man nicht woandershin sah. Als wäre dort etwas oder jemand, dessen Anwesenheit ausradiert werden sollte.

Ein Schauder lief Léa über den Rücken, noch bevor sie den Gedanken komplett zu Ende gedacht hatte. Und ehe sie die Verbindung zwischen dem unsichtbaren Wesen auf den Fotos und dem unsichtbaren Wesen im Haus hergestellt hatte.

Auf diesen Fotos befand sich ein Monster, das sich allen Blicken entzog. Und es war dasselbe, das in diesem Haus sein Unwesen trieb.

50.

Léa zog den Karton im Slalom über den Flur, um den Steinen auszuweichen, und verschanzte sich in Quentins Zimmer. Ihr Freund hatte dort noch kein einziges Mal geschlafen, obwohl der Raum fix und fertig eingerichtet war. Sie schloss die Tür und drehte den Schlüssel herum. Mit ihrer Entdeckung war die Angst zurückgekehrt.

Noch einmal ging sie die Alben durch, auf der Suche nach einem Hinweis. Es musste etwas geben, das zwar dem Auge des Fotografen, nicht aber der Kamera entgangen war. Wie die Gestalt neben dem Bücherregal auf Maries Foto.

Léa hatte eine neue Beschäftigung gefunden, um sich abzulenken und die restlichen Stunden zu füllen, die sie noch in diesem Haus verbringen musste. Sie breitete die Alben auf dem Boden aus und konzentrierte sich auf die Hintergründe, auf Schatten, Spiegelungen und verdächtige Formen, die ins Visier der auf den lächelnden Jungen gerichteten Kamera geraten sein könnten.

Nach einer Weile wurde ihre Hartnäckigkeit belohnt.

»Verdammt, was ist das?«

Auf einem Foto blies Quentin gerade sechs Kerzen auf einem großen bunten Geburtstagskuchen aus. Auf dem Tisch stapelten sich Berge von Geschenken. Das überladene Foto lenkte die Aufmerksamkeit von einem Detail ab: Hinter dem kleinen Quentin spiegelte sich etwas in der Scheibe des geöffneten Fensters.

Léa sprang auf und lief ins Arbeitszimmer. In einer der bereits eingeräumten Schreibtischschubladen fand sie eine Lupe.

Zurück in Quentins Zimmer vergaß sie vor lauter Eile die Tür zu schließen. Sie war so aufgeregt wie ein Archäologe, der eine Hieroglyphe auf einem Sarkophag entdeckt hat. Gleichzeitig bildete sich in ihrem Bauch ein Knoten aus Angst.

Sie kniete sich vor das Album und hielt die Lupe über die Spiegelung auf der Scheibe. Die Vergrößerung bestätigte ihren Verdacht und ließ sie vor Schreck erstarren. Léa erkannte ein Gesicht mit entstellten Zügen. Das Foto ließ keinen Zweifel zu. Entweder jemand trug eine absurde Maske, um den kleinen Quentin zu erschrecken, oder es handelte sich um einen Menschen, der so abstoßend aussah, dass man sich seiner schämte. Da Quentins Geburtstag nicht auf Halloween fiel, gab es keinen Grund, sich als Monster zu verkleiden.

Die zweite Vermutung erschien Léa deshalb plausibler: Zu Quentins Geburtstag war jemand eingeladen gewesen, der unter einer starken körperlichen Fehlbildung litt.

Hatte Quentin einen älteren Bruder?

Das war durchaus möglich.

Es würde viele Dinge erklären. Die offenkundige Abwesenheit dieses Bruders auf den Familienfotos. Das Glück der Eltern bei der Geburt eines »normalen« Babys. Das Geheimnis, das Quentin um seine Kindheit machte. Die Fotoalben, die auf den Dachboden verbannt worden waren, um die traurigen Erinnerungen zu vergessen, die untrennbar mit den glücklichen verbunden waren. Die Entscheidung von Quentins Eltern, in dieses einsam gelegene Haus zu ziehen.

Wahrscheinlich lebte der verstoßene Bruder seit seiner Geburt hier. Abgeschoben in die Schäferei der Großeltern. Konnte der seltsame Besucher, den Quentin als Kind hinter dem Kühlschrank gesehen hatte, sein älterer Bruder gewesen sein, den man vor ihm versteckt hatte, solange er klein war?

Léa dachte noch etwas weiter, mit lauter Stimme, als wollte sie ihren Worten mehr Gewicht geben. Wie in einem Shakespeare-Stück.

»Die Kameras in diesem Haus sollen nicht die Kunstwerke überwachen, sondern jemanden, der hier lebt und unberechenbar ist.«

Quentins Bruder hatte sich gegen sie gewandt. Warum? Hatte er Angst vor all den Fremden, die in sein Zuhause eingedrungen waren? Hatte er ihre gruseligen Spielchen ernst genommen? Sann er auf Rache? Was war mit den anderen geschehen, nachdem er sie erschreckt hatte? Hatte er sie eingesperrt? Getötet? Lebendig begraben?

Léa warf einen Blick zur Tür. Sie war angelehnt, dabei hatte sie sie vorhin weit offen gelassen. Das Adrenalin schoss durch ihre Adern und sie sprang auf.

Jemand war an der Tür gewesen.

Jemand hatte sie heimlich beobachtet.

Léa marschierte aus dem Zimmer, bereit, dem Feind gegenüberzutreten.

Vor der Tür war niemand, doch am Ende des Flurs entdeckte sie eine seltsame Gestalt, die in der Dunkelheit kauerte und leise stöhnte. Léa zögerte, wie immer. Rückzug oder Flucht? Ihr blieb keine Zeit, eine Entscheidung zu treffen. In dem Moment, als das Wesen humpelnd losrannte, war es zu spät.

Teketeketeketeketeketeketeketeketeketeketeketeketeke!

Das kleine Mädchen blieb direkt vor Lea stehen, die vor Angst wie erstarrt war.

»Bin ich schön?«, fragte die Kleine schüchtern. Ihre Stimme wurde von der Maske gedämpft, die sie über Mund und Nase gezogen hatte.

Léa starrte das Kind mit offenem Mund an und bekam kein Wort heraus.

»Bin ich schön?«, wiederholte das Mädchen.

»Wer bist du?«, flüsterte Léa.

»Bin ich schön? Ja oder nein?«

»Äh … ja.«

Die Kleine zog die Maske herunter.

»Jetzt auch noch?«

Ihr Mund war bis zu den Ohren aufgeschlitzt und von einer wulstigen Narbe verunstaltet.

Die Angst durchzuckte Léa so heftig und schmerzhaft wie ein Stromschlag. Ihre Muskeln erschlafften und sie brach zusammen. Undeutlich sah sie das teuflische Lächeln über sich, bevor ihr schwarz vor Augen wurde. Sie spürte, wie ihre Füße gefesselt wurden und jemand sie hochhob. Sie war blind und bewegungsunfähig, doch sie konnte alles hören. Kopfüber wurde sie aus dem Haus getragen, während sich die furchtbare Angst, nicht mehr viel Zeit auf dieser Erde zu haben, wie ein schleichendes Gift in ihrem Magen ausbreitete.

ZWEITER TEIL

DIE NEUN

51.

Um Punkt elf am Sonntagvormittag parkte Camilles Mutter vor dem Haus. Estelle Souliol kam nie zu spät. Schon gar nicht, wenn es darum ging, ihre Tochter abzuholen. Sie hatte ihrem Mann die heikle Aufgabe anvertraut, die im Backofen schmorende Keule zu überwachen und die Verwandtschaft zu empfangen, die zum Sonntagsessen eingeladen war.

Der Himmel war immer noch bewölkt und der Regen machte nur eine kurze Pause. Gestern hatte Estelle keine Zeit gehabt, die renovierte Schäferei auch von außen in Augenschein zu nehmen, was sie nun mit einem bewundernden Blick nachholte, während sie aus dem Auto stieg. Als sie die sperrangelweit geöffnete Haustür entdeckte, stutzte sie. Rasch lief sie die Stufen hinauf, stieg über einen großen Stein auf der Fußmatte und betrat das Haus. Auf ihr Rufen antwortete niemand. Es herrschte Grabesstille. Entsetzt bemerkte Estelle das Chaos, das überall herrschte. Sie stellte ihr Handy an. Kein Netz.

Nachdem sie in jedes Zimmer geschaut hatte, verließ sie die Villa und rief in Richtung des Waldes. Vielleicht machten die Jugendlichen einen Spaziergang, obwohl es eigentlich nicht ihre Art war, früh aufzustehen, um im Wald herumzulaufen. Immer noch keine Antwort.

Estelle stieg ins Auto und fuhr zurück in Richtung Vence. Sobald ihr Handy wieder Netz hatte, hielt sie am Straßenrand und versuchte vergeblich, ihre Tochter zu erreichen. Sie hinterließ eine ärgerliche Nachricht auf Camilles Mailbox und rief Maries Mutter an, mit der sie befreundet war. Diese wusste auch nicht mehr als Estelle, schien jedoch nicht allzu beunruhigt. Die Kinder seien groß genug, außerdem könne ihnen doch nichts passieren, solange sie zu acht waren.

Estelle behielt ihre Bedenken für sich und wählte die Nummern von Quentins Eltern. Sie waren in Mailand und hatten keine Ahnung, was passiert sein könnte. Ihr Rückflug war für den nächsten Tag gebucht und es würde schwierig werden, ihn vorzuverlegen. Quentins Vater riet Estelle, die Polizei einzuschalten.

Was diese unverzüglich tat.

52.

Keine fünfzehn Minuten nach Estelle Souliols Anruf fuhren mehrere Polizeiwagen auf den Hof der Schäferei von Quentins Eltern, die es schließlich doch noch geschafft hatten, einen früheren Flug zu bekommen.

Die Steine im Haus erinnerten Kommandant Sevrant an die Untersuchungen seines früheren Kollegen Adjutant Kléber, der seine Geschichten über Ufos und paranormale Phänomene mit in den Ruhestand genommen hatte.

Es begann wieder zu regnen, als der Kommandant im Garten das ungewöhnliche Gebäude betrachtete, das den Gesetzen der Architektur zu trotzen schien und acht Jugendliche verschlungen hatte.

Entferntes Hundegebell und mehrere Pfiffe rissen ihn aus seinen Gedanken. Sein Funkgerät begann zu rauschen.

»Die Hunde haben eine Spur, Kommandant!«, rief Brigadier Dolfi in den Apparat.

»Wo sind Sie?«

Keine Antwort.

»Wo sind Sie, Brigadier?«

»… Teufelsplateau! … Krrrchhh …«

Eine Funkstörung unterbrach das Gespräch.

»Brigadier, hören Sie mich?«

»Krrrchhh … dammt! Was ist das? … Krrrchhh …«

»Brigadier, sprechen Sie deutlicher!«

»Krrrchhh … sollten sich das besser selbst ansehen … Krrrchhh … Ich hole Sie ab.«

Jean-Paul Sevrant ging dem Brigadier durch den Regen in Richtung der ersten Bäume entgegen. Er folgte dem Hundegebell durch einen Steineichenwald, in dem graue Felsen verstreut lagen. Dahinter begann eine mit Sträuchern bewachsene Heidelandschaft. Brigadier Dolfi eilte auf ihn zu.

»Hier entlang, Kommandant!«, rief er und machte auf dem Absatz kehrt.

Er schnappte nach Luft, was weniger an der körperlichen Anstrengung als vielmehr an der Aufregung lag, die ihn erfasst hatte.

Sevrant folgte ihm, ohne Fragen zu stellen. Er brauchte sich von Dolfi nichts schildern zu lassen, was er selbst gleich sehen würde.

Der Weg, den der Brigadier einschlug, führte in eine Senke. Dolfi blieb stehen, um Atem zu schöpfen, und zeigte auf etwas, das sich unterhalb von ihnen befand.

»Das Teufelsplateau.«

»So nennt man es nicht mehr«, korrigierte der Kommandant. »Jetzt heißt es Plateau der Götter.«

»Die Jugendlichen sind dort.«

»Was?«

»Wir haben zwei von ihnen gefunden. Gefesselt, mit Klebeband über dem Mund und einer Tüte über dem Kopf.«

Rasch gingen sie weiter zu der Hochebene mit ihren außergewöhnlichen Felsformationen. Ein paar der Felsen sahen beinahe menschlich aus. Und das Gerücht, an diesem Ort könne man Außerirdischen begegnen, hielt sich hartnäckig. Eine rationalere Erklärung für die seltsamen Skulpturen war die Erosion des Kalkgesteins durch Regen, Wind und Kohlendioxid, ein chemischer Prozess, bei dem sich die Natur als Künstler betätigte. Bei Grabungen war man auf ein tief liegendes Höhlensystem gestoßen, in das sich noch kein Mensch hineingewagt hatte.

Brigadier Dolfi führte den Kommandanten durch einen Irrgarten aus geisterhaften, über die Heidelandschaft verteilten Steinen, die sich in den schwarzen Himmel reckten. Hundegebell hallte durch das geheimnisvolle Labyrinth. Hinter einem Monolithen, der wie der Kopf einer Schildkröte aussah, stießen sie auf Brigadier Lambert, der mit einer verwirrt wirkenden Jugendlichen sprach.

»Ihr Name ist Marie Radisson«, informierte Lambert den Kommandanten.

»Sie lag dort.« Dolfi zeigte auf einen Felsüberhang, unter dem das Opfer vor dem Regen geschützt gewesen war. »Und sie hatte das hier über dem Kopf!«

Vorsichtig hob er eine weiße Plastiktüte auf und hielt sie seinem Chef hin. Sie hatte mehrere Löcher, damit Marie atmen konnte, und auf einer Seite stand in schwarzen Buchstaben ›Fotografie‹.

»Fotografie?«, wunderte sich Sevrant.

»Etwas weiter hinten haben wir einen Jungen gefunden«, berichtete Lambert. »Quentin Gosserand. Er war ebenfalls gefesselt und geknebelt und lag in einem Felsen, der mehr Löcher als ein Schweizer Käse hat. Er hatte eine Tüte über dem Kopf, auf der ›Architektur‹ steht.«

Die Hunde bellten immer noch.

»Die Zeugenaussagen der beiden sind ziemlich wirr«, fuhr Lambert fort. »Sicher scheint nur zu sein, dass sie insgesamt zu zehnt waren. Alle Opfer gehen in die zwölfte Klasse des künstlerischen Zweigs am Lycée Matisse.«

»Zehn? Madame Souliol sagte, sie seien zu acht gewesen.«

»Wahrscheinlich zwei Überraschungsgäste.«

»Hierher!«, rief jemand.

Sie liefen durch ein Gewirr aus geschichteten Kalksteinformationen, die an ein afrikanisches Hüttendorf erinnerten. Dort trafen sie auf einen Polizisten und seinen Hund, die einen dritten Jugendlichen gefunden hatten. Maxime Cohen hatte gefesselt unter einem wie eine Sphinx geformten Felsen gelegen. Auf der Tüte über seinem Kopf stand ›Musik‹.

Die Aussage des Jungen war genauso verworren wie die von Marie und Quentin. Angeblich waren sie nacheinander von einem kleinen Mädchen mit Mundschutz überrascht worden. Die Kleine hatte sie gefragt, ob sie schön sei, bevor sie ihren Mundschutz abnahm, unter dem ein bis zu den Ohren aufgeschlitzter Mund zum Vorschein kam. Dann hatte das Mädchen sie gelähmt, ihnen etwas über den Kopf gezogen und sie hierhergeschleppt.

»Gelähmt?«, wunderte sich Sevrant.

»Wenn Sie mich fragen, haben die nicht nur Limonade getrunken«, bemerkte Dolfi.

»Wir machen einen Alkoholtest und nehmen eine Speichelprobe von allen Opfern.«

Mehdi Achour entdeckten sie in einer Höhle, deren Form an einen Massaikrieger erinnerte. Auf seiner Tüte stand ›Videospiele‹.

»Diese Felsen sind irgendwie unheimlich«, bemerkte Dolfi. »Es ist, als ob sie einen beobachten.«

Sevrant ging nicht auf die Bemerkung ein, sondern konzentrierte sich auf das nächste Opfer, Mathilde Liotard. Sie hatte über zwölf Stunden auf einem Teppich aus Laub in einer kleinen Grotte ausgeharrt. Auch Mathildes Hände und Füße waren gefesselt. Sie hatte es jedoch geschafft, sich von der Tüte zu befreien, die man ihr über den Kopf gezogen hatte. Darauf stand ›Malerei‹.

Als Nächstes führten die Hunde die Polizisten zu Camille Souliol, die bewegungsunfähig unter einem Felsbogen lag. Kaum hatte man das Klebeband von ihrem Mund entfernt, fragte sie, ob Léa die Polizei gerufen habe.

»Warum Léa?«, fragte Sevrant verwundert.

»Sie war die Letzte, abgesehen von mir.«

»Wir haben sie noch nicht gefunden. Was ist passiert?«

»Es war dunkel und ich bin zur Straße gerannt, um ein Auto anzuhalten. Da hab ich plötzlich ein … ein kleines Mädchen gesehen. Sie trug einen gelben Regenmantel und eine Gesichtsmaske. Ich weiß nicht, was genau geschehen ist, es ging alles so schnell, aber plötzlich spürte ich einen heftigen Schmerz und konnte mich nicht mehr bewegen. Als hätte das Mädchen mich verhext. Ich bin zusammengebrochen … Jemand hat mir diese Tüte über den Kopf gezogen und mich hierhergebracht.«

Auf ihrer Tüte stand ›Bühne‹.

Aufgrund der Spurenlage, der Zeugenaussagen und der Ergebnisse der Schnelltests rekonstruierte Sevrant den möglichen Tathergang. Die Jugendlichen hatten sich einen Spaß daraus gemacht, sich gegenseitig zu erschrecken. Zu viel Alkohol und Marihuana in Kombination mit Spiritismus und einer überbordenden Kreativität hatten dazu geführt, dass der Abend aus dem Ruder gelaufen war. Die plötzlichen Lähmungserscheinungen kamen vermutlich von einer Elektroschockpistole. Der elektrische Schlag von 50 000 Volt lähmt vorübergehend das Nervensystem des Opfers, das augenblicklich die Kontrolle über seine Muskeln verliert und umfällt wie ein nasser Sack. Um Genaueres sagen zu können, mussten sie die Waffe ausfindig machen.

»Wir haben noch jemanden gefunden«, verkündete Dolfi.

Der Brigadier rannte los und der Kommandant folgte ihm durch das steinerne Labyrinth.

»Was haben sich diese Kids nur dabei gedacht?« Dolfi schüttelte den Kopf. »Zumindest scheinen sie sich prächtig amüsiert zu haben.«

»Genau darin liegt die Antwort, Brigadier. Die Jugendlichen wollten ihren Spaß haben.«

Ein Junge saß vor dem Eingang einer kleinen Höhle, aus der man ihn gerade befreit hatte. Er hatte denselben verwirrten Blick wie die anderen.

»Wie heißt er?«

»Julien Ponge.«

»Was stand auf seiner Tüte?«

»Comic.«

»Fehlen also noch drei.«

Kurze Zeit später wurden Manon Cayolle und Clément Bourdon aus zwei eigenwillig geformten Höhlen befreit. Auf den Tüten über ihren Köpfen stand ›Literatur‹ und ›Kino‹.

Clément hatte am meisten gelitten. Fast siebzehn Stunden hatte er gefesselt in einem für seine Größe viel zu engen Loch verbracht. Irgendein Tier hatte mit einem Knurren an seinen Füßen geschnüffelt. Clément beschuldigte die anderen, ihn in eine Falle gelockt zu haben. Er war vor der Villa von einem Mädchen mit entstelltem Gesicht empfangen worden und hatte vor Schreck die Flucht ergriffen. Als er an der Grundstücksgrenze stehen blieb, um wieder zu Atem zu kommen, hatte ihn ein heftiger Schmerz im Rücken gelähmt. Die Polizisten teilten ihm mit, dass seinen Freunden dasselbe Schicksal widerfahren war.

Manon Cayolle machte sich zunächst dadurch verdächtig, dass ihre Identifizierung sie mehr zu ärgern schien als die Tatsache, gefesselt worden zu sein. Schließlich gestand sie, ihren eigenen Selbstmord inszeniert und die ganze Schule hinters Licht geführt zu haben. Ein Betrug im Namen der Kunst, den niemand hinterfragt hatte, weil nicht mal Manons eigene Familie eingeweiht gewesen war.

Als Letzte fand man Léa Mestre in einem der vielen Löcher auf dem Plateau der Götter. Léas Kopf steckte in einer Tüte mit der Aufschrift ›Bildhauerei‹. Wie die anderen sagte sie aus, einem seltsamen kleinen Mädchen begegnet zu sein und einen elektrischen Schlag bekommen zu haben. Außerdem erwähnte sie die Spur von Quentins verstecktem Bruder. Der Kommandant beauftragte sofort Hauptmann Scordatto damit, diese Information zu überprüfen.

Die zehn Jugendlichen wurden vom Tatort fortgebracht, damit sie medizinisch und psychologisch untersucht werden konnten.

Auch der Kommandant verließ das Plateau. Oberhalb des Tals drehte er sich noch einmal um und ließ den Blick über die seltsame Landschaft wandern.

»Das ist fast zu malerisch«, bemerkte er.

Dolfi, der neben ihm stand, wollte wissen, was er damit meinte. Im selben Moment ertönte Scordattos Stimme aus dem Funkgerät.

Wie immer hatte der Hauptmann sehr effizient gearbeitet und im Handumdrehen Erkundigungen über den von Léa Mestre erwähnten Bruder eingezogen. Quentins Mutter hatte tatsächlich ein Baby mit körperlichen Fehlbildungen bekommen. Sie hatte gehofft, die Ärzte könnten dem Kind helfen, aber verschiedene Komplikationen hatten eine Operation verhindert. Der Junge wuchs ohne Kontakt zur Außenwelt in der abgelegenen Schäferei seiner Großeltern auf. Einige Jahre später wurde Quentin geboren.

»Aber dieser Bruder kann letzte Nacht unmöglich die Jugendlichen angegriffen haben«, erklärte der Hauptmann abschließend.

»Warum?«

»Weil er vor zwei Jahren gestorben ist.«

»Vielen Dank«, sagte Sevrant.

Während er die Information verdaute, versank er erneut in die Betrachtung der Felsformationen und versuchte, diese seltsame Inszenierung zu verstehen. Alle Opfer besuchten die Kunstklasse des Gymnasiums. Jedem war eine der zehn Künste zugeordnet worden und der Täter hatte sie auf einem Plateau arrangiert, das aus natürlichen Skulpturen bestand.

»Als wollte er ein Kunstwerk kreieren …«, murmelte Sevrant.

»Hä?«, machte Dolfi.

»Der Täter muss einer von ihnen sein.«

Die Aufdeckung von Manons vorgetäuschtem Selbstmord, den wiederum Maxime für sich genutzt hatte, um Manons Geist zu beschwören, ließ Sevrant ahnen, wozu eine Handvoll kreativer und gelangweilter Schüler fähig war.

»Einer der zehn Jugendlichen?«, fragte Dolfi ungläubig.

»Sie haben doch gehört, was die Opfer ausgesagt haben, oder? Sie wollten sich gegenseitig Angst machen und haben ständig versucht, einander zu übertrumpfen. Dabei ist einer von ihnen wesentlich weiter gegangen als die anderen. Er hat sich selbst als Opfer inszeniert, um keinen Verdacht zu erregen. Außerdem konnte er sowieso nicht weg. Keiner der Jugendlichen hat einen Führerschein.«

»Wer könnte es gewesen sein?«

»Es gibt nur einen Weg, das herauszufinden.«

»Welchen?«

»Indem wir jedes Opfer fragen, womit es seine Freunde erschreckt hat.«

53.

Auf Quentins Oberkörper wurden zwei Einstiche entdeckt. Im Gegensatz zu den anderen Jugendlichen, die durch direkten Kontakt mit dem Taser geschockt worden waren, hatte jemand zwei mit Stromkabeln verbundene spitze Projektile auf Quentin abgefeuert. Die Spurensicherung begann sofort mit der Suche nach dem mit der Seriennummer versehenen Konfetti, das jedes Mal mit den Projektilen verschossen wurde, sobald die Stickstoffkartusche die Elektroden abfeuerte. Anhand der Analyse des Konfettis würde man die Herkunft der Waffe zurückverfolgen können.

Auch die Aufzeichnungen der Überwachungskameras wurden beschlagnahmt.

Die Opfer hatten keine körperlichen Verletzungen durch die heftige vorübergehende Lähmung des Nervensystems davongetragen. Der Angreifer hatte ihnen die Elektroschocks durch die Kleidung verpasst, weshalb auch keine Verbrennungen entstanden waren. Nur bei Quentin hatten die beiden Projektile Spuren hinterlassen. Die psychischen Folgen des Abends waren mehr auf die Angst zurückzuführen, die die Jugendlichen vor ihrer Entführung ausgestanden hatten, als auf die Stunden, die sie nachts auf dem Felsplateau mit einer durchlöcherten Tüte auf dem Kopf verbringen mussten.

Die zehn Jugendlichen gaben zu, eine Menge getrunken und viel Unsinn geredet zu haben, aber sie sagten alle aus, von einem kleinen Mädchen erschreckt worden zu sein, dessen Mund bis zu den Ohren reichte. Die Aufnahmen der Überwachungskameras bestätigten die Angst der Opfer, ohne die Existenz des geheimnisvollen Mädchens zu beweisen, das auf keinem einzigen Video auftauchte.

Die Freunde berichteten auch von unsichtbaren Wesen, Dematerialisationen, durch das Haus polternden Steinen, seltsamen Lichtern und Motorengeräuschen. Adjutant Kléber wurde aus dem Ruhestand zurückbeordert, um seine Meinung zu diesen unerklärlichen Phänomenen abzugeben, die in der Gegend des Col de Vence häufiger vorkamen.

Nachdem er die Aussagen der Jugendlichen gelesen hatte, befragte Kommandant Sevrant sie persönlich, einen nach dem anderen, und stellte jedem die Frage, die ihm auf den Lippen brannte: »Was hattest du dir ausgedacht, um deine Freunde in der Nacht von Samstag auf Sonntag zu erschrecken?«

Alle konnten ihm eine präzise Antwort geben.

Alle außer Clément.

54.

Wenn du schuldig bist, wirst du immer irgendwann erwischt. Die Frage ist nur, wie lange es dauert. Was das betrifft, war der Kommandant ziemlich fix. Umso besser, denn ich war sowieso kurz davor, ein Geständnis abzulegen.

Ich hab das alles schließlich nicht gemacht, damit mein Werk anonym bleibt. Ich wollte nur die Angst, die ich den Acht eingejagt hatte, noch ein wenig auskosten.

Im Gegensatz zu ihren Aktionen, deren Schrecken nur für die Dauer der Performance anhielt, hat mein Horrorkonzept seine Wirkung auch noch Tage später entfaltet. Die polizeiliche Untersuchung, die Befragungen, die Sitzungen beim Psychologen und nicht zuletzt das ungute Gefühl, nicht zu wissen, was passiert war.

Im Endeffekt habe ich, der Außenseiter, Big Loser, wie sie mich nennen, ihnen gezeigt, wer der Boss ist. Ich hab sie alle hinters Licht geführt. Mehr als jeder andere hätte ich es verdient gehabt, zu ihrer Gruppe zu gehören.

Seit Beginn des Schuljahres bin ich ihnen jeden Tag über den Weg gelaufen, doch sie hätten mir gegenüber nicht gleichgültiger sein können. Bestenfalls haben sie sich über mich lustig gemacht. Trotzdem wollte ich zu ihnen gehören, wollte glänzen wie sie. Ich war wie diese armen Schlucker, die von den Reichen mit Füßen getreten werden und trotzdem davon träumen, wie sie zu sein. Oder wie die verfemten Künstler, die von der vornehmen Gesellschaft verachtet werden und dennoch alles tun, um in ihren Kreis aufgenommen zu werden.

Keine Chance, zu den legendären Beerpong-Partys der Clique eingeladen zu werden, auf denen sie immer jede Menge Spaß haben. Höchstens als der Dumme, auf dessen Kosten sich alle amüsieren. Darum hab ich die Gelegenheit beim Schopf gepackt, als ich von der Horrornacht hörte. Ich wollte ihnen zeigen, dass ich auf diesem Gebiet genauso kreativ bin wie sie. Schließlich bin ich Experte für Horrorfilme und Urban Legends.

Doch um mich richtig in Szene zu setzen, musste mein Beitrag absolut furchterregend, kreativ und kunstvoll sein. Ich wollte es allen zeigen: den Acht, die mich für einen absoluten Versager hielten, meinen Eltern, die mir ständig vorwerfen, ich sei faul, und meinen Lehrern, die finden, ich hätte auf dem künstlerischen Zweig nichts verloren.

Allerdings brauchte ich dazu erst mal eine Einladung. Also hab ich Kevin und Alex fünfzig Euro in die Hand gedrückt, damit sie die Clique bedrohen und ich den Retter in der Not spielen kann. Keine Ahnung, ob diese improvisierte Inszenierung etwas gebracht hat. Ehrlich gesagt glaube ich, die Acht haben mich aus dem schlimmsten aller Gründe eingeladen: Mitleid. Und wennschon. Die Angst, die sie meinetwegen tagelang ausgestanden haben, hat das Mitleid ausgelöscht.

Mir blieben drei Wochen Zeit für die Vorbereitungen. Ich bin mehrmals mit meinem Roller zur Villa am Col de Vence gefahren, um mich vor Ort umzusehen. Ich hab Stunden damit verbracht, die Gegend, das Haus, die Überwachungskameras und das Plateau der Götter auszukundschaften. Auf dem Plateau wollte ich meine Opfer ausstellen, während ich sie ihrer Versteinerung überließ, wie Abraham Poincheval in seinem Felsen. Mein Prof würde begeistert sein.

Mit einer Leiter von der Baustelle im Garten bin ich auf das Dach der Villa geklettert, hab ein paar Ziegel entfernt und bin durch das Loch auf den Dachboden gelangt. Dort hab ich mehrere Steine versteckt, die ich von der Mauer geklaut hatte, die draußen gebaut wird. Ich hatte Geschichten von seltsamen Phänomenen in dieser Gegend gehört, zum Beispiel von Steinen, die vom Himmel fallen. Damit wollte ich die anderen ein bisschen erschrecken. In erster Linie sollten die Steine aber zur Ablenkung dienen, während ich mich im Haus hin und her bewegte.

Außerdem hab ich Stricke, Klebeband und Plastiktüten mitgebracht. Im Internet hab ich mir genau angeschaut, wie ich Hände, Füße und Ellbogen meiner Opfer fesseln und die Seilenden anschließend mit einem Knoten auf dem Rücken zusammenbinden muss. So hatten sie keine Chance, sich zu befreien. Ich hab mit Lili geübt, meiner kleinen Schwester. Sie ist zwölf, sieht aber aus wie zehn. Im Gegensatz zu mir ist sie klein für ihr Alter.

Das Schwierigste war, Lili dazu zu bewegen, mir in der Nacht von Samstag auf Sonntag zu helfen. Sie war für den Erfolg meines Projekts unerlässlich. Im Gegenzug hab ich ihr eine Nintendo Switch gekauft und versprochen, bis zum Ende des Schuljahres ihre Hausaufgaben zu machen. Meinen Eltern hab ich erzählt, ich würde sie zu einer Kostümparty mitnehmen und sie würde dort bei meinen Freunden übernachten. Lili liebt es, sich zu verkleiden, das hat es leichter gemacht. Sie liebt es auch, anderen Streiche zu spielen.

Nun musste ich nur noch dafür sorgen, dass sie keine Angst bekam, während sie allein auf dem Dachboden der Villa hockte. Ich hab ihr *The Legend of Zelda* auf ihrer Switch installiert, genau das richtige Spiel, um alles um sich herum zu vergessen. Lili ist total süchtig danach. Außerdem waren wir über die App FireChat* verbunden, die über ein vermaschtes Netz funktioniert. Ich hab ihr regelmäßig geschrieben, um sie zu beruhigen, sie wach zu halten und ihr Bescheid zu sagen, wenn sie aktiv werden sollte.

Am Tag X bin ich mit Lili auf dem Scooter zum Col de Vence hochgefahren. In meinem Rucksack hatte ich eine Elektroschockpistole, um meine Opfer bewegungsunfähig zu machen. Die hab ich im Internet gekauft. Im Internet findet man alles.

Ich hab Lili auf den Dachboden gebracht, einen Karton mit Klamotten geleert und ihr darin ein kuscheliges Versteck gebaut.

Im Wald hab ich Tier-Exkremente gefunden. Das hat mich auf die Idee gebracht, sie später neben die David-Vader-Statue zu legen, damit die anderen denken, ein Tier wäre im Haus.

Dann hieß es warten. Bevor es richtig losging, hab ich mich von der Überwachungskamera vor dem Haus dabei filmen lassen, wie ich panisch davonrenne.

Ich hab zugesehen, wie die anderen sich gegenseitig Angst gemacht und dabei jede Menge getrunken haben. So war es später einfacher, sie zu neutralisieren. Als sie in der Küche waren, hab ich die Gelegenheit genutzt, um den Repeater zu sabotieren. Das wollte ich nicht zu früh machen, damit niemand Verdacht schöpft, vor allem nicht ihre Eltern.

Lili war unglaublich. Sie hielt mich darüber auf dem Laufenden, wo sich die anderen gerade befanden, und öffnete mir die Tür, wenn sie abgeschlossen war. Aber vor allem hat sie ihre Rolle als Geist einfach perfekt gespielt, genau wie wir es geprobt hatten. Sie lenkte meine Opfer ab, indem sie sie erschreckte, während ich mich von hinten anschlich und ihnen einen Stromschlag verpasste.

Ich hatte Lili echt gut geschminkt, inspiriert von verschiedenen japanischen Legenden. Die finde ich am unheimlichsten. Lili sollte genauso humpelnd laufen wie Teke Teke, die Frau, die von einem Zug in zwei Teile geschnitten wurde. Meine Schwester hat das super gemacht. Ich hatte sie als Kuchisake geschminkt, die Frau mit dem grauenhaften Lächeln. Die Legende sagt, dass Kuchisakes eifersüchtiger Mann ihr den Mund mit einer Rasierklinge aufgeschnitten hat. Seitdem irrt sie nachts als böser Geist mit einer Schere herum. Ihr Mund soll hinter einer Maske verborgen sein. Kuchisake stellt all ihren Opfern dieselbe Frage: »Findest du mich schön?« Je nachdem, was sie antworten, tötet sie ihr Opfer oder schlitzt ihm das Gesicht auf.

Die anderen haben einen Mordsschreck bekommen, als Lili ihnen ihre Frage gestellt hat. Ehrlich, ich bin fast gestorben vor Lachen! Sie waren so betrunken und durch den Wind, dass ich mich unbemerkt von hinten anschleichen und ihnen 50000 Volt in den Körper jagen konnte. Ich brauchte nur zu warten, bis einer von ihnen allein war.

Nur bei Quentin musste ich die Projektile benutzen, weil ich zu weit weg war. Ich konnte nicht näher heran, sonst wäre ich ins Visier der Überwachungskamera geraten. Er war im Garten, mehr als fünf Meter von mir entfernt. Ich hab den Abzug der Elektroschockpistole gedrückt, woraufhin die beiden Projektile mit einer Geschwindigkeit von 50 Metern pro Sekunde losgeflogen sind. Sie sind mit zwei Drähten verbunden und können Kleidungsstücke durchdringen, die bis zu fünf Zentimeter dick sind. Sobald der Kontakt hergestellt war, hat die Pistole Quentin einen elektrischen Schlag verpasst, der sein Nervensystem augenblicklich lahmlegte. Er ist zusammengebrochen und in den Swimmingpool gefallen. Bis ich in die Grube geklettert war, konnte er sich wieder ein bisschen bewegen und hat sich gewehrt. Ich musste ihm eine zweite Dröhnung mit dem Taser verpassen.

Während meine Opfer bewegungsunfähig waren, hab ich ihnen eine Tüte über den Kopf gezogen und sie gefesselt. Dann hab ich sie an unterschiedlichen Orten zwischengelagert, je nachdem, wo ich sie erwischt hatte, um sie später nacheinander mit einer Schubkarre zum Ort meiner Ausstellung zu bringen. Mathilde, Quentin und Camille hab ich unter einer Plane im Wald versteckt, Manon und Marie auf dem Dachboden und Julien im Keller. Am schwierigsten war es, Maxime und Mehdi verschwinden zu lassen, die ich im Flur im ersten Stock mit dem Taser geschockt hatte. Maxime war am gefährlichsten, denn er hatte das Gewehr. Ich musste mich ohne Lilis Hilfe um ihn kümmern, weil ich Angst hatte, er könnte auf sie schießen. Außerdem musste ich die beiden Jungs durch das Fenster eines der Schlafzimmer hinausbefördern. Ich hatte von außen eine Leiter angelehnt. Von dort aus hab ich sie in den Wald geschleppt.

Sobald auch Léa neutralisiert war, bin ich ständig zwischen dem Haus und dem Plateau der Götter hin- und hergependelt. Es hat ewig gedauert und war echt anstrengend, alle rüberzubringen. Aber so ist das eben, wenn man ein besonderes Kunstwerk erschaffen will. Zwischen den von der Natur geformten Felsen hab ich meine Opfer sorgfältig angeordnet und anschließend Fotos und ein Video von meinem Werk gemacht.

Im Keller und auf dem Dachboden wären Lili und ich mehrmals fast erwischt worden. Einmal hat eine Fledermaus Quentin abgelenkt, das war unser Glück. Ich wäre auch beinahe auf einem Foto von Marie erkannt worden.

Als sie nur noch zu dritt waren, wurde es schwieriger. Sie waren misstrauisch. Ich musste mir etwas ausdenken, um sie einzeln zu erwischen. Deshalb hab ich die Ratte aus dem Käfig gelassen und Steine gegen das Fenster geworfen. Zum Schluss musste ich Camille und Léa unbedingt nach draußen locken, um sie zu trennen.

Ich bin schon lange in Camille verliebt. Sie ist wunderschön, hat eine ganz besondere Art, sich zu bewegen, und hält sich nicht für was Besseres, obwohl sie echt super aussieht. Ich weiß, dass ich keine Chance bei ihr habe, aber wenn ich in der Clique wäre, würde sie mich wenigstens ansehen.

Léa hat mich im Lauf des Abends echt überrascht. Ich konnte mir keinen Reim auf ihr Verhalten machen. Sie hat Selbstgespräche geführt und einen detaillierten Bericht über alles, was an dem Abend passiert ist, mit ihrem iPhone aufgenommen. Außerdem eine etwas abgedrehte Verteidigungsrede für den Fall, dass man sie verdächtigen würde, die anderen entführt zu haben. Léa hat sogar herausgefunden, dass Quentin einen älteren Bruder hat, von dem niemand etwas wissen sollte. Sie hat ihn für den Angreifer gehalten.

Weil ich so damit beschäftigt war, Léa zu beobachten, hätte ich mich fast erwischen lassen. Lili war auf dem Dachboden eingeschlafen und ich wollte sie nicht wecken. Doch gegen vier Uhr morgens musste ich sie schließlich doch holen, damit sie zum letzten Mal ihre Rolle als Geistermädchen spielte. Sie war völlig verschlafen, als sie ihre berühmte Frage gestellt hat. Arme Lili, sie hatte echt keine Lust mehr. Ich hab Léa kaum Zeit zum Antworten gelassen. Ein Stromschlag mit dem Taser und sie ist umgekippt.

Die größte Überraschung des Abends war, dass die Acht zu neunt waren. Mit mir waren wir zehn. Eigentlich wollte ich mein Abschlussprojekt »Die neun Musen« nennen. Nun musste ich es umtaufen in »Die zehn Künste«.

1. Architektur
2. Bildhauerei
3. Malerei
4. Musik
5. Literatur
6. Tanz
7. Kino
8. Fotografie
9. Comic
10. Videospiele

Ich hab jedem die Kunst zugeordnet, die am besten zu ihm oder ihr passt. Mir habe ich die Nummer sieben gegeben, obwohl ich nicht so viel Ahnung vom Kino hab wie Marie. Ich kenne mich nur mit Horrorfilmen aus. Sie lösen die meisten Gefühle in mir aus und lenken mich am besten vom echten Leben ab.

Nachdem ich die neun »Künstler« auf dem Plateau der Götter arrangiert hatte, hab ich Lili nach Hause gebracht. Wir haben uns leise reingeschlichen und ich hab ihr eingeschärft, dass sie unseren Eltern am nächsten Morgen erzählen soll, sie hätte lieber in ihrem eigenen Bett schlafen wollen.

Dann bin ich zurück zur Villa gefahren. Ich hab eine Kopie der Videoaufzeichnungen gemacht und Léas Smartphone eingesteckt. Um acht Uhr bin ich im Gästezimmer eingeschlafen.

Gegen zehn hab ich mich auf den Weg zum Plateau der Götter gemacht. Die anderen hatten sich nicht vom Fleck gerührt. Ich hab mich in ein enges Loch gezwängt und mir Fesseln angelegt. Damit wollte ich nicht nur den Verdacht von mir ablenken, sondern auch allen zeigen, dass ich ein Teil der Gruppe bin. Dass ich genauso bin wie die anderen. Ich hab sie so erschreckt, wie sie es sich nicht mal in ihren kühnsten Träumen hätten vorstellen können. Noch mehr als Maxime mit Manon als lebender Toter! Ich bin ihrer Kreativität würdig.

Das ist es, was ich Kommandant Sevrant erzählt habe, als er mich in seinem Büro überführt hat.

»Bist du dir darüber im Klaren, dass du eine Straftat begangen hast?«, fragte er, als ich fertig war.

»Wir haben versucht, uns gegenseitig Angst einzujagen und die Grenzen unserer Kreativität auszutesten«, verteidigte ich mich.

»Deine Freunde haben nichts Illegales getan. Manon wird sich allerdings gegenüber ihren Eltern und der Schule verantworten müssen. Weißt du, dass es verboten ist, jemanden zu fesseln? Hast du daran gedacht, was deine Opfer in diesen Stunden durchgemacht haben?«

»Ich bin ziemlich weit gegangen, das gebe ich zu. Aber ich habe die Herausforderung angenommen.«

»Welche Herausforderung?«

»Die anderen zu erschrecken.«

»Die Eltern deiner Mitschüler werden vermutlich Anzeige erstatten.«

»Das Risiko gehört dazu. Pjotr Pawlenski* wurde während seiner letzten Kunst-Performance sogar ins Gefängnis geworfen!«

»Was hat er denn getan?«

»Er hat an der Fassade einer Filiale der Banque de France Feuer gelegt.«

»Hast du so etwas auch vor?«

»Nein. Ich wollte nur meinen Freunden Angst einjagen. Damit sie mich in ihre Clique aufnehmen.«

Meine Mutter und mein Vater wurden ebenfalls vorgeladen. Ich musste mich bei meinen Mitschülern und ihren Eltern entschuldigen. Manons Eltern fielen aus allen Wolken, als sie erfuhren, dass ihre Tochter sich hinter ihrem Rücken für tot hatte erklären lassen.

Auch der Direktor unseres Gymnasiums wurde befragt und musste sich dafür rechtfertigen, was unser Lehrer in zeitgenössischer Kunst mit uns durchgenommen hat.

Kommandant Sevrant hat die Sache schließlich wie eine aus dem Ruder gelaufene Party dargestellt. Organisiert von einer Handvoll kreativer und gelangweilter Schüler, die sich nach Anerkennung sehnen, weshalb sie sich darin überboten haben, sich kindischen Herausforderungen zu stellen. Laut Sevrant haben sich dabei Sagen, urbane Legenden, Alkohol und paranormale Erscheinungen auf ungute Weise vermischt.

Aber all das ist unwichtig.

Das Einzige, was zählt, ist, dass keiner meiner neuen Freunde sauer auf mich ist. Im Gegenteil, sie waren alle beeindruckt von meinem Mut und Einfallsreichtum. Außerdem haben sie ihre Eltern bequatscht, damit sie mich nicht anzeigen.

Ich muss allerdings eine Therapie beim Psychologen machen.

Dieser Roman ist eine ausführlichere Fassung meiner Zeugenaussage. Ich habe über mich selbst in der dritten Person geschrieben, um mich mit meinen Freunden gleichzusetzen. Léas Bericht auf ihrem Smartphone und die Kopie der Kameraaufzeichnungen haben mir geholfen, die Ereignisse dieses legendären Wochenendes so detailliert wie möglich zu schildern. Hin und wieder musste ich allerdings auf meine Fantasie zurückgreifen, um für größere Glaubwürdigkeit zu sorgen.

Außerdem gehört dieser Bericht zu meinem Werk »Die zehn Künste« und ergänzt die Fotos und das Video, die ich dazu erstellt habe. Mein Werk lässt sich in vier Wörtern zusammenfassen:

Andersartigkeit ist ein Vorteil.

Außerdem möchte ich als Motto ein Zitat von Kurt Cobain hinzufügen:

»Sie lachen über mich, weil ich anders bin.
Ich lache über sie, weil sie alle gleich sind.«

EPILOG

Schnell wurde es Juni und die mündliche Prüfung am Schuljahresende rückte näher. Der Fall »Horrornacht« am Col de Vence war abgeschlossen worden, ohne dass es Konsequenzen gegeben hatte. Die Auswüchse der Party wurden dem exzessiven Alkoholkonsum und der überbordenden Fantasie der Jugendlichen zugeschrieben.

Clément hatte die Anonymität verlassen und war der gefürchtetste und zugleich beliebteste Junge der Schule geworden. Die meisten seiner Mitschüler hielten ihn für psychisch gestört, ganz im Gegensatz zu seinen neun Opfern, die von seinem Einfallsreichtum begeistert waren. Und nur das zählte für Clément. Er hatte sein Ziel erreicht. Die Clique hatte ihn aufgenommen und sich extra für ihn in »Die Neun« umbenannt.

Manon hätte ebenfalls dabei sein können, dann wären sie »Die Zehn« gewesen, aber als unverbesserliche Außenseiterin hatte sie die Einladung ausgeschlagen. Trotzdem waren sie Freunde geworden, vor allem Manon und Léa, die sich seitdem regelmäßig sahen.

Manon und Clément machten eine Therapie und die Psychologin versuchte, ihren Realitätssinn zu schärfen und ihnen bewusst zu machen, welche Konsequenzen ihr Handeln hatte.

Am Tag seiner mündlichen Prüfung näherte sich Clément der

Schule mit einem flauen Gefühl im Magen. Camille lächelte ihm zu und begrüßte ihn mit einem Kuss auf die Wange, was Cléments Herz noch schneller schlagen ließ. Allein für diesen magischen Moment, der seinen Alltag erhellte, lohnte es sich, jeden Morgen in die Schule zu kommen.

»Bist du heute dran?«, fragte sie.

»Ja, mir ist schon ganz schlecht.«

»Bestimmt nicht so schlecht wie mir, als deine Schwester mich auf dem Dachboden angestarrt hat.«

»Lili hat sich auch erschreckt, als du sie entdeckt hast.«

»Gehts ihr gut?«

»Alles okay. Ich hab ihr versprochen, dass wir zu einem Konzert von Ariana Grande gehen.«

»Ihr wollt auf ein Konzert? Ohne mich?« Maxime kam auf sie zu.

Er küsste Camille auf den Mund und klatschte Clément ab. Maxime hatte abgenommen und trieb wieder mehr Sport. Dafür verbrachte er weniger Zeit mit Essen und Gitarrespielen. Inzwischen hatte er fast so breite Schultern wie Clément und war mit Camille zusammen, sehr zum Missfallen der Konkurrenz. Nur das Pokern hatte er nicht aufgegeben, genauso wenig wie die Hoffnung, Camille eines Tages dafür begeistern zu können.

»Du bist zu alt für ein Ariana-Grande-Konzert«, stellte Camille fest.

»Es sei denn, sie lädt wieder Liam Gallagher ein, wie bei dem Auftritt für die Opfer des Anschlags von Manchester.«

»Das Konzert hab ich mit meiner Schwester im Fernsehen gesehen«, sagte Clément.

»Was ist los mit dir?« Maxime sah seinen Freund aufmerksam an. »Du siehst echt scheiße aus.«

»Er muss gleich seine Abschlussarbeit präsentieren«, erklärte Camille.

»Deinen Roman?«

»Yes.«

»Hast du unsere Namen geändert?«

»Nein. Wäre dir das lieber gewesen?«

»Na ja, wenn du alles so schilderst, wie es gewesen ist, stehen wir wie die Vollidioten da. Ein paar Jugendliche, die sich von einem kleinen Mädchen mit aufgemaltem Joker-Grinsen erschrecken lassen. Peinlicher gehts kaum!«

»Selbst wenn ich die Namen ändern würde, wüssten alle, wer gemeint ist.«

»Solange das Buch nicht veröffentlicht wird, ist es okay für mich«, meinte Camille. »Hauptsache, meine Eltern kriegen es nicht zu Gesicht. Es war schon schwer genug, sie dazu zu bringen, dich nicht anzuzeigen.«

»Danke, Camille.« Clément lief rot an, wie immer, wenn Camille sich für ihn einsetzte.

»Gern geschehen, Clem. Ganz ehrlich, deine Inszenierung hat uns gezeigt, was für blutige Anfänger wir im Horrorgenre sind. Mein Sadabuki-Tanz war nichts gegen dein Kuchisake-Girl. Gut, dass ich jetzt doch mein Hochzeitskleid aus Klopapier als Abschlussprojekt mache.«

»Hallo, Leute! Alles klar?«, rief Mehdi.

Er schlenderte mit Julien und Quentin zu ihnen herüber.

»Ich hab heute meine mündliche Prüfung«, sagte Clément.

»Dann sind wir schon zwei.« Mehdi wirkte wesentlich entspannter als Clément.

»Ich bin Donnerstag dran«, sagte Julien.

»Bist du zufrieden mit deinem Comic?«, fragte Clément.

»Noch nicht. Hoffentlich werde ich rechtzeitig fertig.«

»Kein Stress, Leute!« Mehdi grinste. »Es muss ja nicht gleich die Sixtinische Kapelle werden. Ich hab mein Projekt in zwei Tagen zusammengeschustert.«

»Kein Wunder, du hattest ja auch schon das Material. Außerdem kannst du reden wie ein Autoverkäufer.«

»Das nehm ich jetzt mal als Kompliment.«

Mehdi hatte von Clément eine Kopie des Videos bekommen, auf dem er seine Freunde mit der Schreckschusspistole bedrohte. Die Tonspur, die er darübergelegt hatte, ließ es so wirken, als würde er die anderen zwingen, ein sufistisches Gedicht auswendig zu lernen.

In diesem Augenblick tauchte Mathilde auf. Sie hatte sich doch nicht den Hinterkopf tätowieren lassen, sondern mit einer Schablone die Mona Lisa in allen Farben auf eine Motorhaube vom Schrottplatz gesprüht.

Manon und Léa folgten ihr, Hand in Hand. Léa hatte Quentin für Manon verlassen. Die depressive Rebellin im Gothic-Style schien die Lust am Leben wiedergefunden zu haben. Statt ihren falschen Selbstmord als Kunstwerk zu präsentieren, hatte sie sich für ein nicht ganz so originelles, dafür aber weniger morbides Thema entschieden, inspiriert vom Arzneischrank von Damien Hirst*. Ihr Schrank war mit Büchern gefüllt, die sie in zwei Farben angemalt hatte.

Kaum war Léa auf der Bildfläche erschienen, starrte Quentin konzentriert auf sein Smartphone. In der Nacht am Col de Vence hatte er nicht nur seine Freundin verloren, sondern auch seinen Sinn für Humor. Die Trennung von Léa, seine aus dem Ruder gelaufene Party und die Enthüllungen über seinen toten Bruder, dessen Existenz er den anderen verschwiegen hatte – all das hatte dazu geführt, dass er sich von der Gruppe distanzierte. Dafür beschäftigte er sich jetzt umso mehr mit seinem Youtube-Kanal.

»Ich will dich ja nicht unter Druck setzen«, sagte Maxime zu Clément. »Aber glaubst du wirklich, du hast das Recht, diesen Roman zu präsentieren?«

»Warum nicht? Der Fall ist doch abgeschlossen.«

»Er wurde ad acta gelegt, weil es keine Anzeige gab.«

»Und es gab keine Anzeige, weil wir alle heftig mit unseren Eltern verhandelt haben«, fügte Léa hinzu. »Wie du weißt, hat mein Vater seine Anzeige nur unter der Bedingung zurückgezogen, dass ich auf den Dildo in meinem Video verzichte.«

»Was hast du deinen Testpersonen stattdessen in die Hand gedrückt?«

»Einen Fünfhundert-Euro-Schein.«

»Echt jetzt?«

»Was blieb mir denn noch, abgesehen von der Waffe und dem Dildo? Die Kohle!«

»Macht, Sex und Geld«, sagte Manon. »Um diese drei Dinge dreht sich alles auf der Welt.«

»Die Reaktionen der Jugendlichen, die ich gefilmt habe, waren teilweise echt krass. Einige von ihnen hatten noch nie einen Fünfhundert-Euro-Schein gesehen. Manche dachten sogar, es sei ausländisches Geld.«

»Hey!«, mischte sich Julien ein. »Ich hab mich auch ganz schön ins Zeug gelegt, damit meine Eltern Clément nicht vor Gericht zerren. Dabei hatte ich einen echten Hass auf dich, Kumpel.«

»Ich auch.« Quentin rieb sich die Brust. »Vor allem wegen des Tasers.«

Quentin hatte sich schließlich überreden lassen, ein Projekt über Architektenhäuser für Singles vorzustellen, damit seine Eltern großzügig über die Entgleisungen der Horrornacht hinweggingen.

»Weicheier!« Mathilde schnaubte verächtlich. »Ich war am längsten von uns allen gefesselt. Aber das ist ein Dreck dagegen, einen Tag reglos auf dem Operationstisch zu liegen, während einem die Haut von einer heißen Nadel verbrannt wird.«

»Jedem das Seine«, stellte Julien spöttisch fest.

»Das Ergebnis zählt!«

Völlig ungeniert lüftete Mathilde ihr *Queens of the Stone Age*-Shirt und präsentierte den anderen ihr Kraken-Tattoo. Die Tentakel des Tieres schlängelten sich in ihre Unterhose, zwischen ihre Brüste und auf ihren Rücken. Ein Piercing im Bauchnabel bildete das Auge.

»Wow!« Clément riss die Augen auf.

Er war der Einzige aus der Clique, der das Tattoo noch nicht kannte.

»Ist das Piercing neu?«, fragte Julien.

»Ja, ich habs erst seit letzter Woche.«

»Wirkt das nicht irgendwie beängstigend auf deine … also … äh …«

»Auf die Typen, mit denen ich ins Bett gehe, meinst du? Nein, im Gegenteil, sie finden es geil. Schließlich dürfen sie die komplette Krake sehen.«

Sie zwinkerte Clément zu und zog ihr T-Shirt wieder über den Bauch.

»Hört auf zu jammern«, mischte sich Manon ein. »Ich hab mein Apartment verloren und musste wieder zu meiner Mutter und ihrem bescheuerten Freund ziehen.«

»Tut mir leid«, sagte Clément.

»Kein Problem, im Gegenzug hab ich schließlich auch etwas gewonnen.« Sie schob sich hinter Léa und drückte ihr einen Kuss in den Nacken, der Léa eine Gänsehaut über den Rücken jagte.

»Genau das hab ich gemeint«, sagte Mathilde. »Das Ergebnis zählt! Wie bei deinem Buch, Clem. Hauptsache, der ganze Stress hat sich gelohnt. Also sieh zu, dass du 'ne Eins kriegst, sonst bereuen wir nachher noch, zu dir gehalten zu haben.«

»Die Neun sind unschlagbar!«, rief Mehdi.

»Können wir nicht doch die Zehn sein?« Léa schmiegte sich an Manon.

»Lass stecken, ich bleib lieber die Außenseiterin unter den Außenseitern«, erwiderte Manon.

»Momentan hab ich eher den Eindruck, dass wir wieder die Acht sind.« Camille warf einen Blick zu Quentin, der immer noch mit seinem Handy beschäftigt war.

Die Klingel kündigte den Beginn der ersten Stunde an. Jetzt wurde es ernst für Clément.

»Macht euch keine Sorgen«, sagte er. »Ich gebe alles. Und glaubt mir, der Lehrer wird meine Präsentation nicht so schnell vergessen.«

In letzter Sekunde kam Marie angerannt, wie immer zu spät.

»Wartet auf mich!«, keuchte sie.

Sie lief an Kevin und Alex vorbei, die sie schweigend anstarrten.

»Was ist? Wollt ihr ein Foto von mir?«, blaffte sie.

»Nein, danke«, antwortete Kevin.

An diesem Morgen war er nicht von Clément dafür bezahlt worden, die Clique zu provozieren. Marie eilte weiter zu ihren Freunden.

»Ich wollte Clément und Mehdi viel Glück wünschen«, verkündete sie.

»Danke«, sagte Clément.

»Wird schon werden«, versicherte Mehdi.

»Wir zählen auf dich, Clément«, sagte Marie eindringlich. »Wehe, du bekommst keine Eins!«

Mathilde grinste. »Das haben wir ihm auch gerade gesagt.«

»Mathilde hat ein Bauchnabel-Piercing«, warf Julien ein.

»Echt? Zeig her!«

Mathilde ließ sich nicht lange bitten.

»Hast du deine Arbeit über Chaplin fertig?«, fragte sie, während sie ihr T-Shirt hochzog.

»Ja. Wow!«

Sie gingen zum Schultor. Nur Quentin hielt sich mit mürrischem Gesicht abseits. Clément gesellte sich zu ihm. Er zog einen USB-Stick aus dem Rucksack und drückte ihn seinem Freund in die Hand.

»Für dich.«

»Was ist das?«

»Ein Geschenk. Ich war mir nicht sicher, ob ich es dir geben soll. Aber ich denke, du kannst es gebrauchen.«

»Äh, okay, danke. Warum jetzt?«

»Durch meine Aktion am Col de Vence scheinen sich die Dinge für alle aus der Clique zum Guten gewendet zu haben, nur für dich nicht. Das würde ich gern wiedergutmachen.«

»Du kannst nichts dafür, dass Léa und ich uns getrennt haben. Und die Sache mit meinem Bruder wäre sowieso irgendwann rausgekommen. Das war sozusagen mein persönliches Outing.«

»Ich glaube, das wird dir gefallen.« Clément zeigte auf den Stick.

»Okay, ich sag dir Bescheid.«

Nachdem sie das Gebäude betreten hatten, trennten sich ihre Wege. Clément und Mehdi bogen zum Prüfungsraum ab.

Clément rief sich noch mal das Thema der Prüfung in Erinnerung:

Andersartigkeit als Chance?

Er hatte sich geändert, um wie die acht Menschen zu werden, die er bewunderte. Seine Vorbilder, die ihn inzwischen in ihren Kreis aufgenommen hatten.

Sébastien Bordenave, ein Mitschüler, der nach Mehdi und vor Clément an der Reihe war, wartete bereits vor dem Raum. Er hatte eine riesige Zeichenmappe dabei.

»Hallo, Jungs!«, rief er. »Heute ist der große Tag.«

»Nicht so groß wie deine Mappe«, erwiderte Mehdi spöttisch. »Willst du damit den Prof erschlagen, oder was?«

Sébastien grinste unsicher. Er wirkte nervös und angespannt. Mehdi nahm Clément beiseite.

»Ratschlag eines Verkäufers: Lass niemals den Lehrer zu Wort kommen! Hau ihm alles um die Ohren, was du weißt, und gib ihm keine Gelegenheit, Fragen zu stellen.«

»Wird gemacht.«

***

Quentin konnte es kaum erwarten zu erfahren, was auf dem USB-Stick war. Noch während der Englischstunde stöpselte er ihn in den Adapter seines Smartphones und steckte sich unauffällig einen Bluetooth-Kopfhörer ins Ohr, falls es sich um eine Tonaufnahme handelte.

Was hatte Clément schon wieder ausgeheckt?

Auf dem Stick befanden sich ein Word-Dokument und eine Video-Datei.

Zuerst öffnete Quentin das Word-Dokument. Es enthielt eine Mitteilung von Clément.

Das hab ich in der Nacht aufgenommen, in der ich um euer Haus geschlichen bin, um euch zu erschrecken. Du siehst, auch ich hatte meinen Grusel-Moment. Ich hab das Video mit meinem iPhone gefilmt. Mach damit, was du willst. Vielleicht kannst du es ja für deinen Youtube-Kanal verwenden. Ich schenke es dir.

Clément

Neugierig klickte Quentin auf das Video.

Die ersten Bilder waren unscharf, dunkel und verwackelt, als hätte jemand versucht, etwas am Himmel aufzunehmen. Dann wurde die Aufnahme deutlicher. Quentin erkannte die Villa am Col de Vence. Ein Schwenk nach oben zeigte drei Lichter am Himmel über dem Haus, die ein gleichschenkliges Dreieck bildeten. Das geheimnisvolle Flugobjekt befand sich senkrecht über dem Haus. Man konnte es klar erkennen und sein leises Brummen hören.

Das Bild wurde herangezoomt. Das Ufo war an jeder der drei Ecken erleuchtet. Außerdem war es völlig glatt, ohne eine erkennbare Öffnung. Es war wesentlich größer als das Haus.

Das Flugobjekt drehte sich, sodass es von der Seite zu sehen war. Nun war es nur noch eine Linie, die von zwei Lichtern begrenzt wurde. Es war so dünn wie ein Blatt Papier!

Auf der Tonspur war mehrmals ein überraschtes »Scheiße!« zu hören, das Clément beim Filmen ausgestoßen hatte. Dann folgte eine Totale von der Villa und dem sternklaren Himmel, der plötzlich von einem Blitz erleuchtet wurde, mit dem das Flugobjekt verschwand. Die Haustür öffnete sich und Marie trat heraus. Sie ließ den Blick durch die Dunkelheit wandern, bevor sie sich hinter der Hecke verkroch. Maxime erschien auf der Außentreppe. Er rief nach Marie, die plötzlich aus ihrem Versteck sprang und schreiend auf ihn zurannte, woraufhin Maxime erschreckt zurückwich und Camille umstieß.

An dieser Stelle endete das Video. Quentin lächelte, als er an die Situation bei der Ouija-Séance zurückdachte. Was für eine Party! Selbst die Außerirdischen hatten sich blicken lassen! Clément war es nicht nur gelungen, das Rätsel der seltsamen Motorengeräusche am Himmel aufzuklären, er hatte Quentin auch einen absoluten Knüller geliefert. Damit würden die Aufrufzahlen seines Youtube-Kanals garantiert in die Höhe schnellen!

***

Der Lehrer für zeitgenössische Kunst saß an seinem Schreibtisch und dankte Sébastien Bordenave für seine Präsentation. Ohne einen weiteren Kommentar notierte er eine Beurteilung in sein Heft und bat den Schüler, Clément Bourdon hereinzuschicken.

Während er schrieb, hörte er, wie jemand eintrat und die Tür geschlossen wurde. Als er aufblickte, stand ein kleines Mädchen mitten im Raum. Mund und Nase waren hinter einer Gesichtsmaske verborgen.

Das seltsame Mädchen hinkte auf ihn zu und baute sich vor seinem Schreibtisch auf.

»Wer bist du?«, fragte der Lehrer.

»Bin ich schön?« Die Stimme des Mädchens wurde vom Mundschutz gedämpft.

»Ich glaube, du hast dich im Raum geirrt, junge Dame. Ich erwarte Clément Bourdon.«

»Bin ich schön?«

»Wovon sprichst du? Ist das eine Performance?«

»Bin ich schön?«

»Erklärst du mir jetzt, was das Ganze soll?«

»Bin ich schön?«

»Ja! Und nun?«

Die Kleine zog die Maske herunter.

»Jetzt auch noch?«

Der Lehrer fuhr zurück, als er den langen Schnitt sah, der das Gesicht des Mädchens bis zu den Ohren zerteilte.

»Wo … wo ist Clément Bourdon?«, stammelte er.

»Hinter dir!«

DANKSAGUNGEN

JULIANNE LEROY

Für das Zusammenstellen der Playlist, für deine Informationen zu Oberstufenpartys, für die Autorenfotos und natürlich für deine Erläuterungen zur zeitgenössischen Kunst. Deine Schulzeit in der Kunstklasse des Gymnasiums und dein Studium an der Kunsthochschule haben mich zu diesem Roman inspiriert, der ansonsten frei erfunden ist. Alle Ähnlichkeiten mit lebenden oder toten Personen oder deren Handlungen sind rein zufällig und nicht beabsichtigt.

EMMANUEL FORAT

Für deine Unterstützung, deine klugen Ratschläge und deine Tipps zu Videospielen.

TONY BOLANOS

Für die Informationen über Elektroschockpistolen, die du mir bei einer Partie Poker geliefert hast.

PASCALE LAFAY

Für dein Video *Ouvre les Yeux*, das eine meiner Figuren inspiriert hat und hier zu finden ist: www.pascalelafay.com/trans-formation/

DAS TEAM VON RAGEOT

Mein besonderer Dank gilt Guylain Desnoues für seinen Perfektionismus und Murielle Coueslan dafür, dass sie sich diesen Roman gewünscht hat. Danke für euer Vertrauen.

DISKOGRAFISCHER NACHWEIS

S. 32: **WAKE ME UP**, Avicii ft. Aloe Blacc, © Avicii, Aloe Blacc, Tim Bergling, Mike Einziger – UMSM, Universal Music (2013)

S. 33: **ROSEMARY'S BABY**, Fantômas, © Mike Patton – Ipecac Recordings, aus dem Album *The Director's Cut* (2001)

S. 37: **BASIQUE**, OrelSan, © Aurélien Cotentin, Matthieu Le Carpentier – 7th Magnitude, 3e bureau, Wagram, aus dem Album *La fête est finie* (2017)

S. 46: **CALIFORNICATION**, Red Hot Chili Peppers, © Anthony Kiedis, Chad Smith, Flea, John Frusciante – Moebetoblame Music (BMI), Warner Bros. Records, aus dem Album *Californication* (1999)

S. 65: **APOCALYPSE 894**, Stupeflip, © Julien Barthélémy – Etic System, aus dem Album *The Hypnoflip Invasion* (2011)

S. 67: **HAVANA**, Camila Cabello ft. Young Thug, © Camila Cabello, Brittany Hazzard, Ali Tamposi, Brian Lee, Andrew Watt, Pharrell Williams, Jeffery Lamar Williams, Adam Feeney, Louis Bell – Epic

Records/Sony Music Entertainment, Syco Music, aus dem Album *Camila* (2017)

S. 68: **THE SOLUTION**, Stupeflip, © Julien Barthélémy – Etic System, aus dem Album *Stup Virus* (2017)

S. 185: **FEELS**, Calvin Harris ft. Pharrell Williams, Katy Perry & Big Sean, © Adam Wiles, Pharrell Williams, Katy Perry, Brittany Hazzard, Sean Anderson – Sony Music Entertainment, aus dem Album *Funk Wav Bounces Vol. 1* (2017)

S. 220: **COMPLICATED**, Dimitri Vegas & Like Mike, © Angemi Antonino, David Guetta, Dimitri Thivaios, Michael Thivaios, Hailey Collier, Peter Hanna, Kiara Saulters, Ethan Roberts – Smash the House, Epic Records/Sony Music Entertainment (2017)

S. 235: **REDBONE**, Childish Gambino, © Donald Glover, Ludwig Göransson, William Earl Collins, George Clinton, Gary Cooper – Etic System, aus dem Album *Awaken, My Love!* (2016)

BIBLIOGRAFIE

Les Invisibles du col de Vence – Enquêtes et Révélations sur une zone d'anomalies permanentes von I.C.D.V. (Éditions Nérusi)

In der deutschen Übersetzung: *Die Unsichtbaren vom Col de Vence – Untersuchungen und Enthüllungen über ein Gebiet ständiger ungewöhnlicher Phänomene*

Les Mystères du col de Vence von Pierre Beake (Éditions Le Temps Présent)

In der deutschen Übersetzung: *Die Geheimnisse des Col de Vence*

WORT- UND PERSONENERKLÄRUNGEN

S. 12 **SYLVIE GUILLEM** (*1965): sehr erfolgreiche französische Tänzerin und Choreografin, bedeutendste Tänzerin des späten 20. Jahrhunderts

S. 14 **HIDEO KOJIMA** (*1963): japanischer Spieleentwickler und -produzent, der mit seiner Videospielreihe *Metal Gear* bekannt geworden ist

S. 38 **MAURICE CHEVALIER** (1888–1972): französischer Schauspieler und Chansonsänger

S. 52 **GEORGE A. ROMERO** (1940–2017): amerikanischer Regisseur, der vor allem mit seinen Horrorfilmen berühmt geworden ist (u. a. von *Die Nacht der lebenden Toten, Zombie*)

S. 76 **PAUL McCARTHY** (*1945): Paul McCarthy ist ein zeitgenössischer amerikanischer Künstler. 2014 wurde seine Skulptur *Tree*, ein 24 Meter hoher, aufblasbarer Analdildo, auf der Place Vendôme in Paris ausgestellt.

S. 79 **GAFAM UND NATU**: Akronyme, die für die großen Internetfirmen stehen. GAFAM: Google, Amazon, Facebook, Apple und Microsoft. NATU: Netflix, Airbnb, Tesla und Uber

S. 110 **VERLAN**: Eine Art Geheimsprache, bei der die Silben eines Wortes umgedreht werden (kommt von ›à l'envers‹ = verkehrt herum). Sie wird in Frankreich gerne von Jugendlichen benutzt

S. 120 **MISHIMA YUKIO** (1925–1970): japanischer Schriftsteller, Regisseur und Schauspieler, der auch politisch aktiv war

S. 122 **PIERRE DESPROGES** (1939–1988): französischer Humorist, Autor und Kabarettist

S. 168 **JACK LANG** (*1939): französischer Politiker, der Kultur- und Bildungsminister in Frankreich war und 1982 die *Fête de la Musique* ins Leben gerufen hat

S. 226 **SNUFF-FILM**: Video, in dem ein Mensch, der kein Schauspieler ist, gequält oder getötet wird

S. 258 **FIRECHAT**: Über ein vermaschtes Netz kann man auch miteinander kommunizieren, wenn es keine Telefon- oder Internetverbindung gibt. Die Handys verbinden sich per Bluetooth oder WLAN miteinander. Solange die Geräte nicht zu weit voneinander entfernt sind, erkennen sie einander und stellen ein unabhängiges Mini-Netzwerk her, das zeitlich und örtlich begrenzt ist. Dafür braucht man sich nur eine App wie FireChat herunterzuladen

S. 263 **PJOTR PAWLENSKI** (*1984): in Paris lebender russischer Konzeptkünstler und politischer Aktivist

S. 269 **DAMIEN HIRST** (*1965): Britischer Künstler. Seine Installation mit dem Titel *Lullaby Spring* besteht aus einem Arzneischrank, der über sechstausend handgefertigte und -bemalte Pillen aus Gips enthält. Er wurde 2007 in London für umgerechnet etwa 14,5 Millionen Euro versteigert.